AVENTURES

D'UNE

COLONIE D'ÉMIGRANTS

EN AMÉRIQUE

TRADUITES DE L'ALLEMAND

PAR

XAVIER MARMIER

PARIS

LIBRAIRIE DE L. HACHETTE ET Cie

RUE PIERRE-SARRAZIN, N° 14

1855

PRIX : 1 FRANC

Imprimerie de Ch. Lahure (ancienne maison Crapelet)
rue de Vaugirard, 9, près de l'Odéon.

AVENTURES

D'UNE

COLONIE D'ÉMIGRANTS

EN AMÉRIQUE

TYPOGRAPHIE DE CH. LAHURE
Imprimeur du Sénat et de la Cour de Cassation
rue de Vaugirard, 9.

AVENTURES

D'UNE

COLONIE D'ÉMIGRANTS

EN AMÉRIQUE

TRADUITES DE L'ALLEMAND

PAR

XAVIER MARMIER

———◦———

PARIS

LIBRAIRIE DE L. HACHETTE ET Cie

RUE PIERRE-SARRAZIN, N° 14

—

1855

PRÉFACE.

M. F. Gerstäcker s'est fait un honorable renom dans la littérature récente de l'Allemagne par ses voyages et par ses romans. En s'éloignant des vertes plaines de la Saxe pour s'en aller sur les lointains océans, il n'a point eu la prétention de continuer l'œuvre scientifique de son célèbre compatriote, M. A. Humboldt, le noble guide, le patriarche des voyageurs modernes, ni de s'appliquer aux longues et laborieuses investigations par lesquelles se sont signalés, dans les derniers temps, M. Pœppig, l'explorateur de l'Amérique du Sud, M. Tschudi, à qui nous devons un si charmant livre sur le Pérou, M. le baron de Hügel, qui nous a fait un tableau complet des romanesques contrées de Kaschmir, M. Wagner, qui joint une poétique imagination à son austère savoir de naturaliste et va, sans s'arrêter dans son ardeur d'investigation, des montagnes de l'Atlas aux flancs du Caucase, et de la cime de l'Ararat aux chaînes des Alleghanis. Non, telle n'était point l'ambition de M. Gerstäcker. Mais l'amour des voyages l'entraînait, cet amour qui s'enflamme comme une torche par le mouvement qu'on lui imprime, cette soif de curiosité, cette soif tantalique qui poursuit de région en région le mirage fascinant où elle ne peut se désaltérer

En continuant ses aventureuses pérégrinations, M. Gerstäcker n'est, si je ne me trompe, ni préoccupé de l'idée de mériter, par l'accomplissement de son périple, une chaire de professeur dans une des vénérables universités germaniques, ni séduit par l'espoir d'annoncer dans quelque *Gelehrte Zeitung* l'importante découverte d'un nouveau zoophyte ou de signaler une erreur manifeste dans les plus récentes descriptions de quelque variété d'orchidées. Mais il a suivi sa vocation de voyageur, et il a eu le bonheur de voir. *Voir, c'est avoir.*

Ce bonheur que ceux-là seuls peuvent comprendre qui

A

l'ont au moins quelque peu savouré, ce bonheur l'a emporté
des sauvages prairies de l'Amérique de l'Ouest dans la
tourbe tumultueuse des chercheurs d'or de la Californie,
dans les mornes pampas de la république argentine, sur
les terres australiennes, sur le sol de nos antipodes et sur
les plages brûlantes de Java. Chemin faisant il a raconté ses
excursions avec une aimable facilité, avec le joyeux entrain
du voyageur sagace et robuste qui s'intéresse à tout ce qu'il
voit et supporte gaiement la pluie et les coups de soleil, les
fatigues de la marche et les inconvénients d'un mauvais
gîte. Comme complément à ses narrations de touriste, il a
fait des nouvelles, des romans dans lesquels il décrit plus
spécialement certains sites et met en scène d'une façon parfois assez vive et assez dramatique des personnages dont
l'action et la physionomie caractérisent plus nettement les
mœurs d'une contrée.

Parmi ces romans nous avons choisi pour le traduire
celui qu'il composa dans son premier séjour en Amérique,
et que M. Brockhaus, le spirituel et docte libraire de Leipzig
a publié dans sa bibliothèque populaire [1].

A nos yeux, ce roman n'est point une vaine œuvre de
fantaisie destinée à distraire les indolents loisirs des abon-
nés aux cabinets de lecture. C'est, sous le voile de la fiction,
une histoire dont on peut voir chaque jour se renouveler les
principaux incidents. C'est l'histoire d'une quantité de ces
pauvres familles d'Allemagne que la trompette de Barnum,
la réclame des marchands de terre, le fracas du *puff* américain atteignent au fond de leur laborieuse existence, appellent au partage fascinant des richesses, des libertés du
nouveau monde, et souvent entraînent dans un abîme de
déceptions.

Les actes de fourberie que ce roman signale, les malheureux épisodes qu'il dépeint ne sont point exagérés. Tout au
contraire, ils pourraient être plus nombreux et plus écla-
tants sans outre-passer les bornes d'une constante réalité.

1. *Der deutschen Auswanderer Fahrten und Schicksale. Volks Bi-*
bliotek. 1847.

Les Américains si chatouilleux sur ce qui tient à la description de leur pays, près duquel les autres pays ne leur apparaissent que comme de misérables tanières déshéritées de tout bien et de toute vertu par la justice de Dieu, les Américains ont en quelque sorte reconnu eux-mêmes la vérité du livre de M. Gerstäcker en le traduisant[1].

Pour nous, qui avons fait le trajet du Havre à l'*empire city* de New-York avec un de ces lourds navires qui portent sur les flots, non pas César et sa fortune, mais le pauvre émigrant et ses rêves, nous avons été témoin de ces souffrances dont M. Gerstäcker ne fait qu'une rapide esquisse dans le premier chapitre de son roman. Nous avons vu cette traite de blancs dirigée vers le vertueux État à qui la traite des noirs inspire une si sainte horreur; nous avons vu des centaines d'honnêtes laboureurs, d'habiles ouvriers entassés avec leurs femmes et leurs enfants dans l'étroit espace de l'entre-pont, comme des bêtes de somme que l'Europe livre au grand marché des États-Unis. Il y avait là des gens du canton de Zurich, dont quelques semaines auparavant j'admirais les verts coteaux et le lac limpide, des gens du pays de Bade, dont Hebel a si bien dit les charmes idylliques, et des gens de notre belle province d'Alsace. La compagnie qui se charge de faire voyager à bas prix ces émigrants ne leur avait point délivré des billets de chemin de fer. Ce mode de locomotion serait trop coûteux. Elle les avait embarqués pêle-mêle au bord du Rhin sur un bateau qui les conduisait à Rotterdam. Là, un autre bateau les reprenait pour les amener au Havre. Ils arrivaient au Havre fatigués déjà d'une longue navigation et déjà ayant épuisé une partie de leurs ressources dans l'achat de leurs provisions. Là, il fallait qu'ils se hâtassent de faire encore quelques emplettes, qu'ils choisissaient mal dans leur inexpérience, qu'ils payaient cher dans leur précipitation; puis les matelots américains les poussaient avec leurs coffres et leurs sacs dans leur sombre réduit, au fond de leur négrier.

1. *The wanderings and fortunes of some german emigrants, transla-ed by D. Black.* **New-York. 1848.**

Ce que j'ai vu là de misères morales et physiques, chaque fois que je descendais du large espace des premières places au milieu de cette pauvre légion d'ilotes, ce que j'ai entendu, pendant une traversée de trente jours de soupirs et de lamentations, d'accents de regret et de cris d'angoisse, jamais je ne l'oublierai. Ce qu'ils sont devenus, la plupart de ces malheureux, sur la terre étrangère où ils allaient chercher une nouvelle patrie, qui pourrait le dire? Combien en est-il qui, dans leur candide ignorance, ont été les victimes d'une indigne spéculation? Combien en est-il qui, comme le gladiateur dont parle Byron, sont tombés après une longue lutte sur l'implacable arène de l'industrie américaine, en tournant leur dernier regard du côté des lieux aimés où était leur cœur?

And that was far away.

Hélas! c'est bien à ces corporations aventureuses d'émigrants qu'il faut adresser ces graves paroles de l'*Imitation :*

Imaginatio locorum et mutatio multos fefellit.

Nous n'avons point la prétention de faire d'un roman un livre. Cependant, il y a dans l'œuvre de M. Gerstäcker des faits positifs qui peuvent susciter en temps et lieu de sérieuses réflexions. Quoique la vieille Europe n'ait point, autant qu'on le dit, les mamelles épuisées, quoiqu'elle offre à ses enfants, sur plus d'un point méconnu ou délaissé, un suc vivifiant, quoique notre conquête algérienne présente à ceux qui voudraient lui consacrer leur labeur une terre féconde, un doux climat, une complète protection, nous ne nous hasarderons point à engager, dans une simple préface, une croisade de nouvelle émigration contre l'active croisade américaine. Mais il se peut que le livre de M. Gerstäcker tombe en une circonstance opportune entre les mains de quelque lecteur, et lui donne un utile enseignement; nous nous en réjouirions.

X. M.

AVENTURES
D'UNE COLONIE D'ÉMIGRANTS
EN AMÉRIQUE.

CHAPITRE PREMIER.

Le voyage.

Dans un hôtel de la vieille ville hanséatique de Brème, chez l'aubergiste Meier, étaient réunis presque tous les passagers du beau navire neuf *l'Espérance*, commandé par le capitaine Wellbach. Ils s'étaient rassemblés là pour entendre lire et pour signer le contrat dont un comité choisi par eux-mêmes avait rédigé les différents articles. Ce contrat ne réglait point seulement leur voyage sur l'Océan, mais leurs rapports à leur arrivée dans une autre région ; il devait, ainsi que l'annonçait le préambule, servir à lier amicalement les émigrants l'un à l'autre dans l'entreprise qu'ils allaient poursuivre.

Le comité se composait de six personnes : le pasteur Hehrmann, l'avocat Becher, M. de Schwanthal, deux frères nommés Siebert, qui exerçaient la profession de marchands, et M. de Herbold, qui avait autrefois possédé une propriété nobiliaire. Ces six personnes avaient pris à tâche d'organiser les choses de façon à ménager également les droits et les prétentions de ces émigrants, qui se rendaient aux États-Unis pour y acheter ensemble et y exploiter ensemble un domaine ; et ceux-là même qui n'avaient jamais tenu ni une charrue ni une bêche se réjouissaient comme des enfants à l'idée de travailler dans une terre nouvelle, dans une forêt vierge, et de récolter là le blé qu'ils auraient semé.

Le prix du passage, ainsi qu'une petite somme destinée aux premiers travaux de l'exploitation, avait été remis par chaque émigrant à l'aîné des Siebert, qui avait lui-même réglé les conditions de la traversée. Lorsque tous les associés eurent signé l'acte, il leur semblait que rien ne devait plus troubler ni leur bonheur ni leur confraternité. Tout était fini, quand l'employé de la rade entra dans la salle et annonça que Pierre, qui commandait un bateau, partirait le lendemain matin à sept heures et prendrait les voyageurs, avec les légers bagages qu'ils désiraient conserver avec eux, pour les conduire au bâtiment qui était dans le port de Brême, à ce fort et rapide bâtiment doublé en cuivre, qu'on appelait *l'Espérance*.

Ainsi ils n'avaient plus qu'une nuit à passer sur la terre natale. Les plus fermes d'entre eux se sentirent émus, et plusieurs se serrèrent la main en silence.

« Quelle sera notre émotion, dit le pasteur Hehrmann qui remarqua ce mouvement, quelle sera notre émotion, quand nous verrons disparaître la dernière bande de terre dans le lointain, quand de tout côté nous n'apercevrons plus que les flots de l'Océan, quand nous aurons quitté peut-être à tout jamais notre patrie ? C'est une grave résolution que nous avons prise, et puisse chacun de nous comprendre combien il nous importe d'affermir notre cœur et notre âme ! Ensemble nous allons au-devant des périls ; ensemble nous devons agir. Que ce ne soit pas seulement l'intérêt qui nous réunisse ; aimons-nous et vivons ensemble comme des frères. »

Le pasteur Hehrmann était un brave et digne homme, qui parlait vraiment selon sa pensée : ceux qui le connaissaient en étaient sûrs et l'honoraient. Il y eut un moment de silence, puis le vieux Siebert rappela aux émigrants qu'ils devaient penser à leur prochain départ, qu'ils avaient sans doute encore plusieurs arrangements à prendre et différentes emplettes à faire. Cet avis mit tout le monde en mouvement ; l'émotion du cœur fut oubliée : la nature matérielle reprenait ses droits. Le lendemain matin, deux grands canots transportaient les passagers et le comité vers le navire auquel ils allaient confier leur fortune et leur vie.

C'était une société très-mélangée que celle qui se trouvait réunie sur les deux canots : des hommes, des femmes, des jeunes filles, des enfants étaient là pêle-mêle. Un vent léger agitait les vagues et balançait l'embarcation. Plusieurs des passagers se sentirent ébranlés et se demandèrent s'ils allaient déjà avoir le mal de mer. Ils arrivèrent cependant sans accident au navire et se hâtèrent d'y monter : dès ce moment ils allaient commencer une nouvelle vie.

Mais il leur restait peu de temps pour se livrer à leurs réflexions ; déjà le soleil s'inclinait à l'horizon, et chacun d'eux devait faire ses dispositions pour la nuit, ce qui n'était pas très-aisé dans l'étroit espace qui leur était assigné. Un maçon, qui émigrait avec sa femme et trois enfants, demanda d'un ton piteux au pilote si tout le monde devait descendre dans le trou qu'on lui montrait. Oui, ils devaient tous s'entasser dans un espace de onze pieds de longueur et de quelques pieds de largeur. De plus, ils devaient y installer leurs caisses, leurs coffres, leurs valises; les lits rangés des deux côtés remplissaient presque toute cette cabine, et pour la plupart des voyageurs c'était un problème insoluble que de savoir où le capitaine logerait toute sa cargaison vivante, s'il n'avait pas d'autres chambres à sa disposition.

Ils furent interrompus dans leurs réflexions par la voix du cuisinier, qui leur annonçait que l'heure était venue de préparer leur repas et les invitait à se rendre dans une petite cuisine peinte en vert et fixée sur le pont par des câbles et des crampons en fer. Tous ne demandaient pas mieux que de préparer leur thé, mais leurs ustensiles étaient encore empaquetés dans leurs coffres.

Ce soir-là, les voyageurs durent pour la plupart se passer de thé; un tanneur, qui s'embarquait avec sa nombreuse famille, dit tranquillement : « Quand on veut aller en Amérique, il faut savoir s'aider soi-même, » et prenant un grand seau d'eau qui appartenait au navire, il y fit mettre par le cuisinier du thé pour lui et pour les siens.

« Ce thé, dit sa femme, sera trop fort pour les enfants, versesy encore un peu d'eau.

— Mais je n'ai plus d'eau chaude, répondit le mari, qui ne s'effrayait point de boire du thé trop fort.

— Eh bien! prends-en de la froide, celle-ci est encore bouillante. »

Le tanneur obéit en soupirant : il demanda de l'eau à un homme de l'équipage qui venait d'en tirer un seau et qui lui en donna de l'air du monde le plus amical.

La mère, après avoir porté ses lèvres à cette boisson pour s'assurer qu'elle n'était pas trop chaude, en donna une cuillerée à son plus jeune enfant : mais à peine celui-ci eut-il bu qu'il poussa un cri d'angoisse, frappa du pied et se tordit les mains. Saisie d'un effroi mortel, la mère prit une ample gorgée de cette même boisson et se hâta aussi de la rejeter, car le thé était fait avec de l'eau salée. Par bonheur, le cuisinier avait encore du thé à **sa** disposition, et il lui en donna une nouvelle portion.

Cependant le temps était venu de préparer les lits, et les passagers se glissèrent dans leur cajute, afin de s'y assurer au moins une place pour la durée du voyage. Cette cajute offrait le tableau du plus grand désordre : cartons à chapeaux, coffres, parapluies, matelas, couvertures, ustensiles de cuisine, tout était là dans un entassement confus. On eût dit l'image grossière du chaos.

Par bonheur la mer était calme, et on n'avait à craindre ni roulis ni tangage. Mais le lendemain, lorsque le premier rayon du soleil pénétra dans l'entre-pont, ceux qui étaient entassés là découvrirent pour la première fois les horreurs d'un voyage sur mer.

Les matelots, qui tout à coup entraient par les écoutilles comme s'ils descendaient des nuages, troublèrent bientôt le repos et l'union qui régnaient encore dans ce gîte, car quelques-uns des voyageurs avaient passé la nuit dans une position très-périlleuse; la lumière du jour leur montrait le danger auquel ils étaient exposés et ils craignaient de se mouvoir. Cependant il fallait faire de la place et la plupart d'entre eux montèrent sur le pont, abandonnant leur bagage aux matelots, qui le fixaient avec des cordes et des câbles pour qu'il ne fût pas jeté de côté et d'autre dans un gros temps.

Les membres du comité s'étaient installés assez commodément dans la cabine, à l'exception du pasteur Hehrmann. « Nous sommes tous égaux, dit l'honnête pasteur, nous ne devons avoir aucun privilége de plus que les pauvres gens ; » et il s'établit avec sa famille dans l'endroit le plus aéré de l'entre-pont.

Ce jour-là tout fut organisé ; on assigna à chacun le lit qu'il devait occuper; on fit une distribution de beurre pour la semaine et de viande salée pour la journée. Ensuite Hehrmann fit une courte prière, et après le souper la plus grande partie des passagers, fatigués des occupations qu'ils avaient eues dans le jour, allèrent se reposer.

Le matin il s'éleva un vent léger, assez fort cependant pour déterminer le capitaine à partir. La grosse ancre fut levée et le navire vogua lentement vers l'embouchure du fleuve. Ici la brise s'apaisa tout à coup et les voiles retombèrent immobiles sur les mâts ; mais vers dix heures, lorsque les passagers étaient presque tous réunis sur le pont, de petits nuages noirs se levèrent au sud-ouest, puis bientôt s'étendirent à la surface du ciel avec une effroyable rapidité : le vent commença alors à souffler, enfla les voiles et inclina le bâtiment sur le côté.

Un grand nombre de passagers et de femmes surtout se précipitèrent avec terreur vers l'entre-pont, en appelant le capitaine et en s'écriant que le navire allait chavirer. En vain le pilote et plusieurs matelots cherchaient à les rassurer : « Non ! répondaient les pauvres gens, il est aisé de voir de quelle façon penche le bâtiment, et il est certain qu'il doit chavirer. » A cette idée leur effroi s'accroissait encore, et tout en gémissant et en se lamentant, comme ils ne pouvaient plus se tenir debout, ils se cramponnaient aux tonneaux placés sur le pont. Mais un plus grand pouvoir que celui du pilote et du capitaine les détourna bientôt de l'aspect des vagues et de l'orage : c'était le pouvoir du mal de mer. Soulevés par le vent, les flots grossissaient de plus en plus et le navire montait et s'affaissait avec eux. Plus les vagues s'élevaient, plus s'affaiblissait le courage des émigrants : la figure blanche comme de la craie, ils gisaient sur le pont, ne faisant même plus attention aux flots d'écume qui les inondaient.

Le pasteur Hehrmann et un jeune médecin nommé Werner étaient les seuls qui ne souffrissent pas de cet affreux mal. La cabine occupée par les membres du comité offrait aussi un triste spectacle : M. Herbold, un des plus fermes, était pâle et indisposé ; les autres étaient beaucoup plus souffrants. L'aîné des Siebert n'osait sortir la tête de sa couchette, M. Becher se regardait déjà à peu près comme mort, et M. de Schwanthal prétendait qu'il n'existait plus que par son estomac.

Heureusement ce temps orageux ne fut pas de longue durée : le lendemain le vent tomba peu à peu, les vagues s'apaisèrent ; mais le navire avait encore des mouvements si durs que peu de malades se rétablirent complétement. Chacun alors aurait voulu avoir des harengs ou quelque chose de semblable : car, en recouvrant quelque peu l'appétit, les malades ne pouvaient se résoudre à manger leurs durs biscuits et leur viande salée. Le pasteur avait par bonheur apporté avec lui, pour son propre usage, un petit baril de harengs, et il partagea généreusement cette provision entre ceux qui en avaient besoin.

Le vent avait pris un cours régulier et tout promettait une heureuse traversée. Quatre jours après leur départ, les voyageurs passaient en vue de la ville de Calais, de la ville de Douvres, puis doublaient l'île de Wight, et deux jours après ils étaient dans l'océan Atlantique.

Mais à peine remis du mal de mer, les habitants de l'entre-pont, mécontents de leur nouvelle situation, avaient déjà l'un avec l'autre de fréquentes querelles et s'irritaient de plus en plus. Hehrmann employait tous ses efforts à rétablir la paix ; quelquefois il y parvenait, puis de nouvelles collisions éclataient encore. Le comité crut devoir intervenir. Un menuisier, qui avait voyagé en Russie, en Pologne, en Danemark, en Suède et en Allemagne, et qui avait cent fois parlé de ses voyages à ses auditeurs patients, injuria un grossier brasseur qui, pour se venger de cette offense, le jeta d'un coup de poing à la renverse. Les femmes prirent parti pour le menuisier, qui gisait immobile sur le sol, et il s'éleva un tel tumulte, un tel bruit, que jamais à bord de l'*Espérance* on n'avait rien entendu de pareil. Le comité, résolu de mettre fin, par des mesures de vigueur, à cette scène déplorable, se dirigea vers l'entre-pont.

M. de Schwanthal, qui était un bon et aimable homme, mais peu habile, annonça qu'il terminerait l'affaire par une petite harangue, et, malgré l'opposition de M. Becher, il obtint l'assentiment du comité. Il s'approcha de l'étroit escalier qui conduisait à la cajute, descendit quelques marches, et, croyant être assez avancé pour voir l'intérieur de ce réduit, dit d'une voix doucereuse : « Messieurs.... » Il aurait mieux fait de dire mesdames. A peine avait-il prononcé ces mots que le pied lui glissa, et il roula précipitamment jusqu'auprès de la société en révolte.

« Bonjour, monsieur de Schwanthal, dit tranquillement le brasseur, qui, malgré le vacarme qui éclatait autour de lui, préparait paisiblement sa pipe.

— Mais, mes bons amis, reprit M. de Schwanthal en se relevant..... » Il voulait continuer son discours : un éclat de rire l'interrompit, et il remonta sur le pont, humilié de son accident.

Il avait, du reste, à peu près atteint son but. Le calme fut rétabli au moins pour un instant : les passagers riaient de la chute de leur représentant. Mais chaque jour il s'élevait de nouvelles discussions, dans lesquelles on en venait à attaquer les membres du comité, qui auraient bien pu, disait-on, s'installer comme les autres dans l'entre-pont, puisque l'Amérique vers laquelle on se dirigeait était le pays de l'égalité. Cette opinion était surtout énergiquement soutenue par des paysans de l'Alsace, qui s'exprimaient à cet égard sans réserve, déclarant qu'ils ne se laisseraient point, comme auparavant, gouverner par ces beaux messieurs, mais leur diraient nettement à la prochaine occasion ce qu'ils pensaient. Près de ces paysans acerbes, une douzaine de robustes paysans d'Oldenbourg se faisaient remarquer par leur placidité et leurs habitudes régulières. Ils ne s'inquiétaient de rien, montaient trois fois par jour sur le pont pour prendre leur nourriture, puis redescendaient dans la cajute et s'asseyaient sur leurs lits.

Au grand chagrin de leurs compagnons de voyage, ils avaient

d'énormes sabots qu'ils laissaient à l'entrée de la cajute, avant de
se mettre sur leurs lits, et plusieurs fois ces lourdes chaussures
placées dans un étroit passage avaient fait trébucher les voyageurs; mais à toutes les réclamations et à toutes les menaces
qu'on leur adressait, les Oldenbourgeois répondaient qu'en Amérique tous les hommes étaient égaux et que personne ne pouvait
les empêcher de mettre leurs sabots là où bon leur semblait.

Les femmes souffraient beaucoup de ces altercations perpétuelles, surtout la femme et les filles du pasteur Hehrmann, qui,
se retirant sur le pont pendant le jour pour échapper à ce pénible vacarme, s'affligeaient de redescendre le soir dans leur mauvais gîte. Le capitaine leur avait offert amicalement, à diverses reprises, une place dans la cabine; mais le pasteur ne voulait point
accepter cette proposition, car il craignait, à juste titre, d'accroître
le mécontentement de ses compatriotes, qui déjà parlaient fort
mal du comité.

Ses deux filles, l'une de dix-sept, l'autre de dix-neuf ans,
étaient deux des plus aimables personnes qui jamais eussent traversé la mer pour s'en aller avec leurs parents chercher une nouvelle patrie sur une terre étrangère.

Elles étaient élancées, bien faites, et, à voir leurs cheveux noirs,
leurs yeux noirs et brillants, on ne les eût point prises pour des
filles du Nord; mais elles s'occupaient doucement, tendrement de
leur mère faible et souffrante, et faisaient tout ce qui était dans
leur pouvoir pour lui procurer quelque soulagement.

L'Espérance avait parcouru quelques centaines de milles sur
l'Océan, lorsqu'un matin le vent s'apaisa tout à coup, et la mer devint comme un miroir; le navire était presque immobile, le soleil
flamboyait sur un ciel sans nuages. C'était un de ces beaux jours
où ceux qui ont souffert de la navigation reprennent leurs forces,
où ceux qui ont fait de pénibles réflexions oublient qu'ils sont
loin de tout secours humain, flottant sur un abîme sans fond. Les
voyageurs passèrent cette journée à chanter et à danser; il
était près de minuit lorsque les derniers d'entre eux redescendirent
dans leur cajute. Alors, des profondeurs de cette retraite sortit
en silence et avec précaution un être dont on ne pouvait discerner
la figure; il portait entre les mains un objet méconnaissable; il
s'approcha du bord et jeta son fardeau dans les flots, puis il redescendit dans la cajute.

Deux matelots postés près du beaupré, et qui avaient été témoins de cette scène, essayèrent de distinguer ce qui venait d'être
livré aux vagues; mais la nuit était obscure, et, reprenant tran-

quillement leurs places, ils poursuivaient leur entretien, lorsque la même figure apparut une seconde fois, et l'eau s'entr'ouvrit sous un nouveau fardeau.

« Mais Jean, dit un des matelots à son camarade, qu'est-ce que cela signifie? n'irons-nous pas voir ce qu'on jette ainsi à la mer?

— Que nous importe? répondit l'autre; cela vient de l'entre-pont et ne nous appartient pas. Il me semble cependant que je vois briller quelque chose sur les vagues.

— En effet, reprit son camarade, cela éveille ma curiosité. »

Tous deux s'approchèrent du bastingage. Au même instant, le même individu mystérieux reparut encore. Il hésita un instant à la vue des matelots : puis, surmontant son irrésolution, il fit quelques pas et laissa voir aux matelots attentifs plusieurs paires de sabots qu'il jeta à l'eau, comme les précédents.

« C'est fini, dit-il, nous en voilà délivrés; mais, au nom du ciel, ajouta-t-il en s'adressant aux deux témoins de son expédition, soyez discrets, je vous en conjure : si les Oldenbourgeois savaient que c'est moi qui leur ai enlevé leurs chaussures, ils m'assommeraient ; je ne pouvais cependant me résigner à laisser plus longtemps dans notre cajute ces horribles sabots, contre lesquels je me suis déjà plus d'une fois heurté; mais silence, je vous en prie. »

Les matelots promirent de ne point trahir ce secret, et le larron regagna tranquillement son lit. C'était un petit ouvrier tailleur de l'Allemagne du sud, qui avait une haine instinctive contre les races du plat-allemand.

Qui pourrait décrire la scène qui éclata le lendemain, lorsque les Oldenbourgeois se mirent à chercher inutilement leurs sabots? qui pourrait énumérer les cris, les injures qui se vociféraient d'un côté, tandis que de l'autre rayonnait la joie? Les malheureux Oldenbourgeois, après avoir poursuivi de côté et d'autre leurs perquisitions, eurent recours au capitaine et le prièrent de mettre une embarcation à la mer pour repêcher ce qu'on leur avait enlevé. Le capitaine, qui pouvait à peine s'empêcher de rire, leur répondit que le temps était trop incertain, que le vent pouvait s'élever tout à coup, et qu'il n'osait exposer une chaloupe à l'orage qui pouvait l'atteindre.

« Mais, capitaine, répliqua l'un des paysans, d'où pourrait donc venir le vent? Le ciel est si bleu !

— Ne voyez-vous pas là-bas, à l'ouest, un nuage noir?

— Non.

— Ah! vraiment? eh bien! moi je le vois. Au reste, vous ne pou-

vez distinguer le ciel de l'océan ; mais ce nuage m'inquiète, et je
ne voudrais pas pour tous les sabots de la terre hasarder un bateau. »

A ces mots, il s'éloigna. Les Oldenbourgeois s'adressèrent alors
au comité pour rentrer en possession de leurs chaussures.
M. Becher répondit, en haussant les épaules, que le pouvoir du
comité ne s'étendait pas sur les flots, et engagea les Oldenbourgeois à se résigner, ou à aller eux-mêmes à la recherche de ce
qu'ils avaient perdu.

Comme la mer était si calme, l'un d'eux proposa de se jeter
à la nage, tandis que les autres maudissaient le voleur et se disaient de quelle façon ils le puniraient s'ils parvenaient à le
découvrir. Tout à coup un cri partit du haut de la hune : « Un
requin, un requin ! » Le cri venait du côté du jeune Werner, qui
aimait à aller s'asseoir à cette place élevée. Tous les regards se
tournèrent vers lui pour savoir dans quelle direction apparaissait
le monstre marin. Il l'indiqua du doigt, et les voyageurs ne tardèrent pas à l'apercevoir. Ils le virent s'approcher du bâtiment
et se diriger vers les sabots qui flottaient çà et là.

« Je serais curieux, dit un des paysans, de savoir s'il peut prendre
plaisir à avaler des morceaux de bois. » Au même instant, son vœu
fut près d'être accompli ; le requin tourna en cercle autour d'une
paire de sabots et l'on crut qu'il allait l'engloutir, quand tout
à coup retentit un cri terrible, un cri comme une mère seule peut
en proférer dans son angoisse, et un corps lourd tomba à la mer.

« Mon enfant, mon enfant ! » s'écriait la mère bouleversée ; et elle
voulait se précipiter au secours du pauvre petit être qui se débattait encore à la surface de l'eau ; mais elle fut retenue par
ceux qui l'entouraient et qui s'efforçaient d'effrayer et d'éloigner
le requin en lui jetant divers objets.

« Sauvez-le, sauvez-le, au nom du ciel ! s'écria la fille aînée
du pasteur.

— Descendez la chaloupe, dit le capitaine ; » mais les matelots
hésitaient. Encore quelques secondes et c'en était fait du pauvre
enfant, car le requin n'était plus qu'à dix pas de lui et semblait
déjà flairer sa proie. Soudain le jeune Werner descendit de la
hune avec l'agilité d'un homme du métier; avant que personne
eût pu deviner son projet, il s'élança dans la mer et enleva l'enfant à la gueule du monstre. Une acclamation enthousiaste s'éleva
sur le navire après cet acte d'audace. Le requin, effrayé par ces
cris, par ce tumulte, se mit à tournoyer autour du courageux
nageur.

« Frappez dans l'eau avec vos bras, dirent les matelots, faites le plus de bruit possible. »

Le capitaine jeta un câble au jeune homme, qui s'y cramponna d'une main en tenant l'enfant de l'autre, et parvint à s'élever quelque peu au-dessus de l'eau.

« Tâchez de nouer cette corde autour de vous, dit le capitaine, et nous vous hisserons à bord. »

Le jeune homme essaya de suivre ce conseil; mais on crut qu'il allait être victime de sa générosité, car le requin s'élançait de nouveau vers lui. Les matelots employaient tous leurs efforts à tirer le câble, et ce secours paraissait déjà trop tardif; le monstre était déjà tout près, déjà il se renversait sur le dos pour saisir sa proie, lorsque soudain un lourd morceau de chair tomba devant lui. Il l'engloutit en un clin d'œil; mais cette pâture, loin d'apaiser son appétit, n'avait fait que l'accroître; il se retourna de nouveau sur le dos et fit un second mouvement pour s'emparer de Werner, qui déjà devait se croire perdu, quand on vit le monstre agiter convulsivement sa queue, se retirer en arrière, puis plonger dans l'eau.

Dans le premier moment, personne ne chercha la cause de cet incident inexplicable: tout le monde était occupé du pauvre Werner qui, lorsqu'on l'eut enfin hissé à bord du navire, n'eut que la force de remettre à sa mère l'enfant qu'il venait de sauver, et tomba inanimé.

Toutes les femmes s'empressèrent de le secourir, et celle à laquelle il venait de rendre le cher être qu'elle croyait perdu tomba à genoux et pria le ciel à haute voix pour son bienfaiteur.

Bientôt l'attention des émigrants se reporta vers le requin vorace qui se débattait dans les flots. Dans son avidité il avait avalé, avec le morceau de viande que le cuisinier lui avait jeté, le crochet d'un harpon, et il essayait en vain de s'en délivrer. Les matelots le tirèrent avec peine sur le navire, où il fit encore quelques mouvements effrayants. Il avait environ quatorze pieds de longueur. Pendant qu'il expirait sous les coups qu'on lui portait de tous côtés, les femmes, penchées sur le courageux Werner, épiaient en lui quelque signe de retour à la vie. Sur ce bâtiment, comme sur la plupart de ceux qui sont chargés d'émigrants, il n'y avait point de médecins, mais le capitaine possédait une petite pharmacie dont il tira divers ingrédients pour ranimer le vaillant jeune homme. Enfin un soupir s'échappa de sa poitrine: les femmes poussèrent un cri de joie, l'aînée des filles du pasteur serra la main de sa sœur, et une larme coula sur son visage.

Werner reprit connaissance, et c'était un touchant spectacle que de voir la mère de l'enfant se jeter à genoux devant lui et lui baiser les mains, quoi qu'il fît pour l'en empêcher. Les matelots eux-mêmes étaient émus de cette effusion de reconnaissance. Cet incident apaisa, au moins pour le moment, les collisions qui s'étaient élevées parmi les passagers; les Oldenbourgeois eux-mêmes s'efforcèrent d'oublier leurs sabots, que du reste les vagues emportaient loin d'eux.

À minuit il s'éleva un vent frais de sud-est qui poussait rapidement l'*Espérance* vers sa destination. Les vagues étaient fortement enflées et une écume blanche jaillissait sur les flancs du navire. Mais comme les vagues n'étaient pas très-hautes et que les voyageurs commençaient à s'habituer aux mouvements du navire, on n'entendait plus que très-peu parler du mal de mer: Mme Hehrmann elle-même se sentait affermie et se tenait souvent sur le pont.

Werner, qui par sa généreuse audace avait conquis la sympathie universelle, se lia étroitement avec la famille du pasteur. Il rendait de fréquents services à Mme Hehrmann et à ses filles, et se montrait sans cesse occupé de trouver quelque moyen d'adoucir et d'améliorer leur situation. Il était récompensé de ses efforts par les regards affectueux de Berthe, l'aînée des filles. Ces regards étaient pour lui comme le rayon de soleil d'une nouvelle vie: il lui semblait même que près d'elle, sur l'océan, il avait trouvé l'asile qu'il allait chercher dans une contrée lointaine.

Un soir, il était assis sur le pont près de ses nouveaux amis: la lune, qui naguère répandait encore ses lueurs à la surface des vagues, venait de disparaître derrière des nuages qui grossissaient de plus en plus. Enveloppé dans son manteau, Werner racontait au pasteur les événements de sa vie précédente, comment il avait perdu tous ceux qu'il aimait, et comment il avait recueilli toutes les parcelles de sa modeste fortune pour s'en aller sur une terre étrangère dans l'espoir d'y trouver une nouvelle patrie, dans le désir de ne plus voir la maison de son père habitée par des étrangers. Les deux jeunes filles, appuyées sur leur père, écoutaient en silence ce récit, quand soudain retentit la parole du capitaine qui, à travers son porte-voix, donnait à la hâte des ordres énergiques.

La mer grondait, mugissait; les vagues obscures, sillonnées par la lumière des étoiles, roulaient impétueusement. La voix du capitaine devenait plus brève, plus impérieuse, et les matelots, courant avec agilité sur les enfléchures, s'empressaient de saisir et de carguer les voiles. À peine avaient-ils accompli leur tâche périlleuse que la tempête éclata, et que le bâtiment, qui n'avait plus que son foc, bondit et vola comme une flèche sur les vagues orageuses.

Les passagers se retirèrent dans l'entre-pont, à l'exception de Hehrmann et de Werner, qui voulaient jouir de l'imposant et terrible tableau de la mer à l'heure de l'ouragan. Bientôt cependant une pluie torrentielle les obligea aussi à regagner leur gîte nocturne, dont ils redoutaient la lourde et nauséabonde atmosphère. Les vagues frappaient violemment les ais du navire ; cependant le vent ne durait pas depuis assez longtemps pour qu'elles fussent profondément creusées, et *l'Espérance* suivait en droite ligne sa direction, penchée seulement sur un côté, ce qui est une situation bien meilleure, bien plus sûre que celle à laquelle il faut se résigner quand on navigue contre le vent. Werner écouta encore longtemps dans son lit le bruit de l'orage, puis finit par s'endormir. Des cris confus, une rumeur bruyante, un craquement général le réveillèrent quelques instants après. Il ouvrit les yeux, mais autour de lui tout était plongé dans une obscurité profonde. Il s'aperçut seulement, au mal de tête qu'il ressentait, que la position du navire étant changée, il devait aussi changer la sienne dans son lit. Le vacarme continuait, et en se levant il en reconnut avec douleur la cause. Entre les deux rangées de couchettes de l'entre-pont s'élevaient à quelques pieds de distance l'une de l'autre des poutres auxquelles on avait amarré les coffres, les caisses des voyageurs, les différents ustensiles dont ils avaient besoin dans la traversée, et que pour cette raison on ne descendait point dans la cale. Un des voyageurs, qui ne comprenait point la nécessité de maintenir les précautions prises par les matelots, avait dénoué, malgré les représentations de ses camarades, un des câbles fixés au bagage, pour pouvoir ouvrir plus aisément son coffre.

Le petit tailleur, qui couchait près de là, devina le danger de cette imprudence et essaya de la réparer, mais il ne put parvenir à faire un nœud solide comme celui des matelots. Dans le roulis du navire, le coffre se détacha de la colonne à laquelle il était fixé, et dans sa chute entraîna des valises, des étuis, puis enfin d'autres caisses plus lourdes. Plusieurs émigrants essayèrent de remédier à cet accident ; mais, avec ces oscillations perpétuelles du navire, à peine pouvaient-ils se tenir sur leurs pieds, et, comme leur bagage continuait à crouler de tous côtés, ils se hâtèrent de regagner leur couche pour ne point être écrasés par quelque caisse. L'un d'eux, en voulant échapper à ce bouleversement, s'était assez gravement blessé, et de toutes parts on entendait les lamentations des femmes, les cris des enfants, les soupirs des malades. C'était un désordre effroyable; en vain on invoquait le secours des matelots. Nul d'entre eux ne pouvait en ce moment s'occuper des pauvres passagers, et, si l'un d'eux eût été libre de le faire, l'obscurité de la nuit l'en eût empêché.

Dans cette agitation, dans cette angoisse générale, tout à coup s'éleva un cri de douleur si lamentable, que les malades et les enfants suspendirent leurs gémissements. Voici ce qui s'était passé : parmi les émigrants se trouvait une vieille femme, une veuve; elle allait avec sa fille unique rejoindre son fils, qui exerçait à New-York la profession de menuisier, et qui, ayant réussi dans son métier, avait prié sa vieille mère de venir vivre avec lui, lui envoyant l'argent nécessaire pour faire le voyage. Cette femme, déjà souffrante en s'embarquant et très-affaiblie ensuite par le mal de mer, s'imagina en voyant cette scène de désordre que le bâtiment allait sombrer, et l'anxiété qu'elle ressentit précipita sa fin. Elle mourut subitement dans les bras de sa fille, et c'était cette fille qui venait de faire entendre le cri déchirant dont tout l'entre-pont avait retenti.

Vainement la malheureuse invoquait la pitié de ses voisins; elle dut garder seule le cadavre de sa mère, et le garda ainsi des heures entières. La lumière du jour si désirée apparut enfin, et huit matelots descendirent dans l'entre-pont pour relever au péril de leur vie et remettre en ordre les coffres pesants qui dans les mouvements du navire roulaient de côté et d'autre. Puis ils voulurent enlever le cadavre de la veuve; mais la jeune fille l'étreignait avec une force désespérée et déclarait que la mort seule pouvait l'en séparer. En vain le pasteur Hehrmann engagea doucement la pauvre fille à céder à la nécessité; elle ne lui répondit que par des paroles fougueuses, incohérentes, qui faisaient craindre un nouveau malheur. Épuisée de fatigue, enfin elle s'endormit. On se hâta de prendre le corps de sa mère, on l'enveloppa dans une voile, et on le transporta sur le pont pour le jeter à la mer.

Le capitaine offrit de nouveau une place dans la cabine à la famille Hehrmann. Mme Hehrmann était à moitié morte, elle n'aurait pas pu passer une seconde nuit comme celle qui venait de s'écouler si tristement. Cette fois le pasteur ne s'opposa point à cette nouvelle installation; il comprenait que sa femme et ses filles, quoique habituées à une très-modeste existence, n'étaient pas en état de supporter certaines souffrances. Quant à lui, il voulait rester dans l'entre-pont. Malgré le roulis du navire, malgré la violence des vagues qui parfois l'inondaient ; le digne pasteur, abandonné de tous les passagers, dont nul n'osait rester près de lui, prononça seul au milieu de la tempête les prières des morts ; puis le cadavre fut porté sur le bord du navire, et un instant après la mer l'avait englouti.

Que faisait, à cette heure de deuil, le comité qui s'était engagé à veiller au bien-être des émigrants? Où était ce comité, tandis que de tous côtés on réclamait de lui un secours ou tout au moins une consolation? Hélas! le pauvre comité languissait dans la cabine, en proie au mal de mer. Quand le capitaine annonça la mort de la veuve, M. de Schwanthal répondit en gémissant : « Ah! je voudrais être à la place de cette vieille femme! » Puis il retomba sur sa couche, tandis que ses compagnons secouaient la tête en silence.

A midi, le cuisinier appela comme de coutume les passagers, mais bien peu d'entre eux eurent le courage d'aller chercher leur dîner. Le brasseur essaya de monter l'escalier et fut renversé par un ouvrier tailleur qui portait une assiette de riz. Il tomba sans colère et resta tranquillement étendu sur le sol près de celui qui l'avait fait tomber. La souffrance subjuguait les caractères les plus violents et paralysait les passions. La mer était d'une effrayante beauté; des vagues gigantesques s'élevaient avec une couronne d'écume, puis s'écroulaient devant d'autres vagues plus hautes encore et plus écrasantes. Des troupes de poissons monstrueux se jouaient dans les flots, montaient à la cime des lames, puis redescendaient et se perdaient dans les profondeurs de l'océan.

L'ouragan dura trois jours : le navire ne portait qu'une de ses petites voiles; le pilote était attaché au gouvernail, et les matelots devaient eux-mêmes s'amarrer sur le pont pour ne pas être enlevés par les vagues qui de temps à autre s'élançaient sur le bâtiment. Le quatrième jour enfin la tempête s'apaisa. La mer était encore très-grosse, car elle ne pouvait se calmer en quelques instants; mais déjà on souriait à l'espoir d'un temps meilleur. Le sixième jour les flots s'aplanirent, les voiles furent carguées, les malades se levèrent, et l'on vit même apparaître sur le pont quelques membres du comité avec leur figure pâle et leurs yeux fatigués. Mme Hehrmann se rétablit promptement : on eût dit que sa forte nature avait vaincu la rage du mal qui l'avait atteinte. Elle vint s'asseoir sur le pont et elle semblait puiser dans l'air de l'océan une nouvelle vie. Mais la pauvre fille qui avait perdu sa mère était encore très-malade. Dans le délire de la fièvre, elle s'imaginait que sa malheureuse mère était encore à côté d'elle; elle lui parlait comme si elle la voyait; elle lui disait que bientôt elle rejoindrait son fils. Toutes les femmes s'occupaient charitablement de cette infortunée créature et s'efforçaient de lui venir en aide.

Le ressentiment que les habitants de l'entre-pont éprouvaient à l'égard des membres du comité commençait à se manifester d'une façon plus vive. Que de belles promesses ils ont faites, se disait-on, et combien peu ils en ont tenu! Pouvait-on supporter sans murmure ces déceptions? fallait-il se voir délaissé, dédaigné? fallait-il se résigner à toutes sortes de souffrances imprévues, tandis que ces beaux messieurs en étaient exempts? Non; on pouvait au moins se plaindre, si l'on n'était pas en mesure d'agir plus efficacement, car les émigrants s'étaient eux-mêmes dépossédés de leurs moyens d'action. D'après le contrat signé à Brême, chacun d'eux avait, comme nous l'avons dit, remis son petit capital entre les mains de M. Siebert. Ces différentes sommes devaient être employées à l'acquisition et à l'exploitation d'une terre choisie par le comité. La cohorte des émigrants ne se composait pas seulement de laboureurs; il y avait parmi eux un forgeron, un charron, un brasseur, un tailleur, un cordonnier, un vitrier, un menuisier, un tisserand, enfin toute espèce d'artisans, de façon que, comme le comité le faisait remarquer, la petite colonie pourrait elle-même suffire à tous ses besoins.

Malgré les représentations du capitaine et malgré le proverbe américain qui engage les Allemands à introduire aussi peu que possible leurs mœurs, leur fer et même leur argent allemand dans les États-Unis, le comité avait cependant fait apporter sur le navire soixante-dix quintaux de haches, de scies, de faux, de charrues et d'autres ustensiles d'agriculture. Le capitaine leur avait fait remarquer que le transport de cette énorme cargaison deviendrait fort cher dans l'intérieur de l'Amérique; mais tous les membres du comité, à l'exception du pasteur Hebrmann, croyaient être parfaitement éclairés par les livres qu'ils avaient lus, et il faut ajouter que les émigrants encourageaient le comité à cette dépense, car l'idée ne leur venait pas qu'il leur fût possible d'employer d'autres instruments que ceux auxquels ils étaient habitués dès leur enfance.

Une fois qu'on aurait dépensé le premier capital destiné à payer le prix de la traversée et à acheter une terre, le comité était autorisé à faire un second appel de fonds; mais aussi son devoir était de choisir un bon terrain, dans une région salubre, et de

protéger les droits de chacun; car tous ces voyageurs avaient
entendu raconter les supercheries, les fraudes, les rapines auxquelles l'étranger est si souvent exposé sur le libre sol des États-
Unis, et tous pensaient pouvoir se confier à l'intelligence et à la
protection des membres du comité.

M. Becher leur avait adressé à ce sujet dans l'auberge de
Brême un long discours qui leur avait beaucoup plu, car il n'avait
pas cessé dans cette harangue de leur donner le titre de citoyens, et
l'un d'eux, avant de s'embarquer, déclarait qu'on n'avait jamais
si bien parlé. Les voyageurs se fiaient donc entièrement à leur
comité. Cette confiance avait été d'abord fortement ébranlée par les
souffrances et les privations que les pauvres passagers subirent
dans l'entre-pont. La tempête calma quelques jours leur irritation; mais avec le beau temps leur mécontentement se ré-
veilla: ils ne comprenaient pas, disaient-ils, pourquoi on servait
à leur comité des poudings, tandis qu'eux-mêmes n'avaient que
des légumes secs et du lard. « Oui, s'écriait le brasseur, et de
plus, il faut que nous voyions passer ces mets délicats sous nos
yeux, comme si on voulait se moquer de nous. » Le domestique
passait en effet devant la porte de l'entre-pont pour se rendre de
la cuisine à la cabine, et l'odeur des pâtisseries n'avait pas peu
contribué à augmenter les récriminations des émigrants. Le
pasteur Hehrmann s'efforçait sans cesse d'apaiser par ses sages
remontrances ces mécontentements; mais, un matin qu'il était
assis avec sa fille près du gouvernail, l'agitation des passagers
s'accrut et ils résolurent de se révolter.

Pour donner plus de force à leur grief, ils se décidèrent à envoyer au comité quelques-uns d'entre eux, qui devaient lui montrer les fautes qu'il avait commises, le sommer d'accomplir ses
promesses, et, s'il s'y refusait, réclamer l'argent qui lui avait
été confié. Cette dernière exigence trouvait surtout beaucoup de
partisans. Il restait seulement à décider qui porterait la parole.
Le tailleur était assez raisonneur; mais on pouvait en trouver
un plus habile: quelqu'un proposa le brasseur, un autre le jeune
Werner, et tous les suffrages se fixèrent sur celui-ci. Comme
il n'assistait point à cette séance, on l'envoya chercher pour
lui faire part de la décision qui venait d'être prise. Il était
assis dans la hune et contemplait, rêveur, non point la vaste mer
ni les navires qui flottaient au loin avec leurs voiles blanches,
ni les mouettes qui voltigeaient autour de *l'Espérance*, plongeaient dans les vagues et revenaient avec leur butin à la surface de l'eau; non, il contemplait le pilote, debout près du gou-

vernail, les yeux fixés tantôt sur la boussole, tantôt sur la voile enflée par le vent.

Qui était ce pilote? peut-être un rude marin avec une grosse jaquette bleue, un bonnet écossais, une barbe épaisse, des sourcils noirs et un visage bronzé par le soleil? Non; il portait un vêtement d'une couleur riante serré à la taille, un mouchoir en soie bleue légèrement noué sur un collet blanc, et de longues boucles de cheveux que la brise faisait flotter sur sa figure nue; bref, c'était Berthe, la fille aînée du pasteur, qui prenait des leçons du vrai pilote et en profitait si bien que le brave marin lui abandonnait le gouvernail, et, debout près d'elle, regardait en souriant comme elle usait de toutes ses forces quand le navire n'obéissait pas assez vite à sa pression, et comme elle se réjouissait quand elle le voyait suivre juste sa direction, puis comme elle jetait un coup d'œil furtif au haut des mâts pour observer la position des voiles.

Trois fois déjà un matelot, expédié par le brasseur, avait été dans la hune prier Werner de vouloir bien se rendre près de ses compagnons de voyage, et le jeune homme ne pouvait se résoudre à quitter sa place. Il descendit enfin, mais à regret. A peine était-il dans l'entre-pont, que les émigrants se précipitèrent vers lui et qu'une vingtaine d'entre eux se mirent à parler à la fois. Ce ne fut pas sans peine qu'il parvint à comprendre ce que l'on voulait de lui. Il se refusa à cette mission par la bonne raison, dit-il, que, n'ayant point pris part au contrat de Brême, il n'avait point le droit de s'en occuper et ne pouvait s'immiscer en aucune façon dans la conduite du comité. Il finit en remerciant d'un ton affectueux ses compagnons de la confiance qu'ils voulaient bien lui témoigner et remonta en toute hâte dans la hune.

Cet incident n'avait fait qu'augmenter l'embarras des passagers. Ils ne savaient plus quel orateur choisir.

« Eh bien! dit l'un des paysans, je parlerai moi-même. Qu'est-il besoin de faire de beaux discours? je dirai nettement à ces messieurs ce que j'ai sur le cœur et vos griefs à tous.

— Très-bien, Schmidt, dirent les autres; tu es un gaillard, et tu leur feras connaître ce qu'ils doivent savoir. »

Aussitôt dit, aussitôt fait : Schmidt, accompagné du brasseur et du cordonnier, se mit en marche d'un pas ferme et demanda à voir le capitaine. Celui-ci, en apprenant ce dont il s'agissait, l'envoya dans la cabine, où tous les membres du comité, à l'exception du pasteur, jouaient tranquillement au whist.

Cette cabine était très-élégamment meublée : tout était en acajou ou en bois plus clair travaillé avec art ; des rideaux rouges étaient suspendus aux fenêtres, et cinq glaces brillaient, avec leurs cadres dorés, au-dessus d'un large divan. Le pauvre Schmidt se trouva tout déconcerté en voyant cette magnificence. Il balbutia quelques paroles, et le vieux Siebert, qui remarqua son embarras et qui pressentit probablement la mission dont ce paysan s'était chargé, voulut l'encourager en lui adressant d'un air imposant une parole bienveillante.

Schmidt reprit alors sa fermeté ; il dit brusquement tout ce qu'il s'était proposé de dire et invita les membres du comité à accomplir leurs promesses ou à rendre l'argent dont ils étaient dépositaires. Le pasteur, qui l'avait suivi, essaya de l'adoucir ; mais Schmidt se tourna vers lui d'un air morose : « Je sais que vous avez de bonnes intentions ; mais les autres ne font que ce qui leur plaît.

— Mon cher monsieur Schmidt, dit alors M. Becher, permettez-moi de vous faire remarquer quelques erreurs dans le discours que vous venez de prononcer. Vous nous reprochez de ne point songer à votre bien-être ; de vivre ici dans l'abondance, tandis que vous souffrez toutes sortes de privations ; de n'avoir, en un mot, qu'un profond dédain pour vous et vos honorables amis ; mais dites-moi, mon cher monsieur Schmidt, comment avons-nous mérité ces reproches ? qu'avons-nous fait pour exciter votre colère ? Dites-le-moi, je vous en prie. Nous nous sommes installés dans la cabine, c'est vrai ; mais n'est-ce pas pour votre avantage ? N'y a-t-il pas déjà assez de monde sans nous dans l'entre-pont, et ne payons-nous pas de notre propre argent le privilége dont nous jouissons ?

« Vous nous accusez de vous négliger ; c'est le capitaine qui en est la cause. Les règlements du navire sont rigoureux ; les passagers de l'entre-pont ne peuvent pas venir dans la cabine, et les habitants de la cabine ne doivent pas fréquenter l'entre-pont. Vous demandez plus d'égalité ; vous dites que nous vivons dans l'abondance et vous dans la misère ; mais n'avez-vous pas une bonne et saine nourriture ? Tous les jours de la viande et des légumes ; le matin du café ; le soir du thé, du beurre et des biscuits de mer ; le dimanche de la farine, de la mélasse et des pruneaux pour faire des poudings ; est-ce là ce que vous appelez vivre dans la misère ? »

Les trois délégués secouèrent la tête.

Après une pause d'un instant, l'orateur continua : « Quel privilége avons-nous de plus que vous, si ce n'est celui de payer plus cher ? Vous dites que nous vous opprimons : mais, mon bon monsieur Schmidt, comment avons-nous mérité ce reproche ? Nous honorons vos droits ; nous savons que nous sommes tous des hommes adorant le même Dieu et que nous allons dans une nouvelle contrée chercher le même but. Messieurs, je me réjouis d'avoir pour compagnons de braves gens tels que vous, et je puis affirmer que tel est aussi le sentiment de mes collègues. »

Un murmure d'approbation répondit à ces paroles. Le pasteur s'était mis à la fenêtre et regardait les vagues.

« Je vois, continua M. Becher en remarquant l'heureux effet de sa harangue, je vois que vous reconnaissez la vérité de ce que je viens de dire. Si pourtant vous avez encore mauvaise opinion de nous, si vous ne pouvez nous conserver votre confiance, si vous croyez que nous pouvons vous tromper, voilà M. Siebert qui est prêt à vous rendre l'argent que vous avez remis entre ses mains, et qui s'affligera seulement de la défiance que vous lui avez manifestée. »

À ces mots, M. Becher baissa tristement la tête. L'honnête Schmidt, qui s'attendait à une réception hautaine, n'était point préparé à un langage si poli et si affectueux. Avec son honnêteté de caractère, il lui était difficile d'avoir mauvaise opinion des autres. Il tendit cordialement à M. Becher une main que celui-ci s'empressa de serrer : il pria les membres du comité de l'excuser s'il était un peu rude dans sa façon d'agir. « Je reconnais, ajouta-t-il, que vous n'avez point voulu oublier vos promesses, que nous n'avons, par conséquent, aucun motif de réclamer notre argent, et je vais annoncer à mes camarades que tout est parfaitement réglé. »

Les trois envoyés se retirèrent, après avoir échangé avec les membres du comité de nombreux témoignages d'affection. M. Becher les suivit du regard jusqu'à ce qu'ils eussent disparu, puis, embrassant son ami Siebert avec une expression de physionomie hypocrite et en imitant le ton de voix de Schmidt, il lui dit qu'ils étaient tous égaux et devaient tous s'entr'aider jusqu'à la mort.

M. Schwanthal, qui d'un air pensif mêlait les cartes, dit à ses deux collègues, qui riaient aux éclats, que cette affaire n'était point une plaisanterie ; que ces gens n'avaient point si grand tort ; que quant à lui, il ne voyait pas comment ils pourraient organiser leurs affaires en Amérique, car il n'avait aucun penchant pour une telle égalité.

« Et pourquoi pas, dit le pasteur, si nous sommes tous animés d'un même sentiment ; si nous avons tous la ferme volonté de travailler à la même œuvre : si nous pouvons mettre de côté nos petites considérations personnelles ; si.....

— Cher pasteur, s'écria le jeune Siebert en riant, nous voulons jouer au whist ; quand nous serons sur le sol de la liberté, les choses s'arrangeront d'elles-mêmes.

— Eh bien ! dit M. Schwanthal en soupirant, si les choses s'arrangent ainsi, c'est tout ce que je demande. »

Le pasteur retourna sur le pont près de sa famille, tandis que Becher, Schwanthal et les deux Siebert continuaient leur jeu. Mais Herbold, les mains croisées derrière le dos, se promenait d'un air pensif dans la chambre et sifflait si haut que Becher le pria de vouloir bien se taire.

Tout semblait calmé dans l'entre-pont ; l'offre que M. Becher avait faite de rendre l'argent ne laissait aucun doute sur sa délicatesse. Les émigrants étaient en outre satisfaits qu'on eût reconnu leurs principes d'égalité.

Un bon vent de sud-est enflait alors les voiles et le navire voguait rapidement sur une mer peu agitée. Il était près des bancs de Terre-Neuve et s'approchait de plus en plus de la terre américaine. Déjà le capitaine avait fait jeter la sonde, sans cependant trouver le fond ; mais le soleil dardait sur les voyageurs des rayons brûlants.

Quoiqu'il éclatât chaque jour encore quelques disputes dans l'entre-pont, la paix était cependant rétablie et les esprits étaient calmes, trop calmes ; car une partie des passagers, notamment les Oldenbourgeois, passaient presque tout le temps sur leurs couchettes, et l'air n'était point renouvelé dans cet étroit espace. En revanche, Werner était presque constamment sur le pont, ne pouvant, disait-il, supporter la lourde atmosphère de la cajute ; les femmes aussi se plaignaient de n'y respirer qu'un air malsain. Le pasteur essaya d'engager les voyageurs trop sédentaires à prendre un autre genre de vie ; M. Becher, M. Siebert leur firent aussi à ce sujet de longs raisonnements : mais ces passagers prétendaient qu'ils se trouvaient fort bien de leur immobilité dans la cajute et qu'ils n'obligeaient personne à y rester. Les membres du comité s'adressèrent au capitaine, qui promit de leur venir en aide.

Un matin, il fit inviter les passagers à sortir de la cajute, et comme aucun d'eux ne se rendait à cet appel, des matelots crièrent à haute voix : « Tous les passagers sur le pont ! » Mais en vain ils répétèrent ce cri ; aucun des indolents passagers ne s'émut. Lorsqu'on fut assuré qu'il n'y avait plus ni femmes ni enfants dans l'entre-pont, plusieurs hommes de l'équipage y descendirent avec du goudron, des plaques de fer chaudes et du soufre. Après qu'ils eurent allumé ce soufre, ils trempèrent les plaques de fer dans le goudron et il en résulta un tel tourbillon de fumée que les matelots eurent de la peine à retrouver l'escalier de la cajute. Les passagers qui s'étaient obstinés à rester sur leurs couchettes ne purent découvrir une issue et n'échappèrent au péril d'être étouffés qu'en se jetant par terre et en s'enveloppant la tête dans leur habit ; mais le lendemain, quand les matelots les appelèrent sur le pont, pas un d'eux ne s'avisa de rester en bas.

Tous les malades avaient fini par se rétablir : la pauvre fille privée si cruellement de sa mère s'était aussi relevée de son affaissement, grâce aux remèdes que Werner lui avait donnés et aux soins charitables de ses compagnes de voyage.

On approchait de la côte désirée, et chaque jour on s'attendait à voir apparaître le rivage à l'horizon. Un matin retentit ce cri joyeux : « Terre, terre. » Avant que l'œil des passagers pût distinguer la ligne de terre qui se confondait avec les eaux, on vit venir un rapide bateau portant l'étendard des États-Unis, et, quelques minutes après, le pilote, un grand homme maigre, en frac noir, portant une grosse chaîne de montre en or, montait à bord de l'Espérance.

Les émigrants contemplèrent avec une sorte de vénération cet homme qui, dès qu'il eut mis le pied sur le navire, donna ses ordres aux matelots, comme s'il avait fait avec eux toute la traversée. C'était le premier Américain qu'ils voyaient, et il parlait anglais.

Le vent continuait à être favorable, et le soir même le capitaine espérait jeter l'ancre. Chacun avait une foule de petits préparatifs à faire, et la plupart ne pouvaient pas s'occuper plus longtemps du pilote ni de l'aspect de la contrée. A chaque instant cependant, la côte se dessinait plus nettement : d'abord apparurent les contours des collines ; puis on distingua des champs, des bois, une maison : peut-être était-ce une ferme occupée par des Allemands ! Bientôt on vit quelque chose se mouvoir : c'était un troupeau ; puis, en continuant de regarder de ce côté, on aperçut des hommes. On les voyait aller et venir ; on pouvait même reconnaître la couleur de leurs vêtements. A mesure qu'on avançait vers le rivage, ces petits détails excitèrent plus d'intérêt, et enfin tous les regards se fixèrent sur un magnifique panorama.

C'était la vaste baie avec ses rives fleuries, ses nombreuses constructions, ses forts, ses centaines de navires et tout le prestige d'une contrée nouvelle, d'une contrée inconnue à laquelle on a longtemps aspiré. Pas un des émigrants ne pensait aux sollicitudes, aux privations qui peut-être l'attendaient là : pas un n'entrevoyait dans ce brillant paysage les chagrins et les misères que l'homme doit souffrir dans ce pays comme dans tout autre. Ils n'avaient devant les yeux qu'une éblouissante écorce : cette écorce ne pouvait renfermer qu'un suc savoureux.

Le soir, en effet, la grosse ancre tomba dans les flots : des employés de la Santé vinrent, dans un petit bateau, s'informer de l'état sanitaire des passagers et le trouvèrent satisfaisant. Il fallut cependant rester à bord toute la nuit, sans entrer en communication avec la terre. Le lendemain matin, un autre bateau s'approcha du navire pour prendre les voyageurs de l'entre-pont et les conduire au lazaret, où leurs bagages devaient être visités et où ils devaient eux-mêmes passer vingt-quatre heures. Ils faillirent s'emporter de nouveau quand ils apprirent que leur comité restait sur le navire. Werner les apaisa en leur disant que, s'ils ne se rendaient pas tous sur le rivage, ils se retrouveraient bientôt tous à terre, et que là il n'y aurait plus aucune différence entre eux.

Rassurés par cet espoir, ils partirent avec leurs valises, et, dans l'édifice de la Quarantaine, furent très-occupés à énumérer les voyageurs qui avaient séjourné là avant eux et qui avaient inscrit leurs noms sur les murailles. Plusieurs de ces noms leur étaient connus, et ils voulaient y joindre les leurs. Que de naïves pensées étaient là aussi inscrites au crayon ! que de vers exprimant, ou le regret de la patrie lointaine, ou la joie d'arriver au port ! Werner transcrivit quelques-unes de ces inscriptions, dont on peut se faire une idée par les deux suivantes :

> Jetzt singen wir alle Hallejujah
> Denn nun sind wir in Amerika[1].

> Die Leiden der Seefahrt sind alle vergessen,
> Denn hier kriegen wir alle Tage dreimal Fleisch zu essen[2]!

Quoique le lazaret, construit sur une petite île, ne fût éloigné de la terre ferme que de quelques centaines de pas, les émigrants avaient en vain demandé la permission de se rendre sur la plage.

1.   A présent nous chantons Hallelujah,
        Car nous sommes en Amérique !

2.   Les souffrances de la traversée à présent sont oubliées,
        Car ici nous aurons de la viande trois fois par jour !

Enfin quelques barques arrivèrent, et le cri joyeux : « A terre! à terre! » retentit parmi eux. Tous ne profitèrent point cependant de l'autorisation de partir : les uns ne voulaient point se séparer de leurs bagages; d'autres trouvaient le prix du passage trop élevé. Une quinzaine seulement se jetèrent dans ces barques et posèrent le pied avec ravissement sur le sol de leur nouvelle patrie. Ils étaient enfin sur cette terre désirée. On s'imagine peut-être qu'ils s'en allaient là embrassant les arbres, serrant la main, comme à de nouveaux frères, aux Américains qui les accueillaient avec un profond sentiment de confraternité? Non; ils demandaient où était l'auberge la plus rapprochée, une auberge où ils pourraient trouver du pain frais, du fromage, de la bière, et le citoyen des États-Unis se moquait de leur dialecte et de leurs vêtements. Ils découvrirent ce qu'ils cherchaient, et, sans accorder un regard de plus à la ville où ils venaient de débarquer, ils se précipitèrent dans le cabaret. Le brasseur s'approcha du comptoir, et, d'une voix sonore, s'écria « De la bière! » avec une expression qui indiquait assez ce qu'il avait souffert d'être privé de cette boisson. Le petit tailleur, qui, pendant la traversée, avait étudié l'anglais et croyait avoir fait de grands progrès, essaya de demander dans cette langue une portion de jambon et fut fort déconcerté dans ses prétentions par l'hôtesse, qui le pria, en bon dialecte souabe, de vouloir bien parler allemand. Mais les autres passagers se réjouirent de trouver là une compatriote et firent un heureux souper.

Werner, après avoir passé quelques instants avec eux, était retourné seul sur le rivage, regardant fixement le navire qui, avec ses voiles reployées, ressemblait à une hirondelle fatiguée qui se repose sur l'eau. Ce navire renfermait tout ce qui lui était cher, et il éprouvait un ardent désir de se jeter à la nage pour le rejoindre. Il resta là jusqu'à la nuit, jusqu'à ce que dans l'obscurité il ne lui fût plus possible de distinguer le bâtiment. Il crut entendre un léger bruit derrière lui, il se retourna et ne vit rien. Quelques lumières brillaient seulement aux fenêtres des maisons voisines et quelques voix d'hommes résonnaient confusément à son oreille. L'air était humide et froid, il jeta encore un regard du côté de son navire aimé, et il se disposait à retourner à l'auberge, quand deux sombres figures s'avancèrent précipitamment vers lui, et au même moment il faillit recevoir un coup de bâton : « Au secours! » s'écria-t-il en saisissant à la gorge un des agresseurs, qui était un nègre; mais un second coup mieux dirigé que le premier lui fut asséné sur la tête, et il tomba sur le sol sans connaissance. Combien de temps resta-t-il ainsi, c'est ce qu'il ne pouvait dire. Quand il revint à lui, il se trouva au milieu de ses compagnons dans le lazaret : la pauvre fille qu'il avait guérie et la mère dont il avait sauvé l'enfant lui soutenaient la tête et pansaient ses blessures.

Il porta autour de lui un regard étonné, car au premier abord il ne savait où il était : il croyait rêver en voyant cette chambre à demi éclairée par une lanterne. Il distingua enfin le son de quelques voix : les femmes qui prenaient soin de lui venaient de s'apercevoir qu'il était éveillé, et leur cri de joie attira les voyageurs. On lui adressait à la fois une quantité de questions et lui-même demandait vainement ce qui s'était passé. Il apprit enfin que ses cris d'alarme avaient été entendus, et que les malfaiteurs, effrayés à la vue des gens qui venaient à son secours, s'étaient enfuis après lui avoir enlevé sa bourse. Par bonheur, cette bourse ne renfermait que cinq ou six dollars : les voleurs n'avaient pas eu le temps de lui prendre le porte-feuille qui contenait son petit capital. Au reste, toutes les per-quisitions faites pour découvrir les malfaiteurs furent inutiles. A la faveur de la nuit, ils avaient sans doute gagné la forêt voi-sine et pouvaient aisément s'y cacher.

Werner se releva bientôt de sa faiblesse et dormit d'un som-meil paisible avec une compresse sur la blessure qu'il avait re-çue. Le lendemain matin, une barque le conduisit au bateau à vapeur qui se préparait à se rendre de Staten-Island à New-York. A peine était-il sur le pont de ce bateau qu'il aperçut Berthe assise à côté de sa sœur. En le voyant avec le bandage qui lui entourait la tête, elle pâlit et lui demanda d'une voix tremblante ce qui lui était arrivé. En même temps le pasteur lui mettait la main sur l'épaule et le saluait avec une affectueuse sollicitude. Werner raconta son accident, et Berthe écoutait en tressaillant chacune de ses paroles. Les autres membres du comité s'ap-prochèrent aussi de lui et lui témoignèrent leur sympathie. Becher dit qu'on pouvait bien juger par là de la cruelle nature des nègres.

Cependant le bateau s'était mis en mouvement, et, dans l'espace d'une demi-heure, il atteignit l'immense cité de New-York. L'aîné des Siebert, qui avait déjà quatre années auparavant visité les États-Unis, prit soin des bagages, les remit à des charretiers dont il eut soin de noter le numéro, puis conduisit ses compa-gnons de voyage dans la rue de Hudson, où se trouvait une bonne pension française; car il ne fallait pas, dit-il, s'imaginer qu'on pût vivre convenablement à New-York dans une auberge allemande, quoiqu'il y en eût des centaines.

Enfin la traversée était heureusement finie et l'on devait décider au plus tôt dans quel district des États-Unis on irait s'établir, afin de ne point rester trop longtemps à New-York, où la vie était fort chère. M. Siebert promit de recueillir le plus promptement possible tous les renseignements nécessaires et de les communiquer à ses collègues.

CHAPITRE II.

Une semaine à New-York.

Le soleil dardait ses rayons brûlants sur la baie de Staten-Island, lorsque le bateau qui portait les passagers de l'entre-pont de *l'Espérance* aborda au débarcadère de New-York ; avant que les matelots l'eussent amarré, de tous côtés arrivèrent une foule d'individus qui se répandirent sur le pont de ce bateau. Il semblait que ce ne fût point seulement par curiosité, mais par le désir de se rendre utile aux nouveaux venus, que ces gens accouraient si précipitamment : car, sans y être invités, ils s'emparaient des coffres, et l'on eût dit qu'ils voulaient enlever tout ce qui se trouvait sur le bâtiment.

« Halte-là ! Où vas-tu porter cette caisse ? » criait le brasseur en arrêtant un nègre qui se disposait à se rendre dans la ville avec cette partie de son bagage. Le nègre lui dit quelle était son intention ; mais, comme le brasseur ne le comprenait pas, il secoua la tête et reprit son bien. Les autres émigrants eurent à soutenir les mêmes luttes. Enfin le capitaine du bateau chassa ces industriels, et les matelots, aidés par une partie des Allemands, transportèrent les bagages à un endroit où d'autres passagers les gardaient, et c'était une précaution nécessaire ; car une quantité de charretiers noirs et blancs étaient là prêts à fondre sur les coffres et sur les valises comme des vautours sur leur proie.

Le pasteur Hehrmann, l'aîné des Siebert et Becher s'approchèrent des émigrants pour leur serrer la main et aviser avec eux au moyen de trouver des logements convenables, car ils ne pouvaient tous demeurer dans la même maison. Quelques-uns s'étaient fait donner par leurs parents ou leurs amis les adresses de diverses auberges allemandes ; M. Siebert en indiqua une dans la Pearlstreet, et d'autres, notamment les Oldenbourgeois, résolurent de rester dans des maisons allemandes situées près du débarcadère, ce qui leur donnait l'agrément d'être près des navires et d'épargner ce qu'ils eussent payé pour le transport de leurs bagages. Siebert leur dit qu'ils auraient tort de s'installer dans ces maisons, qui n'étaient que de mauvaises tavernes ; ils écoutèrent patiemment ces représentations et ne changèrent rien à leur dessein.

M. Siebert recommanda à chaque passager de prendre soigneusement le numéro de la charrette sur laquelle il plaçait ses bagages, puis il servit de guide à ceux qui voulaient se rendre à l'auberge qu'il avait signalée. Dans l'espace d'une ou deux heures, toute cette légion d'émigrants était dispersée de côté et d'autre. Voyons ce que deviennent les Oldenbourgeois, qui, au milieu des rires et des sarcasmes des charretiers, portent eux-mêmes leurs lourdes caisses dans la taverne où apparaît une enseigne qui représente un paysage helvétique avec cette inscription : *Schweizer's Heimath* (à la patrie du Suisse).

L'hôte, un petit homme replet qui aurait eu assez bonne mine s'il n'avait louché, vint les recevoir à la porte et, dans un dialecte dont il n'était pas possible de méconnaître l'origine, leur dit de porter leurs bagages dans la grande salle. Mais ce n'était pas une chose facile que de faire passer par un étroit escalier ces caisses colossales. Enfin ils accomplirent cette tâche et ils se trouvèrent dans une vaste chambre, où d'un côté s'élevaient une vingtaine de lits à deux personnes, tandis que de l'autre côté il y avait une double rangée de coffres, de sacs et de porte-manteaux. L'hôte entra et leur indiqua une place pour leur propre cargaison.

« Plusieurs hommes couchent donc ici ? dit un des Oldenbourgeois à qui l'aspect de cette chambre n'était pas agréable.

— Oui, dit l'aubergiste, nous sommes un peu serrés en ce moment ; mais demain un grand nombre de gens s'en iront, et, si vous voulez seulement vous gêner un peu cette nuit, tout ira bien ensuite.

— Il faut donc, dit un autre, coucher deux dans le même lit ?

— Peut-être trois, répondit l'aubergiste ; mais je vais aviser au moyen de faire une meilleure organisation. En tout cas, ce n'est que pour une nuit, et sur votre navire vous n'étiez pas à votre aise, je sais cela par expérience. »

A ces mots, il descendit l'escalier en riant.

« Oui, c'est vrai, répondit un autre émigrant, sur un navire on n'est pas bien ; mais je ne vois pas pourquoi nous ne serions pas mieux à New-York.

— Allons, ce n'est qu'une mauvaise nuit de plus à passer, » dirent ses compagnons, et ils descendirent dans le bar-room où, derrière le comptoir chargé d'une quantité de verres non lavés, se tenait un homme demi-matelot, demi-domestique, qui servait à boire à tous ceux qui entraient.

Cette salle, inondée de fumée de tabac, retentit à leur arrivée d'éclats de rire, de jurements et de cris tumultueux. Ils choisirent une place dans un endroit inoccupé et se firent apporter une cruche de cidre ; mais ils éprouvaient là une émotion désagréable et ils résolurent d'aller faire une promenade dans la ville.

Pendant ce temps, M. Siebert avait conduit dans une meilleure maison ceux qui avaient eu confiance en ses avis. Dans la même chambre s'installèrent le brasseur, le tailleur, le cordonnier et le vieux Schmidt. Le cordonnier était au désespoir parce qu'il avait perdu un de ses coffres, qui renfermait tous ses ustensiles de travail. Il affirmait l'avoir vu pour la dernière fois sur les épaules d'un nègre qui suivait la charrette des bagages. Distrait par l'aspect des magasins, il avait cessé d'observer ce nègre et ne pouvait plus retrouver sa précieuse caisse. Toutes les perquisitions qu'il fit de côté et d'autre furent inutiles : il reconnut alors la justesse des conseils de M. Siebert.

Ses compagnons étaient au contraire dans la plus joyeuse disposition d'esprit : le tailleur déclarait qu'on devrait venir en Amérique, ne fût-ce que pour y voir tant d'hommes et tant de rues. Bientôt on leur annonça que le dîner était servi : ils se rendirent dans la salle à manger et s'assirent à une longue table avec les autres habitants du logis, sans aucune distinction de rang. La pièce de bœuf qui leur fut servie était terriblement dure, le reste du dîner ne valait guère mieux. On leur versa un verre de cidre, et ils sortirent pour faire aussi une promenade dans la ville.

Quel magnifique spectacle éblouit leurs regards dans les larges rues qu'ils traversaient! quelle richesse dans les magasins! quelle quantité d'or et d'étoffes précieuses! Ils ne pouvaient se lasser de contempler ces merveilles, et à chaque pas ils éprouvaient une nouvelle admiration. Ce qui les étonnait surtout, c'était la quantité de petites voitures à deux roues que l'on conduisait de côté et d'autre, et qui étaient pleines d'ananas superbes, de noix de coco et d'oranges. Lorsque le brasseur apprit que l'on pouvait avoir là pour deux groschen l'ananas qui coûtait en Allemagne plusieurs thalers, il en acheta une quantité. Ses compagnons achetèrent aussi des fruits pour se consoler de leur mauvais dîner. De son côté, le tailleur était surpris du nombre immense des magasins d'habits. Dans beaucoup de rues le tiers des maisons semblait occupé par des tailleurs. Quelle fut son émotion, lorsqu'il vit une enseigne qui portait cette inscription, en anglais et en allemand : *Ici on demande cinq cents ouvriers.*

« Ah ! s'écria-t-il, voilà ce que j'appelle un maître : mais il faut qu'il fasse de fameuses affaires pour occuper tant de gens. Je veux voir ce qu'il en est.

— Quoi ! tu veux entrer là ? dit Schmidt. Ne t'es-tu pas engagé à rester avec nous, et n'as-tu pas déjà payé ta part du domaine que nous devons acheter ?

— Oui ; mais, si je puis trouver de l'ouvrage dans une maison comme celle-ci, cela me conviendrait mieux.

— Mais c'est manquer à ta parole, répliqua le brasseur : qui donc façonnera nos vêtements ?

— Si j'obtiens ici un bon emploi, le comité me permettra de le prendre.

— N'importe, repartit le brasseur, tu t'es associé à nous, tu dois rester avec nous ; nous sommes tous liés par un même contrat.

— Je veux pourtant, dit le tailleur, prendre ici un renseignement. En tout cas, cela ne peut nous nuire. »

A ces mots, il entra, suivi de ses compagnons, qui étaient curieux de voir l'intérieur d'une telle fabrique, et ne fut pas peu surpris de ne trouver là qu'un juif allemand, qui lui demanda de la façon la plus polie ce qu'il désirait acheter.

« Oh ! répondit le tailleur très-embarrassé, je suis tailleur : je voudrais me procurer de l'ouvrage, et comme vous annoncez que vous avez besoin de cinq cents ouvriers....

— J'en avais besoin il y a trois jours, répondit le marchand sur un tout autre ton : depuis j'en ai engagé quatre cent soixante ; mais, comme je leur ai déjà distribué la principale partie de mes commandes, je ne pourrais donner à ceux que j'engagerais encore qu'un très-faible salaire ; du reste, nous faisons faire tous les vêtements d'été par des femmes. Vous pouvez, si vous voulez, travailler chez moi une semaine à l'essai. Il n'y a pas longtemps que vous êtes arrivé, n'est-ce pas ?

— Non, répondit le tailleur, ne comprenant pas comment cet homme était si bien instruit.

— Eh bien! reprit le marchand, vous pouvez, comme je vous l'ai dit, travailler ici une semaine à l'essai. Je payerai votre nourriture, et, si nous sommes contents l'un de l'autre, nous pourrons faire une autre convention.

— Nous y réfléchirons, dit le brasseur en tirant par le pan de sa redingote le petit tailleur et en l'entraînant dehors.

— Où peut-il bien mettre ses quatre cent soixante ouvriers? dit celui-ci en regardant la maison.

— Ah! il n'est pas sot, répondit le brasseur. Il voudrait le faire travailler une semaine gratis; voilà ce que je n'accepterais pas.

— C'est peut-être la coutume ici, dit le tailleur.

— Grand merci, répliqua Schmidt; s'il en était ainsi, je ne resterais pas en Amérique. Mais je ne me trompe pas, j'aperçois nos Oldenbourgeois. »

En effet ils remontaient la rue et se réjouirent de rencontrer leurs compagnons. Sur le navire, tous les émigrants n'avaient pas vécu en bonne intelligence; mais ici, dans cette ville étrangère, où personne ne s'intéressait à eux, où on ne les examinait que pour voir de quelle façon on pouvait leur extorquer quelque argent, leur ancienne animosité avait disparu, et ils se serrèrent cordialement la main. Puis ils continuèrent ensemble leur marche à travers les rues. Mais qu'on s'imagine leur embarras lorsque le soir, quand ils voulurent retourner à leur logis, il se trouva que ni l'un ni l'autre ne se rappelait où était leur auberge. Ils retournèrent sur leurs pas et traversèrent rapidement plusieurs rues, sans s'arrêter cette fois à regarder les boutiques. Ils cherchaient en vain leur demeure, quand par hasard ils rencontrèrent un homme qui, à en juger par son costume et sa physionomie, devait être un Allemand. Schmidt s'approcha de lui avec confiance, et lui ayant souhaité le bonjour, lui demanda s'il n'avait pas l'honneur de parler à un Allemand.

Cet homme réfléchit un instant, comme s'il hésitait à répondre, regarda tous les émigrants, tira une longue bouffée de sa petite pipe, puis enfin dit :

« Yes. »

Les voyageurs avaient déjà appris assez d'anglais pour savoir que *yes* signifie *oui*.

« Vous pourrez donc peut-être, dit un Oldenbourgeois, nous indiquer le chemin de la Perlstrasse.

— A quel numéro allez-vous? » demanda le laconique Allemand.

Quel numéro? Tous l'avaient oublié.

« Mais, dit Schmidt, la rue ne peut pas être si longue; pourvu que nous arrivions seulement à une de ses extrémités, je retrouverai bien la maison.

— Eh bien! dit son compatriote en indiquant du doigt la direction d'une rue transversale, allez par là, puis à droite, puis à gauche; et il reprit tranquillement sa pipe.

— Quelle étrange façon de donner un renseignement! dit le tailleur; cette rue ne peut cependant pas être ronde. »

Elle était ronde cependant, ou tout au moins formait un vaste demi-cercle, et les pauvres débarqués auraient pu errer longtemps inutilement, si un autre de leurs compatriotes, plus complaisant que le premier, ne leur était venu en aide.

Le comité s'était installé très-confortablement dans l'hôtel Français, de la rue de Hudson. Quelques passagers de l'entrepont l'avaient suivi dans ce même hôtel, et ce fut là que tous les autres furent convoqués, pour aviser à la détermination qu'on devait prendre. Ainsi qu'il l'avait promis, l'aîné des Siebert s'était appliqué à recueillir des notions sur l'intérieur du pays et sur le district le plus favorable à la colonisation. Il avait fait connaissance avec un certain docteur Normann qui pouvait, disait-il, lui donner les meilleurs renseignements et qui déjà s'était rendu fort utile à un grand nombre de ses compatriotes en les dirigeant dans leurs entreprises par pure obligeance, car il n'était lui-même engagé dans aucune spéculation.

Siebert, après avoir fait avec ce docteur diverses recherches, déclara qu'il croyait avoir enfin trouvé le point par excellence : c'était un lot de terre dans le Tenessée, à trente milles, à l'ouest de la florissante petite ville de Jackson. On aurait là un climat très-sain, de l'eau excellente, un sol fertile et le voisinage d'une rivière navigable, la *Big-Halchée*, sur laquelle s'élevaient déjà plusieurs moulins.

Le pasteur remarqua qu'il serait difficile à la petite colonie d'entreprendre un si long voyage par terre, à cause de l'énorme cargaison qu'elle traînait à sa suite. L'habile docteur avait prévu cette objection : il affirma que le domaine dont il était question n'était éloigné que de quinze milles du Mississipi; qu'on n'aurait donc à faire par terre que ce court trajet; qu'on pouvait se rendre avec un navire à la Nouvelle-Orléans, d'où on remonterait le Mississipi jusqu'à l'embouchure de la Big-Halchée, que chaque capitaine connaissait, dit-il, fort bien, ou qu'on pouvait prendre les bateaux à vapeur de l'Ohio, et de là descendre le Mississipi. Ce dernier moyen fut admis à l'unanimité par les membres du comité, qui craignaient les périls et les inconvénients d'un nouveau voyage sur mer. Il ne restait plus qu'à fixer le prix de la propriété qu'on voulait acheter, et ici encore il ne se présentait aucune difficulté.

Le domaine se composait de quinze acres de terre défrichée, qui, à la vérité, n'avait pas été labourée depuis cinq ans; mais Herbold pensait que le sol n'en serait que meilleur. Dans ce terrain, entouré d'une haute palissade, il y avait une bonne maison d'habitation, une cuisine, et un petit hangar. Les édifices, ce terrain défriché et cent soixante acres de terre couverte des plus magnifiques cotonniers, devaient être cédés au prix de quatre dollars l'acre, c'est-à-dire de six cent quarante dollars, payés comptant.

Ce chiffre semblait extrêmement minime; car, si l'administration des domaines avait vendu dans les États-Unis des propriétés à raison d'un dollar et demi par acre, il n'y avait dans ces propriétés point de terre défrichée et point de constructions. « Vous remarquerez, en outre, ajouta le docteur Normann, qu'on peut croire à la fertilité d'un district quand il a été occupé; car il est évident que ceux qui ont eu la liberté de choisir un terrain dans une vaste contrée n'ont pas été prendre le plus mauvais. » Le comité reconnut la justesse de tous ces raisonnements et résolut de réunir tous ceux auxquels il était associé pour leur proposer son plan de colonisation.

Werner s'était établi dans le même hôtel que le pasteur; mais il ne savait encore quelle route il devait suivre. Son cœur le portait à rester avec les émigrants, et le docteur Normann lui donnait aussi ce conseil; mais sa première pensée avait été de se mettre en rapport avec des négociants de Philadelphie et de Boston, pour lesquels il avait des lettres de recommandation, et d'agir d'après leurs conseils. Le surlendemain de son arrivée, comme il était devant la porte de l'hôtel, fumant un cigare avec Hehrmann, il fit connaissance avec un jeune homme qui venait du Kentucky et qui avait traversé tous les États du nord. Il était depuis son enfance en Amérique, connaissait parfaitement le pays, et il secoua la tête d'un air inquiet quand il entendit parler de la résolution que les Allemands avaient prise de former ensemble une colonie.

« Excusez-moi, monsieur Hehrmann, dit d'un ton cordial le jeune Kentuckien, si je me permets de vous donner des conseils; j'ai pour moi l'expérience. Les établissements par association ne réussissent guère, et vous en verrez vous-même le résultat. Nous autres Allemands, nous ne vivons ensemble que lorsque nous y sommes obligés. et en Amérique, il ne faut pas y songer : la contrée est trop vaste. les moyens de spéculation trop multipliés ; les associations se dissolvent d'elles-mêmes très-rapidement, et le plus souvent d'une façon désagréable. Au reste, ajouta-t-il en se rapprochant de ses deux nouveaux amis, je ne me fie guère à ce docteur Normann ; il me semble que je l'ai rencontré quelque part, dans des circonstances peu honorables pour lui ; cependant mes souvenirs à cet égard ne sont pas très-nets, et je n'en dirai rien de plus. Quoi qu'il en soit, prenez-y garde, et surtout ayez soin de vous faire remettre votre titre d'acquéreur. Mais allons. monsieur Werner. faire une promenade sur le port : il y a là plus d'une scène qui vous intéressera, et vous connaissez encore trop peu New-York. »

A ces mots, il prit le jeune homme par le bras, le conduisit à la batterie, et de là à l'endroit même où, quelques jours auparavant, les passagers de *l'Espérance* avaient débarqué.

Quand ils furent sur l'étroit espace qui s'étend entre la mer et les maisons, ils remarquèrent qu'une foule d'individus se pressaient devant l'une des auberges allemandes, précisément devant celle où les Oldenbourgeois s'étaient installés. et ils s'approchèrent pour savoir la cause de ce rassemblement.

Au moment où ils arrivaient près de l'entrée de la maison. la porte s'ouvrit et se referma aussitôt derrière un homme qui s'en échappait et qui fut reçu par la foule avec des cris de toutes sortes. des sarcasmes et des plaisanteries ; mais il ne semblait ni voir ni entendre ce qui l'entourait, et cherchait seulement à s'élancer plus loin. A l'instant où il passait près des deux jeunes gens. le Kentuckien lui mit la main sur l'épaule en lui disant : « Eh quoi ! Muller, c'est vous ! D'où venez-vous donc ? par quel hasard vous trouviez-vous dans cette mauvaise taverne ? je vous croyais paisiblement établi à Indiana.

— Ah ! monsieur Helldorf, répondit l'étranger, c'est bien pour mon malheur que je suis ici. Maudite soit cette caverne de brigands. où l'on m'a ravi tout ce que possédais.

— Est-ce possible ? demanda Werner.

— Ah ! répliqua Muller, qu'y a-t-il d'impossible dans les tavernes allemandes d'Amérique ? Mais éloignons-nous : je ne puis supporter plus longtemps l'air qu'on respire dans le voisinage de ces affreux repaires ; venez avec moi sur la batterie, je vous raconterai mon histoire et celle des milliers de voyageurs qui ont perdu là ou qui y perdront ce qu'ils possèdent. »

Bientôt le pauvre Allemand commença son récit en ces termes :

« Il y a deux ans, au mois de septembre, j'arrivais ici, du Havre, sur un bâtiment français. Je ne connaissais personne en Amérique ; mais je me fiais à mes propres forces, à ma fermeté : j'avais environ quinze dollars en argent et un grand coffre plein de linge et de vêtements : j'entrai, en débarquant, dans cette misérable maison. Si j'avais été plus clairvoyant, j'aurais vu aussitôt de quelle manière elle était administrée : mais je croyais n'avoir rien à craindre : je payai d'abord deux dollars et demi et je cherchai de l'ouvrage. En vain je courus de tous côtés plusieurs jours de suite, les affaires n'allaient pas bien : je ne parlais pas anglais, et d'ailleurs je ne voulais point accepter d'autre tâche que celle que je me sentais en état de remplir. Plusieurs mois s'écoulèrent, pendant lesquels chaque soir, lorsque je rentrais triste et fatigué, l'aubergiste venait à moi, me consolait, m'engageait à boire et me tenait compagnie. Je ne savais pas alors que, selon l'usage américain, je payais, en cette occasion, pour lui et pour moi.

« Enfin il tenait entre ses mains mon dernier dollar : il ne me restait plus que cinquante cents [1] environ : je voulais quitter cette auberge et m'établir dans quelque endroit où je travaillerais seulement pour gagner ma nourriture. Il m'engagea à rester chez lui, me disant que je ne devais pas me décourag.. si vite, que je trouverais un jour ou l'autre quelque bon emploi, que d'ailleurs il me ferait crédit, et que je n'avais point à m'inquiéter de ce que je lui devrais. Je cédai follement à ses instances.

« Deux semaines environ se passèrent : ma dette s'élevait chez lui à six dollars. Un samedi soir, il me prit à part et me déclara qu'il ne pouvait plus me garder ainsi sans être payé, et que je devais chercher une autre demeure. Je lui dis que ma bourse était épuisée, ce qu'il savait fort bien, et je lui offris de lui remettre une partie de mon linge. Il me répondit qu'avec mon linge il n'acquitterait point les mémoires de ses fournisseurs ; qu'il fallait donc que je sortisse de chez lui, et que, en attendant qu'il fût payé, il garderait mon coffre. J'acceptai cette proposition ; car mon bagage m'aurait embarrassé dans le voyage que je projetais. Je pris seulement deux chemises, quelques paires de chaussettes, et je laissai le reste à cet homme avec la clef de ma caisse, en le priant de l'exposer de temps en temps à l'air, pour préserver les effets qu'elle renfermait.

1. Le dollar, qui vaut en Amérique 5 fr. 30 c., se divise en 100 cents

« Je partis à pied, et avec quelques cents pour toute ressource ; je m'en allai jusqu'à Indiana, où je trouvai enfin de l'ouvrage, et vous savez, monsieur Helldorf, que j'ai honorablement travaillé. Lorsque j'eus amassé une petite somme, je revins ici pour me libérer de ma dette et reprendre mon coffre. Arrivé ce matin, je me rendis aussitôt chez ce filou ; mais il n'a pas même voulu me reconnaître : il a juré qu'il ne savait ce que je voulais dire, et en ce moment même le misérable portait une de mes chemises. Alors je n'ai pu me contenir : d'un coup de poing, je l'ai fait rouler sur le sol : ses valets m'ont pris par le corps et m'ont jeté à la porte. Me voilà maintenant, sauf quelques dollars et un peu plus d'expérience, aussi pauvre qu'auparavant.

— Vous devriez vous adresser à un avocat, s'écria Werner révolté d'une telle friponnerie.

— Vous croyez ! dit Müller ; il n'y a pas longtemps que vous êtes en Amérique, si vous avez de telles idées. Je perdrais beaucoup d'argent en employant ce moyen et ne reverrais jamais la moindre parcelle de mon butin ; mais malheur à ce scélérat si jamais je le rencontre sur mon chemin !

— Consolez-vous, Müller, dit Helldorf, vous aurez, comme beaucoup d'autres, appris à devenir prudent par les friponneries dont vous aurez souffert : rappelez-vous ce proverbe américain : « Pas un Allemand ne peut gagner quelque argent en Amérique « avant d'avoir perdu sa dernière monnaie européenne. » Vous avez perdu tout ce que vous aviez apporté d'Europe ; travaillez, et vous aurez bientôt réparé ce malheur. »

Müller secoua la tête, tout en reconnaissant la justesse de ces observations : puis serrant la main de Helldorf et saluant Werner, il remonta le Broadway.

Helldorf raconta à son ami plusieurs autres histoires non moins déplorables sur les auberges allemandes que l'on trouve à New-York, et sur celles qui existent dans les autres villes des États-Unis. Les auberges sont tenues par des gens pour la plupart paresseux et tarés, qui se soucient fort peu de venir en aide au voyageur, et ne pensent qu'à lui faire payer à son passage un indigne tribut.

Le comité avait, sans contredit, choisi pour s'y établir une des meilleures maisons de New-York ; mais les émigrants dont il se composait devaient aussi se soumettre à la nécessité de n'avoir chacun que la moitié d'un lit, ce qui peut être encore supportable quand l'autre moitié est occupée par une personne de connaissance, mais devient souverainement pénible quand il faut la livrer à un étranger. En vain les pauvres voyageurs firent, à cet égard, toutes sortes de représentations à leur hôte; tout fut inutile. La maison était remplie, et ils durent se résigner à un de ces tristes usages américains. La famille du pasteur avait seule le privilège de posséder pour elle-même une petite chambre.

Mais cette position était charmante, comparée à celle des Oldenbourgeois dans leur taverne helvétique. Là ils furent obligés de se mettre trois à la fois dans le même lit, et dans chacun de ces lits ils étaient attendus par une légion de féroces insectes. Ils passèrent la nuit à gémir, à jurer, ne pouvant dormir et n'ayant pas une allumette pour se procurer de la lumière. Vers le point du jour ils venaient de s'assoupir, épuisés de fatigue, quand la voix criarde d'une servante les appela à déjeuner.

Ils firent de vifs reproches à leur hôte, et lui déclarèrent qu'ils ne pouvaient se résoudre à passer une autre nuit semblable. Celui-ci leur fit les plus belles promesses, et le soir même ils apprirent à leur grand regret de quelle façon il tenait sa parole : rien n'était changé à la funeste organisation de leur chambre. Le lendemain, ils résolurent de s'en aller ailleurs à tout prix. Mais ils avaient payé une semaine d'avance, et le cabaretier ne voulut rien leur rendre. De plus il les injuria, et s'écria que sa maison était trop convenablement tenue pour de tels manants. Il ne parvint cependant pas à les faire changer de résolution; ils prirent une charrette pour conduire leurs bagages, et se rendirent à l'auberge où logeaient leurs autres compagnons de voyage. Là il y avait encore de la place, et quoique cette maison fût, comme celle qu'ils venaient de quitter, pleine d'insectes, elle était cependant plus propre.

Le jour de la réunion générale étant arrivé, à deux heures de l'après-midi tous les émigrants devaient se rassembler dans la demeure du comité. Aussitôt après leur dîner, le tailleur, le brasseur, le cordonnier et Schmidt se mirent en marche pour ne pas arriver trop tard. Malgré cette crainte, ils s'arrêtaient cependant devant toutes les boutiques, admirant tour à tour les étalages de livres et de gravures, les comptoirs des changeurs avec leurs piles de dollars et de bank-notes, quelquefois encore s'arrêtant pour regarder les négresses et les mulâtresses, et ils avaient déjà fait un grand nombre de haltes, lorsque le tailleur attira l'attention de ses camarades sur une enseigne qui représentait un petit cochon rayé, avec cette inscription : *Prix d'entrée, six cents un quart.*

« Que peut-on bien voir là? demanda Schmidt.

— Entrerons-nous? dit le brasseur: cela ne coûte que six cents.

— Quant à moi, répondit le cordonnier, je ne me soucie nullement de dépenser ainsi mon argent.

— Bah ! répliqua le brasseur, six cents, c'est une bagatelle; allons voir cette merveille. »

A ces mots il entra, suivi de ses compagnons, dans une espèce de cabane, qui à l'intérieur ne présentait nullement l'aspect d'une ménagerie : car à droite se trouvait une table couverte de verres et de bouteilles, autour de laquelle étaient assis plusieurs individus; à gauche, une sorte de cage massive dans laquelle figurait l'innocent animal, dont le corps du reste n'était que très-faiblement zébré.

Les quatre Allemands payèrent leurs six cents et quart et se mirent à regarder le phénomène : le cordonnier réfléchissait qu'il en coûtait bien cher pour s'approcher d'une telle bête.

« Mais, dit le tailleur, je ne vois pas là des raies comme il y en a sur l'enseigne.

— Attendez un instant, répondit un des hommes assis derrière la table : cela viendra.

— Quoi? les raies? dit le brasseur étonné.

— Oui, repartit l'étranger; en attendant voulez-vous boire quelque chose? Que prendrez-vous? Du whiskey, du cidre, du vin, de la bière?

— De la bière, répondit le brasseur.

— Non, s'écria le cordonnier, je ne prendrai rien du tout : j'ai déjà dépensé très-sottement six cents, je n'ai pas envie d'en dépenser davantage.

— Il ne t'en coûtera rien pour boire avec tes camarades, répliqua l'inconnu.

— Pourquoi donc me tutoies-tu? » demanda le cordonnier.

L'étranger se mit à rire.

Le cordonnier allait lui adresser quelque dure réplique. Le petit tailleur l'arrêta :

« De quoi t'inquiètes-tu, dit-il, puisqu'il t'a déclaré que tu boiras sans rien payer ?

— Il pourrait être au moins plus poli, » murmura le cordonnier.

Les quatre Allemands s'approchèrent de la table, et ils venaient de se faire remplir leurs verres, lorsqu'à leur grande surprise ils virent apparaître un homme vêtu d'un habit d'étoffe grossière, avec des boutons brillants, un pantalon roux, un chapeau renversé sur le derrière de la tête; il tenait à la main gauche un pot de couleur, dans la droite, un long pinceau; sans faire attention à

ceux qui l'observaient, il s'approcha de la cage du petit quadrupède et lui refit sur le corps les raies qui depuis la veille étaient
un peu effacées.

« Très-bien, dit le brasseur, voilà comme on produit des animaux merveilleux.

— Et voilà pourquoi, répondit le tailleur, nous avons payé
six cents. »

Les inconnus qui se trouvaient là se mirent à rire de la surprise
des Allemands, et l'un d'eux leur dit :

« Pour vos six cents, vous avez au moins appris quelque chose
de nouveau. »

Mais le cordonnier était en colère : il enfonça son chapeau sur
sa tête et sortit de cette misérable cabane, entraînant avec lui ses
compagnons.

« Non, je n'ai jamais entendu parler d'une telle invention,
s'écria le tailleur. Est-ce que ces gens-là n'ont pas honte de se
jouer ainsi de la crédulité du public ?

— Si nous devons considérer, dit Schmidt en souriant, cette
aventure comme un présage, nous pouvons nous attendre à pros-
pérer en Amérique. Est-il possible que la police tolère de telles
fourberies? Ne pourrions-nous lui porter nos plaintes?

— Le mieux est, répliqua le tailleur, de ne pas en parler, car
on se moquerait de nous. Mais qu'as-tu donc? où vas-tu? s'écria-
t-il, en s'adressant au brasseur, qui, après un instant de profonde
préoccupation retournait tout à coup sur ses pas. As-tu donc oublié quelque chose? »

Le brasseur, sans lui répondre, continua à courir vers la cabane. Il y entra précipitamment et en sortit presque aussitôt avec
une triste expression de physionomie.

« Qu'as-tu donc oublié? lui dirent ses camarades.

— Imaginez-vous, répondit-il, que, dans la préoccupation que
me causait le phénomène qu'on nous a fait voir, j'avais oublié
de vider mon verre de bière. J'ai voulu aller le reprendre, mais
les coquins l'avaient bu. »

Ses compagnons se remirent en marche en riant de sa déception. Quand ils arrivèrent à l'hôtel habité par le comité, la séance
était déjà commencée. Tous les passagers de l'*Espérance* étaient
réunis dans une grande salle. Il n'y avait avec eux que deux
étrangers : le docteur Normann et le jeune Helldorf.

Le tailleur ne put s'empêcher de raconter l'étrange spectacle
qu'il venait de voir, et il en parlait comme d'une insigne fourberie.

« Vous êtes dans l'erreur, mon cher ami, dit le docteur Normann. Je connais cet établissement, je le fréquente aussi moi-même assez souvent, car on y trouve d'excellentes liqueurs.

— Cependant, répliqua le pasteur, c'est, à ce qu'il me semble, une idée un peu aventureuse que de barioler avec de la couleur un quadrupède, et de le montrer pour de l'argent comme un animal extraordinaire...

— Oui, répondit le docteur, on paye six cents pour entrer là; mais on peut boire de la bière ou du whiskey pour ces six cents. Le propriétaire de ce cabaret a imaginé cette exhibition de son petit cochon pour pouvoir par ce moyen débiter plus aisément ses spiritueux.

— Eh! dit le tailleur, c'est une drôle d'invention.

— Il y en a dans ce pays, reprit le docteur, bien d'autres qui peuvent choquer l'étranger, mais qui en réalité ne sont point une infraction aux lois de la probité. Les Américains disent : « Aide-« toi toi-même. » De quelle façon? c'est une question secondaire.

— Singuliers principes pour les gens honnêtes! remarqua Werner.

— Voilà pourtant l'idée américaine, et vous ne tarderez pas à en faire l'expérience. Par exemple, vous aurez peut-être remarqué ces magasins d'habits, où l'on demande cinq ou six cents ouvriers?

— Certainement, dit le tailleur, nous avons été dans un de ces magasins ce matin.

— Eh bien! le propriétaire vous a sans doute dit qu'il en avait déjà engagé plus de quatre cents.

— Quatre cent soixante.

— C'est cela. Et il vous a proposé de vous prendre à l'essai? Je connais cette ruse. Le brave homme qui fait cette pompeuse annonce pour donner aux passants une haute idée de son commerce n'emploie pas plus de sept ou huit ouvriers.

— Est-il possible? s'écria Meier.

— Mais, messieurs, dit M. Becher en interrompant ces révélations, il est temps de nous mettre à l'œuvre. J'ai le plaisir de vous présenter M. le docteur Normann, qui a bien voulu chercher pour nous un bon domaine, et nous vous avons convoqués pour délibérer sur ce projet d'acquisition. »

A ces mots, il se fit dans l'assemblée un grand silence, et M. Becher fit connaître à ses compatriotes ce que nous avons déjà dit de la situation du terrain qu'on offrait de vendre dans le Ténessée et des avantages qu'il présentait.

« En acceptant, dit M. Becher, l'offre qui nous est faite, nous épargnons l'argent que nous dépenserions nécessairement dans un plus long séjour à New-York, et nous nous créons un très-bel établissement pour l'avenir; car, d'après le témoignage du docteur, il doit y avoir dans le Ténessée une quantité d'Allemands qui n'attendent qu'une occasion favorable pour s'adjoindre à une colonie germanique. J'espère que ni la volonté ni la force ne nous manqueront pour créer cette colonie. »

M. Becher se tut après cette péroraison, et M. Herbold, qui, le coude appuyé sur la table, avait écouté attentivement cet exposé, s'écria : « Voilà, selon moi, une bonne affaire ! »

De tous côtés alors s'élevèrent des questions auxquelles ni M. Becher ni les autres membres du comité n'étaient en état de répondre. M. Normann prit la parole.

« Messieurs, dit-il, c'est pour moi un grand plaisir de pouvoir vous donner les renseignements que vous désirez. Le climat du Ténessée est doux. Les hivers dans cette contrée sont courts, on y voit rarement de la neige et de la glace. Le sol produit des cotonniers, du maïs, du blé, diverses autres céréales, des fruits de toute sorte, des pêches excellentes. Les arbres fruitiers croissent même dans les forêts, sans culture. Là, vous pourrez avoir autant de bétail qu'il vous plaira, sans qu'il vous en coûte un centime ni pour le mettre à l'abri ni pour le nourrir. Toute l'année vous le laissez paître en plein air. La terre est excellente. Pensez un peu qu'il y a dans le bassin du Mississipi des domaines que l'on cultive depuis cent ans sans qu'on ait eu besoin d'y mettre de l'engrais. Quant aux conditions sanitaires, je n'ai qu'une chose à dire : c'est que les gens qui évitent les excès se portent fort bien dans le Ténessée, et les laboureurs ne sont pas portés aux excès.

— Mais où pourrons-nous vendre nos produits? demanda le brasseur.

— Près de cette propriété est une rivière navigable pendant au moins sept mois de l'année. En outre, vous n'êtes là qu'à une courte distance du Mississipi, et, par ce roi des fleuves, vous pourrez vous mettre en rapport avec le monde entier.

— Cette description est vraiment très-séduisante, dit le pasteur. Il me semble que M. Normann nous crée un petit paradis. Mais ne serons-nous point trompés dans notre attente? Nous avons à prendre une grave résolution, et il importe d'y réfléchir.

— Quelle raison, répliqua le docteur, aurais-je de vous tromper ? Nul intérêt personnel ne m'engage à me mêler de cette affaire.

— Excusez-moi, messieurs, dit Helldorf, si j'appelle votre attention sur deux points auxquels vous n'avez pas encore songé. D'abord, avez-vous mesuré la longueur du voyage ? Je sais que, quand on n'est point surchargé de bagages, on peut aisément faire un long chemin : mais réfléchissez que cette terre n'a pas été cultivée depuis cinq ans, et que nous ne sommes pas ici en Allemagne.

— Vous ne prétendez pas, je suppose, que cela puisse nuire au sol ? s'écria le docteur, à qui la présence du jeune Kentuckien paraissait être particulièrement désagréable.

— Je n'ai nulle intention de déprécier ce domaine ; mais, depuis qu'on a cessé de le cultiver, pensez-vous qu'il n'y ait rien poussé, et qu'il soit facile d'en extirper les arbustes qui s'y sont enracinés ?

— Des arbustes ! répondit Herbold ; cela peut être désagréable, mais nous sommes en assez grand nombre pour les enlever très-vite.

— Cher monsieur, répondit Helldorf, croyez-moi, avec tous vos compagnons, vous ne parviendriez pas dans le cours de plusieurs années à dégager quinze acres de terre des plantes dont ils doivent se couvrir en cinq ans dans la région du Mississipi. Quant aux palissades et aux bâtiments qu'on vous promet, s'ils ont été abandonnés ainsi pendant cinq ans, vous ne devez plus y compter.

— Je ne comprends pas, monsieur, dit le docteur, pourquoi vous ne voulez envisager cette affaire que du mauvais côté. D'où vous viennent ces craintes ?

— De ma propre expérience. Ce que je redoute pour mes compatriotes, j'en ai souffert dans ma propriété. Là où les grands arbres sont abattus, il pousse des rejetons avec une telle promptitude et en une telle quantité que l'Européen ne peut s'en faire une idée. Et ces plantes, qui projettent au loin de fortes racines, sont plus difficiles à enlever que les tiges gigantesques qui depuis des siècles ombragent le sol. Mais une autre question encore. Quel titre de possession, monsieur le docteur, donnerez-vous à vos compatriotes ? »

Le docteur semblait très-mécontent d'avoir à répondre à cette interpellation : mais, comme tous les regards étaient fixés sur lui, il tira un parchemin de sa poche et le déploya. C'était un acte signé au mois d'octobre 1819 par le président Monroe, qui accordait ces cent soixante acres de terre à un certain Guillaume Howitt en récompense de ses services militaires.

Helldorf n'avait rien à objecter à une telle preuve. Les concessions faites aux militaires étaient en général reconnues, mais se vendaient à très-bas prix.

Le docteur se retourna vers les émigrants, qui, ravis de la description de leur futur établissement, pressèrent le comité de conclure au plus vite le marché et de fixer le jour du départ.

« Mais ne nous avez-vous pas aussi parlé d'une grande forêt ? demanda M. de Schwanthal, qui était un ardent chasseur.

— Oui, répondit le docteur en riant, et je n'osais y revenir de peur que vous ne m'accusiez de tout exagérer. Peut-être auriez-vous de la peine à me croire si je vous disais tout ce qu'il y a là de daims, de faisans, d'ours.

— Y a-t-il aussi des dindes et des lièvres ?

— Personne ne se soucie d'un tel gibier. Qui voudrait employer une charge de poudre et de plomb à tuer un dindon chétif, quand il peut avoir un cerf ? Vous verrez ce qu'il en est quand vous serez là. »

La décision des émigrants était prise, et ils se hâtèrent de conclure le marché, comme si en quittant leur patrie ils n'avaient pensé qu'à se rendre sur ce petit coin de terre, situé entre le Mississipi et la ville de Jackson. Ils ne voulaient plus entendre parler que du Ténessée. Le soir même, le comité remit à M. Normann les six cent quarante dollars et reçut l'acte de propriété, qui fut confié à M. Siebert. Pendant toute cette négociation, celui-ci s'était tenu à l'écart et n'avait fait que répondre vaguement aux questions qui lui étaient adressées sur l'intérieur du pays, qu'il avait cependant parcouru, disait-il, dans un de ses voyages. Cependant il rédigea le contrat de vente selon toutes les formes légales, paya le domaine sur le capital qu'il avait entre les mains et annonça aux émigrants qu'ils auraient bientôt à lui remettre un supplément de fonds, pour donner au comité la faculté d'agir selon leurs intérêts. Il semblait s'être lié promptement avec le docteur Normann, et il sortit avec lui de l'hôtel.

Cette affaire finie, il s'agissait de savoir quel chemin les Allemands devaient prendre pour arriver à leur nouvelle demeure. Comme chacun d'eux redoutait un nouveau voyage par mer, tous s'accordèrent pour prendre une route qui les conduirait, par Albany et Buffalo, jusqu'à l'Ohio, d'où ils descendraient, par le Mississipi, vers l'embouchure de la Big-Halchée. Helldorf, qui avait des idées très-justes sur leur situation, les engagea à vendre la

plus grande partie de leur cargaison de charrues et d'autres ustensiles d'agriculture : mais nul d'entre eux ne voulut y consentir.
et il fut arrêté qu'on partirait dans trois jours.

Ils voulurent s'embarquer sur un bateau à vapeur pour Albany :
de là ils devaient prendre le chemin de fer jusqu'à Utique. Leur
société se composait de soixante-cinq personnes, y compris les
femmes et les enfants ; le temps était superbe, l'espérance ani-
mait tous les esprits, et l'on se promettait de faire le plus agréable
voyage. Werner, qui désirait visiter Philadelphie et Baltimore,
ne devait rejoindre que plus tard ses compatriotes. Avant de
partir, chacun d'eux acheta encore à New-York plusieurs objets
qu'ils ne croyaient pas pouvoir se procurer dans l'intérieur du
pays. M. de Schwanthal fit une provision de poudre et de plomb,
et déclara à ses compagnons qu'il ne les laisserait pas manquer
de gibier.

La veille de leur départ était un dimanche : les Oldenbourgeois
s'étaient rendus de bonne heure à l'église allemande ; le cordonnier voulait entendre un sermon anglais, il entraîna avec lui le
tailleur et Schmidt ; le brasseur resta au lit.

Les trois compagnons cheminèrent à travers de longues rues
silencieuses et désertes, jusqu'à ce qu'ils arrivassent devant une
église où résonnait la voix bruyante d'un prédicateur. Ils entrèrent dans un petit temple où, selon la coutume de l'Église évan-
gélique, il n'y avait qu'une large chaire et un étroit autel. Le prêtre
semblait fort animé et parlait avec une extrême volubilité. Nos
trois aventuriers, pressés peu à peu par la foule, parvinrent jusqu'au milieu de l'église et se trouvèrent en face du prêtre. Sa
physionomie prenait un caractère de plus en plus farouche, ses
gestes devenaient plus violents, et deux fois déjà le tailleur avait
exprimé à voix basse à ses camarades le désir de s'en aller,
quand tout à coup une femme qui était assise près d'eux poussa
un cri déchirant : ses yeux semblaient égarés, et elle paraissait
hors d'haleine. Bientôt le même cri lamentable, les mêmes san-
glots se firent entendre de plusieurs côtés, et la femme qui avait
d'abord attiré l'attention des trois Allemands parut en proie à
une affreuse émotion, car ses gémissements se succédaient sans
interruption et tout son corps tremblait. Le tailleur essaya de s'é-
loigner d'elle : mais la foule était si serrée qu'il ne put y parvenir.

Le prédicateur criait d'une façon terrible, et chacune de ses paroles semblait provoquer de nouveaux gémissements. Soudain la
grosse femme qui occupait d'une façon si étrange les trois compagnons subit une nouvelle révolution : ses yeux hagards se fixè-

rent sur le tailleur, qui l'observait avec effroi ; ses narines se di-
latèrent, ses lèvres s'ouvrirent, et elle fit un bond impétueux, en
poussant une clameur éclatante.

« Seigneur de Dieu ! » s'écria le tailleur en tombant à genoux,
pendant que dans son exaltation l'Américaine se levait, s'asseyait,
frappait du pied, joignait les mains et poussait des hurlements et
des cris de joie.

Personne pourtant ne semblait s'occuper d'elle. Schmidt, croyant
qu'elle était possédée du diable, s'approcha d'elle et la prit par le
bras. Au même instant, des cris de fureur retentirent de toutes
parts, des mains vigoureuses le saisirent au collet, à l'épaule, et,
avant qu'il pût se rendre compte de ce qui lui arrivait, il se trouva
couché dans la rue, à côté du cordonnier. Ils n'étaient pas encore
relevés quand la porte s'ouvrit une seconde fois ; le tailleur, sans
chapeau, les vêtements en désordre, sauta impétueusement dans
la rue, et, sans écouter la voix de ses camarades, s'enfuit avec
précipitation.

Le cordonnier, s'apercevant que les passants commençaient à
le regarder, prit son camarade par la main et l'engagea à quitter
la place. Lorsqu'ils arrivèrent près de leur auberge, Schmidt, reprenant enfin un peu d'assurance, dit à son camarade : « As-tu
jamais rien vu de semblable ?

— Non, répondit le cordonnier ; mais où peut bien être notre
petit compagnon ?

— Nous serons obligés de le faire réclamer dans les journaux,
répondit Schmidt : à la manière dont il courait, il n'a dû s'arrêter
que lorsqu'il est tombé.

— Et toi, demanda le cordonnier, pourquoi t'a-t-on jeté dehors ?
Est-ce parce que tu voulais porter secours à la grosse femme ?

— Que sais-je ? grommela Schmidt : quel peuple brutal ! Si jamais je rentre dans une de ces églises !... »

Ils arrivèrent à leur demeure et trouvèrent dans la salle à manger Helldorf et Werner qui causaient avec le brasseur. Quand ils
eurent raconté leur aventure, Helldorf éclata de rire et leur dit
qu'ils étaient tombés dans une réunion de méthodistes, et que les
gens de cette secte étaient gravement offensés quand on portait
la main sur une personne qu'ils croyaient inspirée par le souffle
de Dieu. Cependant le tailleur les inquiétait, et ils se préparaient
à se mettre à sa recherche quand soudain on le vit apparaître les
joues pâles, les yeux effarés. L'hôtesse se hâta de lui donner un
verre de liqueur. Peu à peu il revint de son effroi ; mais plus
d'une demi-heure s'écoula encore avant qu'il pût raconter que la

grosse femme était tombée sur lui et l'avait mordu. Après quoi, dit-il, il avait recueilli toutes ses forces pour fendre la foule et s'enfuir.

« Mais qu'as-tu fait de ton chapeau ? demanda le brasseur.

— Je pense, répondit le tailleur, qu'il est à l'église.

— Ne veux-tu pas aller le chercher ?

— Moi, rentrer dans cette église ! Quand elle serait pleine de chapeaux superbes, à cinq thalers la pièce, et quand je pourrais les avoir tous, je ne remettrais pas le pied dans cet horrible édifice. »

Depuis leur arrivée à New-York, Mme Hehrmann et ses filles étaient complétement remises des fatigues de la traversée. Berthe avait la fraîcheur d'une rose ; mais elle pencha tristement sa jolie tête lorsque, le dimanche soir, Werner, en lui faisant une visite avec Helldorf, lui annonça qu'il ne partirait point avec elle, qu'il devait d'abord visiter quelques villes voisines.

« Je croyais, murmura-t-elle, que vous vouliez vous adjoindre à notre établissement ?

— Mon enfant, dit sa mère, M. Werner ne doit pas négliger ses affaires. Lorsqu'il les aura terminées, j'espère qu'il viendra nous voir dans le Ténessée, et il sera toujours le bienvenu.

— Je n'ai pas besoin de vous dire, madame, répondit Werner, combien j'apprécie votre bonté et combien je vous suis reconnaissant de l'affectueux intérêt que vous m'avez toujours témoigné ; plus tard, peut-être, pourrai-je vous donner une preuve de ma gratitude. A présent, je suis forcé de me rendre à Philadelphie et à Baltimore, pour y remettre des lettres de recommandation qui peuvent décider de mon sort ; mais il est possible que je vous rejoigne bientôt, car M. Helldorf me dit que, pour aller au lieu de votre destination, il y a un chemin plus court par les montagnes.

— Certainement, reprit Helldorf ; et, si vous n'êtes retenu dans les villes que vous allez visiter que par vos lettres de recommandation, vous n'y resterez pas longtemps. Chaque personne à laquelle vous êtes adressé vous invitera un jour à dîner et croira avoir rempli son devoir. Il peut se faire que le lendemain elle ne vous connaisse plus.

— Quelle plaisanterie !

— Non, c'est vrai ; j'ai fait moi-même l'épreuve de ces lettres de recommandation. »

Au même instant on frappa à la porte, et M. Normann entra de l'air le plus gracieux. Avec toutes les apparences de la plus vive affection, il s'informa de la santé de la famille du pasteur, donna à Mme Hermann d'excellents conseils sur la manière dont elle devait s'installer dans sa nouvelle résidence, raconta plusieurs épisodes intéressants de sa propre vie, enfin se montra si aimable que M. Helldorf sentit s'affaiblir les préventions qu'il avait éprouvées contre cet homme, et qu'il lui parla avec plus d'abandon.

Le docteur parut surtout très-désireux de se rendre agréable à Werner. Il lui offrit pour l'intérieur du pays plusieurs lettres qui lui assureraient, disait-il, un excellent accueil. « Mais à quoi ces lettres pourraient-elles servir? demanda Helldorf : vous savez bien que dans ce pays.....

— Oui, oui, répondit le docteur : mais fiez-vous à moi. Demain, je remettrai à M. Werner des recommandations avec lesquelles il sera reçu, là où il se présentera, comme l'enfant de la maison, et je vous assure que jusqu'à présent je ne connais pas plus que vous l'homme qui me les donnera.

— Le docteur parle par énigmes, dit en souriant Mme Hehrmann. Si vous pouviez faire ce que vous dites, vous seriez un vrai magicien.

— Non; pour cela, il suffit de connaître quelque peu la nature humaine. Demain, je vous donnerai la preuve de ma science.

— Monsieur le docteur, reprit Helldorf, vous avez mentionné dernièrement une invention qui vous retenait ici : oserais-je vous demander quelques détails à ce sujet ?

— C'est une découverte, répondit Normann, qui, je l'espère, fera du bruit : j'ai retrouvé l'art de composer une lumière inextinguible. Les anciens le connaissaient; car on a vu des lampes qui brûlaient encore dans des caveaux fermés depuis longtemps. J'ai fait part de ma découverte au président, et je dois partir la semaine prochaine pour Washington.

— Mais, docteur, s'écria Werner, cela me semble la source d'une fortune incalculable.

— On m'a offert cent mille thalers en Allemagne, autant en France; mais je suis républicain, républicain de cœur et d'âme, et je ne vendrais ma découverte à aucun roi. J'ai déjà fait des essais dans l'Arkansas.

— Avez-vous été dans l'Arkansas? » s'écria Helldorf en s'élançant vers le docteur et en le regardant fixement.

Celui-ci sembla pâlir; puis il reprit aussitôt son assurance et répondit avec un sourire un peu forcé :

« Non; je voulais dire que j'avais eu la pensée de faire des essais dans l'Arkansas; mais je suis tombé malade à Cincinnati, et je n'ai pu continuer mon voyage.

— Pardonnez-moi, repartit Helldorf ; c'était un ancien souvenir. Il me semblait que je connaissais votre figure. »

Le docteur pâlit de nouveau ; cependant ses traits conservèrent leur fermeté. « En Amérique, dit-il, on peut voir beaucoup de figures, car la moitié de la population est perpétuellement en route, et il est naturel qu'on rencontre plus d'une fois des gens qui se ressemblent ; mais excusez-moi, mes affaires m'obligent à vous quitter. Demain matin, monsieur Werner, si vous voulez bien venir chez moi, je remplirai la promesse que je vous ai faite. »

A ces mots, il salua respectueusement Mme Hehrmann et ses filles, et s'éloigna.

Un instant après, Helldorf, qui était devenu très-pensif, sortit avec Werner.

« A présent, s'écria-t-il, quand ils furent dans la rue, j'en suis sûr, c'est mon coquin. Arkansas ! Arkansas ! C'est là que je l'ai vu.

— Il n'a jamais été là, répliqua Werner.

— Mensonge ! mensonge ! j'ai vu comme il pâlissait au moment où il m'a reconnu. Mais dans l'Arkansas il avait une longue barbe et portait le nom de Wahler. Je suis certain que c'est lui. Il fut appelé en duel pour avoir triché au jeu, et, en se rendant au lieu où il devait se battre, il égorgea son adversaire.

— Ce serait affreux ! s'écria Werner.

— C'est lui ! c'est lui ! reprit Helldorf. Maintenant, que Dieu ait pitié des pauvres émigrants, car il n'y a pas de doute que le scélérat les a trompés.

— C'est impossible, répliqua Werner. Vous avez vu vous-même l'acte de vente, et vous l'avez trouvé en bonne forme. Je ne puis supposer….

— Nous verrons. Mais je jurerais que c'est là mon coquin, et je suis curieux de voir comment demain il vous procurera vos lettres de recommandation.

— Mais s'il a commis un tel crime, n'est-il pas possible de lui en demander compte ?

— Comment ? où sont les preuves ? où sont ceux qui se trouvaient alors sur les lieux ? Cher Werner, une année, une seule année amène ici de grands changements. Mais je n'oublierai point cette affaire, car celui que cet homme a lâchement tué était mon meilleur ami. Que le docteur prenne garde à lui, si je le trouve sur mon chemin ! Bonsoir, Werner ; ne parlez à personne de ce que je vous ai confié, et allez prendre demain vos lettres de recommandation ; peut-être nous donneront-elles quelque indice sur la position du docteur. »

Toute la nuit Werner fut agité par des rêves étranges, et le lendemain, à l'heure dite, il entrait chez Normann. Celui-ci s'avança amicalement à la rencontre du jeune homme, puis, le prenant par le bras, il le conduisit dans un hôtel de la rue Chatham, où il s'informa si M. Smith logeait encore là.

Sur la réponse affirmative du domestique, il fit demander à M. Smith s'il voulait bien recevoir deux étrangers.

« Est-ce que réellement, dit Werner, vous ne connaissez pas cet homme?

— Tout à l'heure, répondit le docteur, vous en serez vous-même convaincu. »

En effet, un instant après, il entrait avec le jeune Allemand dans la chambre de M. Smith, et lui adressait la parole en ces termes :

« Monsieur, je vous suis complétement inconnu; mais j'ai beaucoup entendu parler de vos vastes propriétés et du site excellent que vous avez choisi pour fonder une ville. Il vient d'arriver une société nombreuse d'Allemands, qui bientôt sera suivie d'une autre. Toutes deux ont l'intention de se fixer dans l'intérieur du pays. M. Werner, que je vous présente (l'Américain s'inclina), est chargé de trouver un emplacement convenable, et je l'ai engagé à visiter vos possessions. Oserais-je vous prier de donner à mon ami des lettres qui l'aideraient à remplir sa mission? Vous me rendriez un véritable service, et vous attireriez peut-être dans votre voisinage une laborieuse colonie. »

A mesure que Normann parlait, la figure de l'Américain prenait de plus en plus une expression de contentement. Il s'approcha d'un air affectueux des deux étrangers, leur serra vivement la main, et adressa à Werner quelques protestations auxquelles le jeune Allemand, qui ne comprenait pas très-bien l'anglais, répondit par un muet salut. Sans ajouter un mot, M. Smith s'assit à son bureau et écrivit une lettre dans laquelle il priait ses deux frères de faire le meilleur accueil à celui qui la leur remettrait, et de lui faciliter de tout leur pouvoir le moyen d'apprendre à connaître leur contrée. Vainement Werner s'efforça de faire entendre à l'Américain qu'il ne prenait aucune part à cet abus de confiance; M. Smith croyant, qu'au contraire le jeune homme le remercîait, lui adressa de nouveaux compliments. En même temps le docteur l'entraînait par le bras, et, avant qu'il fût revenu de sa surprise, Werner était dans la rue avec sa lettre dans sa poche.

« Eh bien, s'écria Normann en riant, n'ai-je pas bien tenu ma parole, sans être un magicien? Oui, mon cher Werner, prenez les Américains par leur côté faible et vous les mènerez comme vous voudrez; sinon, vous les trouverez intraitables.

— Docteur, je ne ferai jamais usage de cette lettre, car je regarde cette démarche comme une....

— Bah! bah! cher ami, quand vous aurez passé deux années en Amérique, vous ne serez pas si difficile, vous deviendrez ce qu'on appelle ici : *smart* [1]. Notez ce mot. Il a dans ces cinq lettres la valeur d'un dictionnaire. »

Werner était sur le point de lui répondre assez rudement : mais il se ravisa, prit congé de lui, et alla rejoindre Helldorf. Quand il lui eut raconté ce qui venait de se passer, Helldorf se mit à rire et lui répondit :

« Cela ne me surprend pas. Le docteur est un rusé coquin, et je suis inquiet du contrat qu'il a fait avec vos compatriotes. »

Puis il ajouta, comme s'il se parlait à lui-même :

« Il faut qu'il ait encore d'autres projets; sinon, aussitôt ce domaine vendu, il serait parti; mais nous aurons l'œil sur lui, et, s'il nous tombe entre les mains, il ne lui restera qu'à se recommander à Dieu. »

Le lendemain était le jour fixé pour le départ des émigrants et de Werner. Celui-ci, ayant promptement mis ses affaires en ordre, résolut de se rendre près de la famille Hehrmann pour passer encore avec elle quelques instants. Il fut passablement surpris de retrouver là le docteur, et d'apprendre que ce très-équivoque personnage allait accompagner les émigrants jusqu'à Cincinnati, où il avait, disait-il, une négociation à poursuivre pour son invention. Bientôt cette fâcheuse impression se perdit dans le regret profond qu'il éprouvait de se séparer de sa bien-aimée, car il ne pouvait se dissimuler combien il était attaché à la fille du pasteur, et il serra en silence la main à Helldorf, qui lui demandait si l'air du Ténessée ne lui serait pas salutaire.

Les voyageurs avaient encore beaucoup d'arrangements à prendre. Ils acceptèrent avec reconnaissance la proposition que M. Normann leur fit de seconder MM. Siebert dans l'expédition des bagages, tandis que MM. Hehrmann et Werner tâcheraient de se rendre utiles aux femmes.

Selon les usages des Américains, le docteur n'emportait qu'une légère valise; en revanche, les émigrants, surchargés de bagages commençaient à comprendre qu'ils auraient mieux fait de suivre les conseils du capitaine de *l'Espérance*. Mais, après avoir amené

1. Subtil

leur lourde cargaison si loin, il leur semblait qu'ils ne devaient plus l'abandonner, et tout fut embarqué sur le bateau à vapeur. L'horloge sonnait cinq heures, la cloche du bâtiment tintait pour la troisième fois, une noire fumée s'échappait par jets impétueux de sa cheminée; les roues tournaient, le colosse se mettait en mouvement; il s'éloignait de la terre, il fendait les flots.

Le vieux Helldorf s'efforça d'arracher son ami de l'embarcadère, où se pressait une quantité de spectateurs. Ses yeux restaient fixés sur ce bateau, où naguère il voyait encore s'agiter un mouchoir blanc. Lorsque enfin tout disparut dans le lointain, il prit le bras de Helldorf et regagna silencieusement la ville.

CHAPITRE III.

Le voyage.

Le bateau à vapeur remontait la magnifique rivière de l'Hudson, et les Allemands ne pouvaient se lasser de regarder le vaste et admirable paysage qui se déployait devant eux dans toute sa splendeur. Le soleil couchant colorait de ses rayons de pourpre les flots de l'Hudson et les masses de rocs pittoresques qui s'élèvent sur le rivage avec leur couronne de verdure. Ce spectacle avait un tel charme que les Oldenbourgeois eux-mêmes en furent émus, et qu'ils oublièrent de préparer leurs couches pour la nuit.

A l'écart se tenait le pasteur Hehrmann, absorbé dans une profonde réflexion. Ses regards ne se délectaient point dans la contemplation des majestueux points de vue qui l'entouraient; ils suivaient mélancoliquement la marche des nuages dorés sur le ciel bleu. Il avait laissé sa femme et ses enfants dans la cajute et il se croyait seul, lorsqu'il sentit sur son bras une pression légère : c'était sa fille aînée qui appuyait sur lui sa blonde tête.

« N'est-ce pas, cher père, que c'est un beau tableau, et qu'on est heureux de voir cette superbe rivière? Quelle joie on aurait à s'établir ici, à posséder une de ces délicieuses petites maisons de campagne! Les hommes qui vivent là doivent être bons.

— Et pourquoi? Berthe, répondit le pasteur. Crois-tu qu'une belle nature ait une telle influence sur le cœur de l'homme? Oui, il devrait en être ainsi; mais c'est précisément dans les plus riantes, dans les plus admirables régions, que nous trouvons les hommes les plus méchants et les plus violentes passions. On dirait que là où Dieu s'est plu à répandre sur la terre les dons les plus précieux, le cœur de l'homme est la seule place où règnent la discorde et la haine, l'inquiétude et la méchanceté. Je ne veux pourtant point accuser les habitants de cette contrée. Je parle des régions tropicales. La population des rives de l'Hudson est bonne, elle descend d'une ancienne colonie de braves Hollandais.

—Comme vous me semblez pensif, mes amis! dit le docteur Normann, qui en ce moment s'approcha du pasteur; vous regardez ces chaînes de rocs : un beau pays mais difficile à traverser. Il faut souvent faire de longs détours pour arriver au bord du fleuve; nous sommes ici dans le voisinage d'un endroit dangereux. Voilà l'île du Revenant : oui, je le répète, l'île du Revenant, ne soyez pas si surpris. Si nous n'avons pas ici les vieux châteaux et les ruines qui parent les bords du Rhin, nous avons une quantité de légendes.

—Oh! je vous en prie, racontez-nous celle de l'île du Revenant.

—C'est une très-simple histoire, répondit le docteur en souriant, mais elle a plus d'une fois occupé dans l'ancien temps le peuple de ce district. Aujourd'hui, les yankees ne sont ni poétiques ni romantiques: ils ne croient qu'à ce qu'ils peuvent saisir de leur main vigoureuse, et l'apparition d'un esprit, fût-ce l'esprit de leur propre aïeul, n'a pas pour eux le moindre intérêt, s'ils n'espèrent en tirer quelque avantage matériel. Tel n'est point le cas avec les visites du revenant.

— Du revenant ? dit Berthe, avec une vive curiosité

—Oui, et voici votre mère et votre sœur qui désireront peut-être aussi connaître cette tradition. »

Devant cet auditoire de quatre personnes, le docteur fit le récit suivant : « Lorsque les Hollandais étaient les paisibles possesseurs de cette terre, dans une petite ville, située sur la rive orientale du fleuve, vivait un homme nommé Tromp, qui ne faisait que se livrer à sa paresse comme un Turc, se promener dans les rues et guetter au passage quelque malheureux individu de sa connaissance. Dès qu'il pouvait en rencontrer un, il l'arrêtait et, bon gré mal gré, il fallait que l'infortuné subît les contes que Tromp voulait absolument lui répéter.

« Un jour qu'il s'était rendu à bord d'un petit bâtiment marchand, il avait réussi à s'emparer du cuisinier et lui racontait pour la septième fois par quel artifice il avait échappé au mariage. A l'instant où il poursuivait avec une nouvelle complaisance son récit, le navire partait, et, comme Tromp ne pouvait s'élancer à terre, il se résigna à rester à bord jusqu'à ce que ce bâtiment le ramenât près de sa demeure. Mais pendant le voyage il lui arriva une autre catastrophe. Un soir que, fatigué d'avoir pendant de longues heures raconté ses histoires, il s'était endormi sur le pont, la grande voile, détachée de son mât, l'enveloppa dans un de ses replis et le lança à l'eau. Quelques personnes prétendent même que le navire chavira. Quoi qu'il en soit, Tromp tomba dans l'eau comme une pierre, et jugez de son étonnement lorsqu'il se trouva au fond de l'Hudson parmi les esprits de ceux qui depuis des siècles ont péri dans ce fleuve.

« Il aurait pu être satisfait de sa situation : car, s'il faut s'en rapporter à des notions authentiques, on vit d'une vie fort agréable sous les vagues bleues de l'Hudson. Mais, avec la rage qu'il avait de raconter des histoires, il éloigna bientôt tout le monde. Au commencement, on prenait quelque intérêt à ses récits ; puis, quand il en vint à répéter tout ce qu'il avait déjà tant de fois narré, les pauvres noyés, qui devaient rester jusqu'au jugement dernier avec cet ennuyeux conteur, délibérèrent sur ce qu'ils pourraient faire pour s'en délivrer, et résolurent de lui permettre de retourner parmi les vivants sous une forme humaine, afin de ne pas effrayer les paisibles habitants des bords de l'Hudson.

« Tromp revint avec joie dans les rues de sa ville natale, avec une autre figure que celle qu'il avait précédemment. Mais qu'importait ce changement ? Qu'importait qu'il eût une autre voix et d'autres habits ? ses histoires étaient les mêmes. Il les répétait mot pour mot, comme s'il lisait une vieille chronique, et, quelques jours après son retour, chacun le fuyait. La nouvelle se répandit dans tous les quartiers de la petite ville, qu'après avoir été noyé il était revenu à terre, et, dès qu'il entreprenait de raconter une de ses vieilles anecdotes, ses auditeurs secouaient la tête d'un air de dédain et s'enfuyaient au risque de voir se déchirer leurs vêtements ; car, pour les retenir, il les prenait par leurs boutons.

« Tromp devint misanthrope : il cherchait la solitude et se parlait à lui-même. Il finit par se retirer sur cette petite île, pour ne point prodiguer le trésor de ses contes à des gens qui n'en étaient pas dignes. Voilà l'ingénue et touchante histoire des apparitions du revenant, et chaque fermier des environs pourrait y ajouter plusieurs détails. »

Pendant que le docteur faisait ce récit, plusieurs passagers allemands s'étaient approchés de lui et, à leur tour, ils se mirent à raconter des légendes de leur pays.

Schmidt, le cordonnier, le tailleur et le brasseur avaient passé leur temps à faire un large repas ; mais, lorsque vint la nuit, ils furent fort inquiets de voir qu'ils n'avaient pas une place pour se reposer.

« Comment ne nous donne-t-on pas au moins un peu de paille? dit le cordonnier; il n'est pas possible de se promener ainsi toute la nuit.

— Je me coucherais bien sur le pont, répliqua le brasseur, s'il était propre; mais ce sale peuple crache partout de telle sorte qu'il ne laisse pas un endroit net. Quelles gens ! nos paysans les plus grossiers sont mieux élevés.

— Quand arriverons-nous à Albany? demanda Schmidt à un des mécaniciens qui, en ce moment, versait de l'huile sur la machine.

— Je ne comprends pas l'allemand, répondit l'Américain en secouant la tête.

— Ne pouvez-vous pas répondre plus poliment? s'écria le brasseur en colère.

— Ne l'emporte pas ainsi, lui dit le tailleur : penses-tu que tu dormiras mieux quand tu auras reçu des coups de poing?

— Où peut être le comité, demanda Schmidt, et où sont les Oldenbourgeois? je ne les ai pas encore aperçus.

— Qui sait? murmura le cordonnier en s'enveloppant dans un vieux manteau; je vais me mettre là et attendre que le jour vienne. »

Les autres suivirent son exemple, et bientôt sur le large bâtiment on ne vit que des groupes de passagers assoupis les uns sur leur bagage, d'autres sur un coffre, et se résignant à passer ainsi de longues heures à l'air frais, avec le regret de n'avoir pu se mettre dans un lit.

Enfin l'aurore parut et le cri : « A terre ! à terre ! » se fit entendre. Le bâtiment jeta l'ancre devant le débarcadère de Nouvelle-Albany, et tout le chargement du navire fut aussitôt porté sur le rivage ; car ce jour-là même le capitaine devait retourner à New-York.

Le docteur Normann conduisit les dames dans un hôtel situé près du port, pendant que les émigrants étaient tous très-occupés à rassembler leur cargaison et à la faire transporter au chemin de fer. C'était par ce chemin qu'ils devaient se rendre à Utique, et alors il leur fut bien démontré qu'ils avaient pris une trop grande quantité d'effets; car il leur en coûtait cher pour charrier d'un endroit à l'autre cet amas d'ustensiles, et de plus c'était pour eux une pénible préoccupation.

« Mais, disaient-ils puisque tout ce chargement est venu jusqu'ici, nous ne pouvons pas l'abandonner, et bientôt nous serons au terme de notre voyage. »

Ce voyage n'était pas si facile à faire qu'ils l'avaient imaginé, et ils devaient subir plus d'une souffrance avant d'arriver au lieu où ils espéraient jouir d'un doux repos.

Dans la nuit, ils atteignirent Utique. Là, il leur fallut de nouveau reprendre leurs bagages, les transporter au bord du canal et les mettre sur deux bateaux qui partaient pour Buffalo. C'était une rude tâche que la nuit rendait encore plus difficile : les émigrants auraient fait éclater leur mécontentement, si le pasteur et le jeune Siebert ne leur étaient venus en aide dans leur labeur. A peine étaient-ils au bout que la trompette du pilote donnait le signal du départ.

Cette fois le brasseur et le tailleur ne s'étaient point associés à l'œuvre de leurs compagnons. Au moment où ils descendaient d'un des waggons du chemin de fer, un fiacre élégant s'arrêta devant eux, et un jeune homme ouvrit la portière. Quoiqu'ils eussent vu plusieurs des membres du comité monter dans deux autres voitures pareilles, ils n'éprouvaient nulle envie de dépenser ainsi leur argent, et le tailleur dit amicalement à celui qui l'engageait à entrer dans le fiacre : « Je vous remercie, nous aimons mieux aller à pied.

— Il ne vous en coûtera rien, répondit en bon allemand le jeune homme, si vous voulez vous servir de cette voiture; elle appartient au chemin de fer.

— Quoi ! rien? dit le brasseur avec défiance.

— Pas un cent, » reprit le jeune homme.

A ce mot, le tailleur, poussé comme par un ressort magique, se précipita dans le fiacre, tira après lui son camarade et s'écria : « En avant ! voilà ce que j'aime, et je voudrais aller ainsi jusqu'à Buffalo. »

Il n'alla pas jusqu'à Buffalo, mais à cent pas de distance, au pied d'un hôtel splendidement éclairé, où des domestiques l'entraînèrent avec le brasseur dans une grande salle à manger. Tous deux s'assirent à l'extrémité d'une longue table où les membres du comité avaient déjà pris place. Au même instant, on leur apporta à chacun une tasse de thé, des viandes froides et des compotes. Malgré la quantité de mets qui leur furent présentés, malgré l'aimable intervention de trois jolies jeunes filles qui les engageaient à user de tout ce qui leur était servi, comme ils se sentaient gênés, ils mangèrent fort peu et quittèrent bientôt la table. « Que devons-nous? » demanda le brasseur à une des jeunes filles.

L'aimable enfant sourit et secoua la tête; elle ne comprenait pas l'allemand.

« Que devons-nous ? » s'écria le tailleur, qui croyait qu'elle n'avait pas entendu la question de son camarade.

Une autre jeune fille murmura quelques mots anglais à celle-ci, qui, se rapprochant des deux voyageurs, leur dit avec un nouveau sourire : « Fifty cents.

— Cinquante cents par personne, répéta en allemand celle qui avait fixé ce prix.

— Cinquante cents chacun? s'écria le brasseur effrayé; mais c'est un florin.

— Seize groschen, » dit en soupirant le tailleur ; puis il tira sa maigre bourse, le brasseur en fit autant, et tous deux se hâtèrent de sortir dans la crainte que, s'ils restaient plus longtemps, ils ne dussent encore payer l'éclairage.

A la porte, ils s'arrêtèrent et se regardèrent avec tristesse.

« Seize groschen pour une tasse de thé, répéta le tailleur.

— Et je suis affamé, répliqua son compagnon : car je n'osais manger.

— Seize groschen, reprit encore le tailleur : n'en disons rien à personne.

— Pourras-tu t'empêcher d'en parler?

— Oui, assurément. »

Au même instant retentit le signal du bateau, et des hommes vinrent avec des lanternes chercher les passagers qui devaient se rendre à bord. Ils ne devaient avoir que le lendemain une juste idée de leurs compagnons de voyage et de leur embarcation.

Le canal, bordé de deux murs épais, a de vingt-cinq à trente pieds de largeur. De chaque côté est un bon chemin. Trois chevaux sont attelés au bateau mais ils ne le traînent pas vite, et rarement le fouet accélère leur marche. Les bateaux sur lesquels étaient embarqués les Allemands avaient environ soixante-dix pieds de longueur et quatorze de largeur ; à leurs deux extrémités se trouvaient les cajutes des passagers ; le centre était réservé aux bagages. Sur le premier de ces bateaux étaient réunis les Oldenbourgeois, et nos quatre inséparables amis, le brasseur, le cordonnier, le tailleur et Schmidt ; de plus, quelques paysans de la Saxe avec leurs familles et quelques artisans ; sur le second était le comité avec le reste des émigrants. Le comité n'avait réglé que le prix du transport des bagages pour toute la communauté, laissant à chacun le soin de payer sa place et de prendre les dispositions qui lui conviendraient pour sa nour-

riture. Le tailleur n'avait pu s'empêcher de raconter son aventure
de l'hôtel, et ceux qui l'entouraient, instruits par ce récit, résolurent de ne rien demander au restaurateur de leur embarcation
et de se procurer eux-mêmes leurs aliments, ce qu'il leur était
aisé de faire dans les boutiques disséminées le long du canal. Si,
par suite de cet arrangement, ils n'eurent pas le même agrément
que le comité, qui se faisait servir par le maître d'hôtel du bateau,
ils vivaient du moins économiquement, et pour eux c'était un point
essentiel. Mais la nuit ils étaient fort mal à leur aise, car ils
devaient coucher dans des espèces de hamacs étagés l'un au-
dessus de l'autre sur trois rangs. La seconde nuit, les cordes d'un
de ces hamacs se cassèrent : c'était celui du cordonnier, qui se
voyait en rêve poursuivi par des brigands et qui, tout à coup, se
trouvant la tête en bas et les pieds en l'air, poussa un cri terrible.
Tous ses compagnons se réveillèrent en sursaut : on resserra les
cordons du hamac, mais on ne parvint pas sans peine à apaiser la
frayeur du pauvre cordonnier.

Le voyage se continuait lentement. Chaque nuit il pleuvait :
les chemins étaient détrempés : en certains endroits, les chevaux
ne pouvaient suivre que pas à pas et difficilement leur route. Mais
n'est-ce pas là l'histoire de tous les trajets par les canaux? Ce
qu'on a de mieux à faire quand on est engagé dans un de ces
voyages, c'est de descendre à terre et de suivre à pied le bateau.
C'était ce que faisaient nos Allemands chaque fois que le temps
était beau et le chemin un peu sec.

Cependant de graves discussions s'étaient élevées parmi les
passagers de la seconde embarcation. Il s'agissait de savoir quel
nom l'on donnerait à la ville qu'on voulait fonder. « Elle s'appel-
lera *Teutonia*, disait le vieux Siebert.

— Non, mieux vaut *Hermannstadt*, répliquait son frère.

— Moi, s'écriait Becher : je désire qu'elle s'appelle Rome : » et
M. de Schwanthal demandait qu'on lui donnât le nom d'Espérance, en mémoire du navire avec lequel s'était faite la traversée
de Brême à New-York. Tel était aussi l'avis du pasteur. Mais
Herbold déclara qu'il n'imaginait pas pour cette future cité un
nom plus doux et plus convenable que celui de Concordia. Comme
le docteur Normann, avec la femme et les filles du pasteur, se
rangeaient de son côté, il finit par attirer à lui tous les suffrages,
et il fut décidé que la capitale de la colonie allemande serait
baptisée du nom de Concordia. Mais lorsque dans une halte à
terre, cette résolution fut communiquée aux autres émigrants,
elle souleva parmi eux de nouveaux débats.

« Concordia! s'écria le cordonnier. Qu'est-ce que cela signifie? Nous sommes de braves allemands, et je ne vois pas pourquoi nous allons emprunter des mots étrangers.

— Concordia, répliqua Becher, signifie *Eintracht* (Union), et l'union doit régner entre nous.

— Alors, pourquoi ne pas prendre ce mot de *Eintracht*, au lieu de cet autre que la moitié d'entre nous ne peut comprendre?

— Il a raison, dit le tailleur; je vote pour Eintracht.

— J'aimerais assez le nom d'Harmonia, ajouta le menuisier.

— Mes bons amis, dit le pasteur, avec de telles dissidences nous n'arriverons à aucun résultat. Je ne vois pas d'ailleurs pourquoi nous nous fatiguerions à chercher un nom pour une ville qui n'existe pas encore. Avant de baptiser l'enfant, il faut qu'il soit né.

— Mais pourquoi, répondit le jeune Siebert, ne nous occuperions-nous pas, puisque nous en avons le temps, d'une chose assez importante? Il y a un moyen de tout arranger : c'est que chacun écrive sur un carré de papier le nom qu'il désire donner à notre ville, et la pluralité des voix fixera notre décision.

— Très-bien, très-bien, » s'écrièrent tous les émigrants.

Aussitôt des billets furent faits, le crayon courut de main en main, puis M. de Schwanthal se chargea de recueillir les votes et d'inscrire les noms choisis par ses compagnons de voyage. Mais quelle variété et quelle quantité de noms! Oldenburg, Merseburg, Helgoland, Saxe, Allemagne, Dresde, Brême, Terre-d'Or, Germania, Hildburghausen et plusieurs autres. Le nom de Concordia n'obtint que quatre suffrages, mais celui d'Espérance en réunit onze et fut définitivement admis par la communauté.

« A bord! à bord! cria le conducteur; nous nous sommes arrêtés ici trop longtemps. »

Tout le monde se rendit à cet appel, et les deux bateaux se remirent en marche. Le temps, qui jusque-là avait été sombre et nébuleux, s'éclaircit, et un frais vent d'est rendit le voyage beaucoup plus agréable. Les passagers auraient été charmés de se tenir sur le bateau, si à chaque instant ils n'étaient arrivés près d'un pont sous lequel ils devaient en toute hâte courber la tête et le dos, sous peine d'être écrasés.

« Nous arriverons bientôt à d'autres ponts, dit le pilote aux passagers du premier bateau, qui, divisés en plusieurs groupes, passaient agréablement le temps à se conter des histoires ou à jouer aux cartes. Ces ponts, ajouta-t-il, sont encore plus bas que les autres, et nous les franchirons plus difficilement à cause de ce lourd bagage. Vous feriez mieux de descendre dans la cajute. »

Les Allemands restèrent un instant indécis : puis le tailleur dit : « Non, ma foi : je ne sais pas nager et je n'ai point envie de tomber à l'eau. Qui veut venir avec moi ? »

La plupart de ses compagnons le suivirent ; le vitrier seul resta à sa place en se disant : « Je n'ai pas besoin de me lever ; on est mieux ici que dans l'étroite cajute. »

Le cordonnier et le brasseur étaient encore près du pilote, regardant le second bateau, qui les suivait à environ cent pas de distance.

« Sais-tu, disait le brasseur à son camarade, que nous serons un peu fiers quand nous aurons bâti notre ville et que nous entendrons dire : « Il n'y a plus que deux lieues d'ici à Espérance ; » ou : « Je demeure à Espérance, dans la grande rue, au troisième. »

Au même instant le pilote s'inclinait sur son gouvernail, et les deux Allemands ayant oublié sa recommandation, furent jetés par-dessus le bord. Heureusement le canal n'était pas profond ; ils remontèrent aisément sur le bateau, mais non sans être un peu choqués des éclats de rire de leurs camarades.

Le vitrier, qui n'avait pas quitté le pont, s'amusait surtout de leur accident, et, quoique le pilote l'invitât à être prudent, il déclara qu'il n'abandonnerait pas une place qui lui était si agréable.

Tous les autres passagers étaient dans l'intérieur du bateau, quand soudain la voix du pilote se fit entendre. « Attention ! » criait-il, mais d'un ton si vif, si inquiet, si lamentable que tous ceux qui l'entendirent en furent saisis, puis un autre cri plus terrible les fit frissonner. Après un moment de silence, le pilote ordonna au conducteur d'arrêter les chevaux. Les voyageurs se précipitèrent sur le pont pour voir ce qui était arrivé, et quel horrible spectacle s'offrit à leurs yeux ! Le vitrier était là, les vêtements déchirés et la tête écrasée. Malgré toutes les admonestations du pilote, il avait voulu rester sur le bâtiment, et il avait été en quelque sorte broyé par les poutres du pont sous lequel il fallait passer.

On essaya de lui porter tous les secours dont il pouvait avoir besoin ; mais il était trop tard, et l'on ne pensa plus qu'à se rendre au plus tôt à la ville voisine pour faire constater cet événement par la justice et ensevelir ce cadavre. Cette fois, la marche des chevaux fut accélérée, et en moins d'une heure on arrivait à l'embarcadère. Mais comme le chef des embarcations ne voulait s'arrêter que juste le temps nécessaire pour remplir les formalités légales, les émigrants furent obligés de confier les funérailles de leur

compagnon à quelques Allemands qui demeuraient là, et ils s'éloignèrent avec tristesse. Ils eurent bien de la peine à reprendre leur
première gaieté ; la promptitude avec laquelle ils avaient dû quitter leur compatriote et le peu de cérémonie qu'on avait fait pour son
enterrement leur montraient combien peu vaut la vie de l'homme,
dans la contrée dont ils allaient se faire une nouvelle patrie. Le pasteur
surtout était très-frappé de ce malheur, et il engagea de la façon la
plus vive ses compagnons à ne pas résister aux avis des Américains.

Les bateaux approchaient de Lochport, où ils devaient prendre
un nouveau chargement. Avant d'arriver à cette bourgade, le capitaine exigea que tous les voyageurs payassent le prix de leur
passage, de peur qu'après avoir quitté le bateau ils n'oubliassent
d'y revenir. M. Siebert remarqua, dans cette occasion, que la petite colonie aurait bien pu se dispenser d'amener avec elle tant
d'ustensiles, d'autant que ceux qu'on avait achetés en Allemagne
ne ressemblaient point à ceux qu'on emploie en Amérique : mais
on lui répéta ce qu'on avait déjà dit plusieurs fois : « Puisque cette
cargaison est ici, nous aurions tort de l'abandonner. » Comme les
embarcations devaient rester une demi-journée à Lochport, le capitaine conseilla aux Allemands de se rendre à la chute du Nia-
gara, dont ils n'étaient pas très-éloignés, et où ils trouveraient un
bateau pour s'en revenir.

Le pasteur résolut de faire cette excursion avec sa famille, et
MM. Becher, Schwanthal et Normann voulurent l'accompagner.
Les autres pensèrent qu'une cascade ne méritait pas qu'on fît,
pour la voir, plusieurs heures de chemin et se dispersèrent autour
de Lochport.

Le soir, ils étaient tous revenus de leurs différentes promenades :
le pasteur et ses amis, émerveillés du prodigieux spectacle qu'ils
avaient contemplé ; les autres, notamment les paysans, très-sur-
pris des dispositions agronomiques qu'ils avaient remarquées.
Schmidt surtout était fort préoccupé de ce que lui avaient raconté
quelques agriculteurs des environs.

« Figurez-vous, disait-il, qu'à chaque demi-acre de terrain on
érige une palissade. Il faut donc passer sa vie à couper et à fendre
du bois.

— Je ne vois pas trop, remarqua le serrurier, ce que j'aurai à
faire dans un pays où l'on fait en bois tout ce que l'on fait en fer
dans notre bonne Allemagne. Je veux bien qu'on ait des palissades ; mais s'il faut aussi avoir des crochets, des verroux et des
serrures en bois, c'est trop.

— Ils peuvent bien se passer de serrures en fer, dit le tailleur :

ils n'ont pas même un tapis dans leur chambre. Le plus habile coquin ne trouverait rien à prendre dans leur habitation.

— Croiriez-vous bien aussi, ajouta Schmidt, qu'ils n'ont point de roues à leurs charrues ?

— Et je dirai de plus, s'écria le tailleur, qu'il n'est pas prudent de circuler sur les chemins de ce pays. A tout instant on rencontre un troupeau de bœufs, et cinq ou six fois j'ai dû m'élancer par-dessus une barrière pour échapper à ces terribles animaux. Mais voilà que la trompette sonne : c'est le signal du départ. Nous allons maintenant à Buffalo. »

Il était tard lorsqu'ils se remirent en route. Dans la nuit, ils arrivèrent à Buffalo, au bord du lac Érié. M. Normann leur conseilla de profiter d'un bateau qui partait le lendemain à dix heures et se rendait par le lac à Claveland.

Ils devaient, pour la quatrième fois, s'occuper encore de l'énorme chargement qu'ils traînaient après eux, s'embarquer de nouveau à Claveland pour Portsmouth, sur le canal, et à Portsmouth encore une fois sur un bateau à vapeur. Le caissier calcula qu'il lui restait à peine de quoi payer le transport de cette cargaison jusqu'à Claveland et proposa d'en vendre ou tout au moins d'en laisser en arrière une partie, qu'il ferait venir plus tard quand on en aurait besoin. Quoique ces deux propositions fussent de prime abord rejetées par un assez grand nombre d'émigrants, elles étaient tellement rationnelles que les plus récalcitrants finirent par les admettre. Après de longs débats, il fut résolu que le comité vendrait une partie de ce lourd bagage. Mais ils auraient pu se dispenser de discuter cette question si longtemps : car, si le comité avait eu à sa disposition plusieurs jours pour opérer la vente qui venait d'être décidée, il s'en serait vivement occupé. En premier lieu, les émigrants ne pouvaient s'accorder sur ce qu'il fallait vendre ; en second lieu, il ne se présentait pas un acheteur. Il ne vint qu'un forgeron, qui offrit de prendre divers ustensiles en fer pour la valeur intrinsèque de ce métal. A un tel prix, les membres du comité ne pouvaient cependant se résoudre à abandonner les œuvres de l'industrie allemande, et ils acceptèrent avec joie la proposition que leur hôte leur fit de déposer dans un hangar tous les objets qu'ils ne voulaient point emporter, s'engageant à les leur rendre dès qu'il en serait requis.

D'après les conseils de quelques-uns de leurs compatriotes établis dans cette ville, ils gardèrent deux charrettes, une voiture, quelques scies, des chaînes et des haches : mais ils n'eurent pas le temps d'embarquer tous leurs effets à bord de l'*Ontario*, qui n'accordait aucun délai. Ils furent obligés d'en laisser encore une partie sur la plage. Leur bon hôte promit d'en prendre soin, et, tant qu'il put les voir, les salua en agitant en l'air sa casquette.

Ils arrivèrent sans autre incident à Portsmouth, d'où un bateau à vapeur devait enfin les conduire à l'embouchure de la Big-Halchée, c'est-à-dire à quinze milles environ de l'endroit privilégié où devaient un jour s'élever les murs de leur ville. Comme le bateau de Portsmouth était prêt à partir au moment de leur arrivée, ils n'eurent pas le temps de régler le prix de leurs places et du transport de leurs coffres. Ils se hâtèrent de s'embarquer, et, un instant après, ils naviguaient entre deux rives pittoresques sur les larges flots de l'Ohio.

« Voilà un voyage ! murmura le brasseur en s'asseyant, épuisé de fatigue, sur l'énorme caisse qui renfermait ses hardes. Que de fois il m'a fallu charrier cette énorme caisse d'un endroit à l'autre! Dieu soit loué! nous en aurons bientôt fini...

— Moi, je me suis donné moins de peine que toi, dit le tailleur : une petite valise, un carton vide (le chapeau est resté à l'église), un mouchoir dans lequel j'emporte du pain et du saucisson, voilà toute ma fortune. Mais, dis-moi, qui va payer le prix de notre passage ?

— Nous n'avons plus qu'un court trajet à faire.

— Oui, reprit le tailleur avec un visible embarras ; mais le prix de ce trajet, qui le réglera ? Moi je suis à sec.

— Plus d'argent ?

— Pas le moindre.

— Eh bien! le comité va faire une belle figure !

— Écoutez, dit le cordonnier en s'approchant d'eux d'un air contristé, j'ai un souci qu'il faut que je vous confie.

— Parle !

— Il ne me reste plus un sou.

— Viens sur mon cœur, fidèle compagnon, s'écria le tailleur avec une emphase comique. A présent, je n'ai plus peur. Si tu es, ainsi que moi, dans cette situation, il doit y en avoir bien d'autres.

— Je ne vois pas en quoi cela peut te consoler, dit le brasseur. Le mieux serait que tu allasses trouver les membres du comité, pour qu'ils avisent à ce qu'ils doivent faire. »

En ce moment les trois amis furent invités par un des Oldenbourgeois à se rendre sur le devant du bateau, où étaient réunis tous les autres émigrants, pour délibérer sur une question importante. Cinq de ces émigrants avaient annoncé au comité que, n'ayant plus un denier, ils ne pouvaient continuer le voyage qu'aux frais de la communauté.

Le tailleur et le cordonnier profitèrent de l'occasion pour faire la même déclaration; ils s'offrirent, ainsi que leurs cinq compagnons d'infortune, à s'acquitter, par leur travail, de l'argent qui leur serait avancé; et il s'agissait de savoir si on prendrait cet argent sur la caisse de la société, ou si on aurait recours à des cotisations individuelles.

M. Siebert déclara qu'on ne pouvait puiser dans la caisse, attendu qu'après avoir payé le prix de divers transports il n'y restait pas plus de soixante dollars, et qu'on était encore à une longue distance du Ténessée.

Il n'y avait rien à répondre à ce calcul; mais une nouvelle difficulté surgit quand il fallut demander une contribution aux voyageurs. Les Oldenbourgeois s'y refusèrent formellement et déclarèrent qu'ils ne possédaient plus rien eux-mêmes.

Jusque-là, M. Siebert avait conservé une attitude assez passive. Après avoir entendu la protestation des Oldenbourgeois, il demanda la parole, et d'une voix calme, d'un ton réfléchi, il s'adressa à ses compagnons en ces termes :

« Nous touchons au moment décisif pour notre destinée future, pour les rapports que nous devons avoir l'un avec l'autre. Quelle était notre intention lorsque nous avons quitté l'Allemagne ? Nous voulions nous faire une autre patrie, acheter une terre et devenir fermiers. La première question est résolue; reste la seconde. Dès que nous serons arrivés au lieu de notre destination, il faudra nous procurer non-seulement des denrées alimentaires, mais des instruments de travail et des ustensiles pour nous construire des habitations. Il faudra aussi acheter du bétail et des chevaux pour faire marcher nos charrues. Pour toutes ces acquisitions, il nous faut de l'argent, beaucoup d'argent : si nous ne pouvons nous en procurer, nous serons obligés de renoncer à notre colonisation avant de l'avoir commencée.

« Vous saviez cela avant de quitter Brême, et vous étiez tous disposés à contribuer, selon vos moyens, aux dépenses nécessaires pour la fondation et l'entretien de notre établissement. Maintenant qu'on vous adresse cette requête, voulez-vous vous retirer ? Pour le bien de la communauté, ne devez-vous pas venir en aide à ceux de ses membres qui se trouvent dans le besoin? En vous rappelant le but que nous avions en vue, je vous dirai que l'heure est venue où nous devons enfin l'atteindre. Que chacun de nous se cotise donc selon ses ressources pour faire un fonds commun :

la somme qu'il nous confiera lui est garantie par la propriété que nous avons acquise, et il lui en sera tenu un compte scrupuleux avec les intérêts. C'est une question que nous avons déjà plus d'une fois traitée, et j'ai ici votre liste avec le chiffre de la somme que chacun de vous s'engageait à verser. Il reste à savoir si vous voulez remplir votre promesse. Il importe que nous ayons une certitude à cet égard, et j'attends votre réponse cette après-midi. »

Cette harangue souleva de violents débats. Il s'agissait pour les émigrants d'épuiser leurs bourses et de remettre leurs derniers écus entre les mains du comité qu'ils avaient investi d'une autorité suprême. Les Oldenbourgeois se montraient très-rétifs : ils voulaient, disaient-ils, qu'on partageât le domaine entre les émigrants selon ce que chacun d'eux aurait payé, et que chacun régît pour son propre compte sa portion de terrain comme il l'entendrait. Les autres repoussaient cette proposition, disant qu'un travail en commun serait beaucoup plus avantageux à la colonie.

La plupart des Allemands étaient émus en outre par les scènes riantes qui s'offraient à leurs regards sur les deux rives du fleuve. Les champs qui se déroulaient de côté et d'autre semblaient si féconds, ces arbres fruitiers étaient si beaux, ces maisons si attrayantes ! Ils se disaient qu'ils auraient les mêmes champs, les mêmes fruits, les mêmes maisons dans la contrée où ils allaient s'établir, et cette idée les pressait de prendre au plus tôt un parti décisif. En même temps le pasteur Herhmann, MM. Herbold et Becher les encourageaient par d'affectueuses paroles, et leur dernière irrésolution cessa quand ils virent ces trois membres du comité déposer entre les mains de M. Siebert la somme de cinq cents dollars. Les Oldenbourgeois eux-mêmes n'osèrent plus résister à l'entraînement général. A deux heures après midi, les voyageurs avaient versé dans la caisse de la communauté la somme de dix-neuf cent trente-deux dollars, sur lesquels on prit aussitôt ce qu'il fallait pour payer le passage de ceux d'entre eux qui n'avaient plus aucune ressource. En recevant cette avance, ils s'engageaient à la rembourser dès que les circonstances le leur permettraient.

Cette affaire finie, les émigrants examinèrent avec plus d'attention le spectacle qu'ils avaient autour d'eux. Le bateau à vapeur, construit tout autrement que ceux sur lesquels ils avaient navigué, excitait surtout leur curiosté. C'était un de ces immenses bateaux à trois étages, avec une vaste salle à manger, des cabines élégantes, un salon superbe pour les femmes ; à le voir dans sa masse imposante, on eût dit un palais flottant.

Le lendemain de leur départ ils arrivaient à Cincinnati, la capitale de l'Ohio, la plus grande ville de l'Amérique de l'ouest. Le capitaine leur annonça qu'ils resteraient là jusqu'au jour suivant, mais qu'ils devaient se tenir prêts à partir à sept heures du matin. Ils descendirent joyeusement à terre, se divisèrent en plusieurs groupes, et s'en allèrent à travers les larges et belles rues de cette grande cité. Partout ils rencontraient des Allemands, et lorsque, après avoir passé le pont du canal, ils arrivèrent dans l'autre partie de la ville, sur chaque porte, à chaque fenêtre, ils entendaient résonner la langue maternelle.

Nos quatre inséparables amis avaient résolu d'employer ensemble la journée à voir tout ce qui méritait d'être vu, sans qu'il leur en coûtât rien. Comme ils passaient sur le quai, un garçon à la chevelure frisée s'élança des profondeurs d'un magasin d'habits, et après avoir jeté un coup d'œil scrutateur sur les quatre compagnons, prit Schmidt par la taille pour le faire entrer dans sa boutique. En même temps il lui débitait en anglais une quantité de phrases dont le pauvre Allemand n'entendait pas un mot.

« Mais laissez-moi donc aller, s'écria Schmidt en colère, ou tout au moins parlez une langue que l'on comprenne. »

Le jeune marchand, dont l'accent et la figure trahissaient l'origine hébraïque, se mit à parler allemand et invita les voyageurs à visiter son magasin.

« Nous n'avons besoin de rien, répondit Schmidt, nos habits sont encore très-bons.

— Très-bons! Est-il possible? s'écria le jeune israélite. Quoi! vous osez vous promener avec cette redingote dans les rues de Cincinnati? Vous ne craignez pas de vous montrer avec ce pantalon? Vous n'avez pas honte de porter un tel chapeau sur votre tête? Si j'avais un jardin, j'achèterais votre défroque pour la mettre au haut d'une perche, comme un épouvantail. Sur ma foi, voilà ce que je ferais.

— Écoutez, dit Schmidt très-irrité, vous êtes un.... Non, je ne veux pas vous dire des injures; mais je sais bien de quel nom on vous nommerait dans mon pays.

— Ne vous fâchez pas, mon brave monsieur; vos vêtements pourraient paraître assez beaux, s'ils étaient portés par d'autres; mais n'est-ce pas une pitié que de voir un bel homme comme vous traîner de telles loques? Venez, je veux vous vendre un costume.

— Je n'ai besoin de rien, » répondit Schmidt en essayant de recouvrer sa liberté.

Mais le juif le tenait d'une main ferme, et l'accablait de tant de compliments sur sa taille imposante, sur sa jolie tournure, que déjà le candide Germain, se sentant ébranlé, demandait le prix d'un pantalon, quand le brasseur mit fin à cette scène en saisissant d'une main vigoureuse le petit juif.

« Assez! lui cria-t-il, assez! on ne nous obligera point à faire un marché malgré nous. Si nous avons besoin d'habits, voici notre tailleur. »

A ces mots, prenant Schmidt par le bras, il l'entraîna hors du magasin.

« Les tailleurs, dit Schmidt, ont donc en Amérique le diable au corps? Ils sont pires que les voleurs de profession qui attendent en armes la nuit pour dévaliser les voyageurs.

— Et tu voulais vraiment acheter quelque chose? demanda le cordonnier.

— Que faire? il ne voulait pas me lâcher.

— Tiens, voilà encore un magasin d'habits, et encore un juif: c'est le quinzième que je compte sur cette rangée de trente-trois maisons. »

Après plusieurs courses de côté et d'autre, les quatre amis entrèrent dans une auberge allemande, où ils rencontrèrent des hommes de leur pays établis depuis plusieurs années en Amérique. Ces gens se lamentaient tellement sur la rareté de l'argent et la difficulté de vivre aux États-Unis, que les quatre émigrants en étaient tout émus. D'abord ils refusaient de croire à ces tristes détails, qui s'accordaient si peu avec les riantes images que leur avait présentées M. Normann; mais comme un de leurs compatriotes renouvelait les mêmes plaintes en présence de plusieurs témoins, ils commencèrent à craindre que tout ne fût pas aussi beau en Amérique qu'on le leur avait annoncé.

« Cependant, dit d'une voix craintive le cordonnier, lorsqu'on gagne un dollar par jour, il me semble qu'il n'est pas malaisé de vivre.

— Oui, si on gagnait ce salaire, répondit un vieux paysan hanovrien; mais on vous donne au temps de la récolte vingt-cinq dollars pour un mois, et ensuite faites ce que vous pouvez. On m'a offert, à moi et à mes deux fils, six dollars par mois. Mes enfants ont accepté. Moi j'étais malade, et ce sont eux qui me donnent de quoi vivre.

— Cependant on construit des canaux, des chemins de fer; il doit y avoir là de l'argent à gagner.

— Un demi-dollar par jour, répondit un autre Allemand, et lorsqu'il pleut, on ne travaille pas. De plus, on vous paye en papier-monnaie; si, lorsque vous voulez en faire usage, vous ne perdez que vingt-cinq pour cent, vous devez vous estimer heureux.

— Mais les artisans, demanda le tailleur, sont au moins bien payés ?

— Payés ! répondit un troisième Allemand avec un rire ironique. Je suis tailleur, et depuis deux mois je ne travaille que pour ma nourriture.

— C'est affreux, ce que vous nous dites là. Que reste-t-il donc à faire en Amérique ?

— Les choses ne sont pas en réalité si terribles que ces gens-là les représentent, dit un fermier très-proprement et convenablement vêtu. Non, la vie n'est point si difficile en Amérique. Seulement il ne faut pas vous figurer que les perdrix vous tomberont toutes rôties dans la bouche. Apprenez la langue de ce pays et façonnez-vous à ses habitudes. Ne restez pas dans les villes ; élevez des bestiaux, cultivez la terre ; si d'abord vous n'avez qu'un faible bénéfice, ne vous désespérez pas. Chacun doit payer son apprentissage. Si vous avez une ou deux mauvaises années à passer, ne maudissez pas le sol et ses habitants. On ne devient pas tout d'un coup maître en son métier. A une bonne œuvre il faut du temps.

— Voilà qui est raisonnable, dit le brasseur. J'aime cette façon modérée de présenter les choses. Ainsi il nous est permis d'espérer que nous en viendrons à tirer parti de notre propriété ?

— Elle est déjà achetée ? demanda le fermier.

— Oui.

— Bonne terre ?

— On l'assure. Nous ne l'avons pas vue.

— Et vous l'avez achetée ? voilà ce que font les étrangers. L'Américain agit tout autrement. Il commence par examiner soigneusement la propriété qu'il désire acquérir ; puis il s'adresse à la direction des domaines, afin d'obtenir un délai de quelques années pour payer. L'argent qu'il a entre les mains, il l'emploie à acheter du bétail par la reproduction duquel il réalise en deux ans un bénéfice de trente à quarante pour cent. Et où est votre terre ?

— Dans le Ténessée, près d'une rivière qu'on appelle la Big-Halchee, ou à peu près. Je ne puis retenir de tels noms.

— La Big-Halchee n'est qu'un ruisseau. Le sol est bon, mais le pays malsain.

— Est-il possible ? s'écria le cordonnier avec effroi : le docteur Normann nous a positivement affirmé que notre domaine était dans la meilleure partie du Ténessée.

— Soit ! répondit le fermier : alors c'est loin de la crique.

— Je ne sais ce que vous appelez une crique, murmura le brasseur, mais c'est à quinze milles du Mississipi.

178

— C'est possible : je n'ai pas visité l'intérieur de cette contrée. Et quand comptez-vous y aller ?

— Maintenant.

— Maintenant, au mois d'août ! Vous seriez pris par la fièvre. »

A ces mots, le fermier vida son verre de bière et s'éloigna.

Le brasseur sortit ensuite en répétant : « La fièvre ! la fièvre ! quel enfantillage ! » Puis se tournant vers ses compagnons : « Où irons-nous passer la soirée ?

—Irons-nous contempler encore un petit cochon rayé ? demanda Schmidt.

— Quelle mauvaise plaisanterie ! Non : voyez-vous cette lanterne rouge dans la grande rue ? C'est le Muséum qui renferme, dit-on, de très-jolies choses, et il n'en coûte qu'un quart de dollar.

— C'est juste la moitié de tout ce que je possède, dit le tailleur.

— Eh bien ! je payerai pour toi, si Schmidt veut payer pour le cordonnier.

— Je le veux bien, répondit Schmidt : mais auparavant je voudrais me faire raser, car ma barbe est affreuse. J'aperçois des Allemands qui m'indiqueront peut-être la demeure d'un barbier.

— Descendez par là, dit un de ceux à qui il s'adressait : près de ce pieu rouge et blanc est une échoppe de barbier.

— C'est une singulière enseigne. Toute la journée je me suis demandé ce que cela signifiait. »

Arrivés à l'endroit qu'on leur avait indiqué, ils entendirent le son joyeux d'un violon. Schmidt entra ; ses compagnons restèrent à la porte, regardant les boutiques. Tout à coup Schmidt se précipita vers eux, le visage savonné jusqu'aux yeux, le chapeau sur la tête et la physionomie effarouchée.

Ses camarades éclatèrent de rire et plusieurs passants s'arrêtèrent pour savoir ce qui était arrivé. Schmidt s'essuya à la hâte le visage avec un mouchoir et se jeta dans une rue de côté où ses camarades le suivirent.

« Au nom du ciel, s'écria le brasseur, que s'est-il donc passé ?

— Rien. Je suis un sot, mais je n'ai pu vaincre la frayeur que me causait le grand homme noir avec son rasoir.

— Un homme noir ?

— Oui : dès que je fus entré, un petit garçon vint me savonner la figure. Derrière moi était un individu que je ne pouvais voir et qui jouait admirablement du violon. Quand la première opération fut achevée, la musique cessa tout à coup, et devant moi apparut un de ces Maures que l'on rencontre ici dans les rues.

un grand gaillard terrible avec un rasoir étincelant à la main. Probablement c'était lui qui devait me faire la barbe; mais je fus si épouvanté à son aspect qu'en une minute j'étais levé, j'avais pris mon chapeau, j'étais parti. Ils ont dû se moquer de moi.

— J'ai vu ce nègre sur la porte, dit le cordonnier; il avait la bouche béante et montrait deux rangées de dents sans pareilles. Mais que tu es simple, Schmidt! il ne t'aurait pas coupé le cou.

— Je le sais, mais dans le premier moment je n'étais pas maître de moi-même. A présent que faire?

— Va chez un autre barbier; tu ne peux pas rester dans cet état, et demain matin nous partons. »

Schmidt suivit ce conseil et tomba encore entre les mains d'un nègre. Cette grande affaire étant enfin terminée, les quatre amis se dirigèrent vers le musée et prirent des billets d'entrée. Nous les laisserons là pour suivre d'autres groupes de voyageurs, les deux Siebert, le pasteur Hehrmann, Becher et Herbold, qui, avec une recommandation du docteur Normann, avaient fait une visite à un pharmacien nommé Strauss et avaient été très-bien reçus. M. Strauss n'était pas depuis longtemps en Amérique; mais, depuis son arrivée dans cette contrée, il avait toujours séjourné à Cincinnati, et il connaissait assez bien cette ville qu'on appelle pompeusement la reine de l'Ouest. Siebert, le voyant enclin à chercher une autre résidence, essaya de l'attacher à la colonie du Ténessée, mais il ne put obtenir de lui aucune promesse positive. Cependant il s'informa avec un vif intérêt des projets de ses compatriotes, mais secoua plus d'une fois la tête d'un air inquiet en écoutant les récits qui lui furent faits. Il voulut avoir aussi quelques détails sur le docteur Normann, puis il finit par dire : « A vous parler franchement, je n'ai pas grande confiance en cet homme.

— Comment donc? s'écria Siebert, un peu troublé.

— Oui, il énumère trop d'inventions qu'il dit avoir faites, et dont plusieurs sont vraiment insensées; il fait un tel étalage de ses principes républicains et se dit si habile et si riche que je suis devenu très-défiant à son égard, d'autant que j'ai souvent reconnu qu'il en imposait. Mais je puis me tromper; il est possible après tout que ce soit un honnête homme, et ce qu'il y a de sûr, c'est qu'il est assez fin. »

En discourant ainsi, les Allemands, après avoir parcouru divers quartiers de la ville, étaient arrivés dans la Mainstreet. Strauss s'arrêta devant une maison basse : « A propos, dit-il, nous avons parlé cette après-midi de la politique allemande : voulez-vous assister ce soir à une assemblée politique de nos compatriotes?

« — De grand cœur : où est-elle ?

— Ici même, dans la demeure d'un Allemand qui a d'ailleurs de l'excellente bière. Sous ce rapport, Cincinnati est le Munich de l'Amérique du Nord. Entrons, la discussion a déjà commencé. »

Un assez grand nombre d'Allemands s'entretenaient avec vivacité autour d'une table ; ils se turent quand l'un d'eux, frappant sur la table avec un vase d'étain, manifesta le désir de faire un discours. On devait prochainement élire le président des États-Unis, et les démocrates employaient tous leurs efforts pour porter Polk à cette dignité, tandis que les whigs combattaient sa candidature avec la même ardeur. Mais, au lieu de se borner à faire l'éloge de leur candidat, les deux partis attaquèrent tour à tour leur adversaire d'une façon effroyable.

Après avoir écouté avec attention plusieurs orateurs dont les harangues avaient été plus d'une fois interrompues par de vifs applaudissements, les voyageurs se retirèrent sur le seuil de la porte pour respirer l'air frais. « C'est vrai, dit Becher, ces gens-là ont une étrange façon de parler. Je n'aime point qu'on accable ainsi d'injures un homme qui n'a d'autres torts que d'aspirer à la présidence. Mais il est probable que les whigs ne sont pas plus réservés.

— Au contraire, dit Strauss, ils sont encore plus ardents. Avez-vous compris tout ce qui s'est dit dans cette salle ?

— En grande partie, répondit le pasteur. Bien des passages m'ont paru très-boursouflés.

— Oui, ajouta Becher, je suis convaincu que la plupart des discours qu'on a tant applaudis ne renfermaient que des banalités.

— Je parie, dit Strauss, que je vais là débiter pendant cinq minutes des non-sens, d'énormes non-sens, et qu'à la fin on me couvre d'applaudissements.

— Je ne trouve pas ces gens si blâmables, répliqua le pasteur. Ils désirent que la république à laquelle ils appartiennent soit régie le mieux possible, et, s'ils ne sont pas très-instruits, ils ont cependant assez d'intelligence pour distinguer un non-sens dans un raisonnement.

— Eh bien ! reprit Strauss, voulez-vous être témoin de mon essai ? Rentrez avec moi, et gardez votre sérieux. C'est tout ce que je vous demande. »

L'assemblée était en ce moment très-agitée par un discours qu'elle venait d'entendre. Tous les assistants criaient à la fois, et plusieurs frappaient du poing sur la table, comme pour montrer qu'ils étaient en état de soutenir leur agression par la force. Dans cette effervescence générale, Strauss ne parvint pas sans peine à se faire écouter; enfin le silence se rétablit autour de lui, il monta sur une chaise et prit la parole, en faisant d'abord de longues poses comme s'il avait été dominé par l'ardeur de sa pensée.

« Messieurs, dit-il, je m'adresse à vous avec une satisfaction que j'essayerais en vain de vous décrire. Je vois que vous êtes résolus à rester fidèles à vos anciens principes d'honneur. Je vois éclater dans vos regards l'amour de la patrie et le courage... Je vois que vous ne consentirez point à courber de nouveau la tête sous le joug que vous avez dernièrement brisé. (Non! Non! s'écrièrent plusieurs voix.) Mais il ne suffit pas que nous persistions dans notre résistance, que nous opposions notre inflexible fermeté au parti qui cherche à nous effrayer par ses forfanteries; avec le sentiment de notre dignité, avec la force que nous donnent nos pures convictions, nous devons nous efforcer d'atteindre un but vers lequel nous entraîne le sentiment inné dans le cœur des Allemands : l'amour du droit et de la liberté. (Bravo! bravo!) Messieurs, continua Strauss avec plus de chaleur, les paroles de la vérité pénètrent dans votre âme. Que l'Angleterre avec son or et son égoïsme subjugue une partie de la sainte république; que la tyrannie et la violence nous menacent de leurs chaînes et de leurs épées, avez-vous jamais eu peur? N'êtes-vous pas sortis victorieux de vos combats? (Hourra pour Strauss! hourra!) Oui, mes chers compatriotes, vous comprenez mes sentiments, vous comprenez avec moi que ceux-là ne peuvent vaincre qui portent dans leur cœur les racines de l'erreur, qui se laissent conduire par de faux mobiles; que ceux-là ne peuvent avec leurs illusions, leurs chimères, leurs tromperies, toucher au but réservé aux natures loyales. (Hourra! hourra pour Strauss! répéta l'assemblée en frappant avec les verres sur la table.) Non, non, qu'importe que l'hypocrite tresse d'une main habile ses réseaux perfides? quel succès peut-on espérer là où le cœur ne s'abandonne pas franchement à la liberté, là où les mains ne s'unissent pas dans une noble étreinte, là où la prudence et la raison n'agissent pas dans une ferme unité, là où l'on n'a pas appris à mépriser le mal et à vénérer le bien? Laissez-les préparer leurs embûches, ces êtres astucieux; laissez-les cacher leur nudité dans leurs filets, laissez-les se réjouir dans leur bassesse et souiller le trône de la vérité. Mais moi, je vois briller devant nous l'oriflamme de l'immortalité; loin de moi la ruse et le mensonge, loin de nous les fausses apparences! Frères, nous sommes des démocrates allemands, et notre devise doit être : Persévérance allemande, fidélité allemande. »

« Hourra ! » crièrent de nouveau les auditeurs d'une voix formidable, et un grand nombre d'individus s'approchèrent de Strauss pour lui serrer la main.

Le pasteur se retira sur le seuil de la porte avec ses compagnons. Strauss vint les rejoindre et leur demanda s'il avait rempli ses promesses.

« Sur ma foi ! répondit Becher, c'était un fameux discours, et quel plaisir vous leur avez fait !

— Ce n'est rien, reprit Strauss en entraînant ses compatriotes à quelque distance. Il y a quelques jours, je leur ai adressé un discours bien plus mémorable. A la fin, je comparais le président à une comète et je disais : « De même que ce météore se développe et s'étend dans l'espace, de même, par le constant accroissement de nos forces, nous brillerons comme une comète dans la nuit de nos adversaires, et nos feux atteindront le zénith du firmament. » Vous ne pouvez vous figurer quel tonnerre d'applaudissements s'éleva à cette péroraison.

— Il ne me semble pas juste, dit alors le pasteur, d'abuser ainsi de la candeur d'un auditoire. Pourquoi ne lui parlez-vous pas en termes clairs et intelligibles ? Pensez-vous donner plus de force à la vérité par un langage artificiel ?

— Cher Hehrmann, répondit gravement Strauss, si vous parliez à ces gens le simple langage de la raison, ils ne vous écouteraient pas. Ils se diraient : « Pourquoi cet homme vient-il nous raconter « ce que nous savons depuis longtemps? » Si l'on se moque d'eux c'est qu'en vérité, ils le veulent bien. Mais il est tard, vous devez avoir besoin de vous reposer. J'irai vous voir demain avant le départ du bateau. »

Les émigrés, fatigués de leur longue promenade, ne tardèrent pas à s'endormir; mais le pasteur resta longtemps encore sur le pont, la tête enveloppée dans son manteau et l'esprit absorbé dans de profondes réflexions.

Le lendemain, dès les premiers rayons de l'aube, les bateliers travaillaient déjà à nettoyer le bâtiment. A peine leur tâche était-elle finie que la porte d'une des cabines réservées aux dames s'ouvrit et que la fille aînée du pasteur s'avança sur le pont pour respirer l'air frais du matin. Devant elle était la contrée paisible et riante. Les flots murmuraient doucement sur les flancs du bâtiment, quelques barques glissaient rapidement de côté et d'autre avec une voile blanche, et de toutes parts la nature avait un si magique aspect que la jeune fille, joignant les mains, éleva pieusement ses yeux bleus vers le ciel et pria du fond de l'âme.

« Bonjour, Berthe, » dit une voix légère.

La jeune fille recula effrayée, puis pâlit lorsqu'elle aperçut les regards du docteur fixés sur elle avec une expression de vive affection. Le docteur franchit l'obstacle qui le séparait de la galerie des dames et s'approcha de la craintive Berthe.

« Comment ! vous ici, monsieur le docteur? dit la jeune fille.

— Oui, répondit-il; le bateau ne part que dans quelques heures ; je dois passer plusieurs semaines à Cincinnati, et il ne m'était pas possible de vous laisser partir sans avoir eu avec vous une explication. »

En disant ces mots, il avait pris la main de Berthe; elle essaya de la retirer, mais il la retint et continua avec un accent plus résolu : « Berthe, il ne s'agit point de chercher un moment, un lieu convenable; je suis sur le point de vous perdre, et, depuis que vous me connaissez, vous devez avoir remarqué combien je vous aime.

— Monsieur ! s'écria Berthe effrayée.

— Ne me retirez pas cette main, poursuivit le docteur avec des yeux étincelants ; ne repoussez pas un cœur dont l'unique désir est de vous rendre heureuse; ne détournez pas de moi votre douce figure. Oh! dites-moi au moins une parole rassurante.

— Laissez-moi; je ne puis vous donner aucun espoir; je ne puis vous autoriser à entretenir des sentiments auxquels il ne m'est pas possible de répondre.

— Je vous ai effrayée, n'est-ce pas, et vous êtes irritée contre moi ?

— Non; vous vous trompez. Vous avez été si obligeant pour mes parents, pour toute notre société, que je ne puis m'empêcher de vous accorder mon estime.

— Votre estime ! Quel mot glacial !

— N'en exigez pas davantage. Jamais, jamais je n'éprouverai rien de plus pour vous.

— Vous en aimez un autre : vous aimez ce jeune homme qui...

— Monsieur le docteur, dit la jeune fille en se redressant avec fierté, je ne crois pas que je vous doive aucun compte de mes sentiments ; » et elle se dirigea vers la cabine, où le docteur ne pouvait la suivre. Il lui barra le passage et lui dit à voix basse, mais d'un ton ferme : « Berthe, je vous aime; je vous aime avec une passion qui m'épouvante. Berthe, vous devez être à moi; ne m'enlevez pas tout espoir; dites seulement qu'un jour...

— Monsieur le docteur, vous m'obligerez à appeler à mon secours, si vous ne vous éloignez pas. Vous ne songez pas, j'espère, à obtenir mon amour par la violence? Adieu ; quand nous nous reverrons, qu'il ne soit plus question de cet entretien. Je ne garderai aucun ressentiment à votre égard. »

Le docteur n'osa la retenir plus longtemps, mais il la suivit d'un regard sombre en murmurant quelques mots entre ses dents ; puis, descendant à la hâte à l'étage inférieur du bateau, il regagna le quai, et quelques minutes après il rentrait dans l'intérieur de la ville.

Cependant le capitaine faisait sonner ponctuellement, comme il l'avait annoncé, l'heure du départ. Strauss n'eut que le temps de serrer la main de ses amis. Le lourd bateau descendit le courant qui l'emportait vers le Mississipi, le père des eaux.

A déjeuner, quelques Allemands exprimèrent leur surprise de la conduite du docteur Normann, qui avait disparu tout à coup, sans même leur dire adieu. Le pasteur aurait pu expliquer cette brusque disparition ; car il avait assisté, sans le vouloir, à la scène qui s'était passée entre sa fille et le docteur, et comme Berthe n'en parlait pas, il résolut aussi de garder le silence à cet égard.

« Ce matin j'ai aperçu, dit Becher, le docteur courant en toute hâte dans la ville ; je l'ai appelé, il ne m'a pas entendu ou n'a pas voulu m'entendre.

— Probablement, reprit Siebert, il aura été retenu par quelque affaire et n'aura pas pensé que le bâtiment partait sitôt. »

M. de Schwanthal donna un autre cours à l'entretien en dépeignant à ses compagnons de voyage le musée qu'il avait visité la veille au soir. « Ils appellent cela, dit-il en riant un cabinet d'histoire naturelle ; à part quelques oiseaux empaillés et quelques bêtes affreuses, je n'y ai pas vu un seul objet d'histoire naturelle. En revanche, on y trouve une quantité d'objets fort extraordinaires : des armes et des vêtements indiens ; une cuirasse ramassée sur le champ de bataille de Waterloo et tachée encore du sang d'un brave ; une botte d'un postillon français, que l'on nous a montrée comme une chose des plus curieuses ; un morceau d'une chaudière à vapeur qui, en éclatant, fut lancée à je ne sais quelle distance ; des serpents dans de l'esprit-de-vin et des reliques de brigands ; des cordes de pendus ; des crânes de scélérats ; des pieds et des mains coupés ; des couteaux et des haches avec lesquels des crimes ont été commis. Quelle horreur ! Je frissonne en y songeant.

— Et les grandes poupées ? dit le tailleur.

— Ah ! ces hideuses figures de cire qui ne représentent que des scènes de vol et de carnage ? Je ne dois pas oublier non plus qu'on nous a fait voir l'enfer, puis une grande chambre pleine de diables, de pauvres âmes, de serpents, et que sais-je encore ? Je me suis appuyé sur une balustrade et j'ai regardé ce tableau, qui n'était pas très-effrayant. »

Cependant le vieux Siebert avait cherché de toutes parts le docteur Normann, et, n'ayant pu le découvrir, il se consola par la pensée qu'il avait promis de visiter prochainement la jeune colonie allemande. Berthe pensait aussi au docteur ; mais, après la scène qu'il lui avait fait subir, elle s'était retirée dans sa cabine pour pleurer, et elle avait résolu de ne point raconter cette aventure à ses parents, afin de ne pas les inquiéter.

Le bateau poursuivait rapidement sa marche : le lendemain de son départ, il arrivait près de la petite ville du Caire, à l'embouchure de l'Ohio. Ici les passagers furent très-désagréablement surpris d'apprendre qu'ils devaient encore opérer un déménagement et se rendre sur un des grands bateaux du Mississipi. Mais là ils avaient plus d'espace, ils étaient installés plus commodément. Le pasteur Hehrmann regardait pourtant avec tristesse le fleuve jaune qui se déroule au large, sur une immense étendue, entre deux rives plates. « Je m'étais fait, dit-il, une plus belle idée de ce puissant Mississipi : il m'apparaît si sombre et si sauvage, si perfide et si cruel ! »

Les autres émigrants paraissaient, au contraire, très-satisfaits de voir cette énorme masse d'eau. « Voilà ce que j'appelle un fleuve, dit le tailleur ; on se croirait presque sur mer. S'il me fallait diriger le bâtiment sur un tel espace, je serais bien embarrassé.

— Heureusement, répondit le cordonnier, que le pilote est plus habile que toi. »

Pendant que les Allemands dissertaient à leur façon sur le spectacle tout nouveau qui s'offrait à leurs regards, des nuages épais s'amassaient à l'horizon et peu à peu montaient à la surface du ciel. Bientôt ces nuages s'entr'ouvrirent, et la pluie tomba à torrents. Tous les passagers se serraient l'un contre l'autre dans l'entre-pont, attendant que l'orage fût passé, quand tout à coup retentit le cri : « A l'œuvre ! à l'œuvre, les porteurs de bois ! » Les pauvres émigrants durent sortir de leur gîte ; car, pour épargner une partie du prix de leur passage, ils s'étaient engagés à porter le bois que leur bateau devait prendre de distance en distance pour alimenter son foyer. C'était le soir : la pluie continuait à tomber. Par ce temps affreux, il fallait qu'ils gravissent une plage de vingt à trente pieds de hauteur et qu'ils en redescendissent avec une lourde charge de bois sur le dos. A tout instant, ils glissaient sur le sol humide, quelquefois tombaient par terre, et pour toute consolation pensaient qu'après trois ou quatre heures d'un rude travail ils rentreraient sur le bateau avec des vêtements souillés, déchirés, et deviendraient peut-être encore un objet de risée pour plusieurs de leurs compagnons de voyage. Et c'était pour épargner un dollar qu'ils acceptaient une telle tâche! Le lendemain ne fut pas meilleur : le ciel restait sombre, chargé de nuages; la pluie tombait toujours en abondance, et il fallait encore renouveler la provision de bois. Mais enfin les Allemands approchaient du terme de leur voyage.

« A une heure de la nuit, dit le capitaine au vieux Siebert, qui parlait anglais, nous arriverons à l'embouchure de la Big-Halchee.

— Connaissez-vous cet endroit ? demanda Siebert.

— Non ; mais le pilote croit que c'est une petite crique entre Randolphe et la limite septentrionale du Ténessée.

— Comment s'appelle la ville qui est près de cette embouchure ?

— Une ville ? Il n'y a là aucune ville.

— Mais peut-être une bourgade, un village ?

— Il doit y avoir un bûcheron avec sa famille, s'il n'est point parti ; car ces gens-là aiment à changer de place.

— C'est singulier, » se dit Siebert.

Il s'inquiétait d'apprendre qu'il ne trouverait qu'un bûcheron là où il avait espéré trouver au moins un village ; il réfléchissait avec raison qu'il y aurait déjà en cet endroit d'autres établissements, si la rivière avait réellement quelque importance. Il dissimula pourtant son anxiété et s'adjoignit à ses compagnons pour mettre en ordre les bagages, qui devaient être bientôt débarqués. Tous se résignaient au mauvais temps, heureux d'arriver enfin à leur but et regardant sans crainte l'avenir. La nuit vint, la pluie tombait à grands flots ; à travers l'ouragan, sifflait et mugissait le colossal bateau, et les vagues du fleuve, se précipitant contre le rivage, en détachaient des amas de terre.

« Il n'est pas possible de débarquer par un tel orage, dit M. de Schwanthal au vieux Siebert. Le capitaine nous gardera bien jusqu'à demain.

— Non, répondit Siebert ; ne l'espérez pas. Ces capitaines sont des hommes durs, sans pitié : ils nous jetteraient à terre, quand il pleuvrait des monceaux de pierres.

— Si seulement nous pouvions découvrir une bonne auberge près du rivage, pour y attendre la fin de l'ouragan !

— Peut-être la trouverons-nous, » répondit Siebert en soupirant ; et il se mit à serrer les courroies de sa malle.

Tous les passagers étaient en mouvement ; mais la tempête avait fini par les assombrir, et une grande partie d'entre eux faisaient une piteuse figure. Vers une heure du matin, la cloche du bateau sonna, accompagnée par le roulement de la foudre, qui retentit au loin. Quelques torches enflammées apparurent sur la rive gauche du fleuve ; le bateau décrivit un cercle. Le capitaine s'avança dans l'entre-pont et s'écria : « Big-Halehee. »

Alors les matelots s'emparèrent de tout ce qui leur tombait sous la main pour le descendre à terre, au bord même du fleuve, d'où il fallait monter les bagages sur la crête d'une rive escarpée. En même temps, d'autres matelots étaient occupés à transporter à bord le bois de chauffage préparé en cet endroit pour le bateau. Les deux travaux ne pouvaient s'accomplir simultanément, par une nuit pluvieuse et ténébreuse, sans un grand désordre. Les femmes gémissaient, les enfants criaient, les hommes juraient, et la pauvre colonie allemande ne parvint qu'avec une peine extrême à gravir le rivage du fleuve. Là, à la lueur d'une torche, on aperçut une petite maison dont la porte était ouverte, et où l'on voyait briller dans la cheminée un petit feu. Le propriétaire de cette habitation engagea les voyageurs à entrer ; mais Siebert, qui avait déjà échangé quelques paroles avec lui, murmura à l'oreille de ses compagnons : « Ne vous approchez pas trop du lit : la femme de notre hôte y est couchée ; il y a une heure qu'elle est morte. »

Il y avait dans ce simple avertissement une sorte de présage si terrible que le pasteur lui-même en fut frappé et tourna ses regards vers l'habitant de cette cabane, qui, préoccupé en ce moment d'une tout autre pensée, se dirigeait vers le bateau pour y recevoir le prix du bois qu'il venait de livrer. Siebert le suivit et acheta au capitaine une toile goudronnée pour couvrir les bagages ; puis il revint avec ses compagnons vers la hutte du bûcheron. A côté de la chambre où gisait la morte, et où la plupart des émigrants n'osaient entrer, il se trouva heureusement une espèce de cuisine où la petite colonie finit par se réfugier. Avec quelle impatience elle attendait le matin !

La nuit fut terrible : l'orage semblait devoir renverser la maison ; les lambris du toit tremblaient, clapotaient, et çà et là la pluie tombait par leurs fissures. En même temps, des nuées de moustiques harcelaient, tourmentaient les pauvres voyageurs. Les enfants poussaient des cris lamentables ; et tandis que de tous côtés s'élevaient des plaintes et des gémissements, le jeune fermier se tenait immobile et silencieux près du lit de sa femme ; il avait pris dans sa main l'une des mains glacées du cadavre, et il resta là toute la nuit insensible à tout ce qui l'entourait. Le vieux Siebert essaya plusieurs fois de le consoler ; mais le malheureux lui fit signe de le laisser en repos. Il était près de sa femme et semblait ne pas s'apercevoir qu'il y eût des étrangers autour de lui.

Le pasteur avait groupé sa femme et ses filles à ses côtés, et il avait étendu sur elles son manteau pour les préserver de la morsure des insectes et de la pluie. Il s'approcha du lit de la pauvre Américaine, pria et termina sa prière par ces mots ! « Puisse le Dieu miséricordieux nous rendre notre existence en Amérique aussi heureuse que notre arrivée sur ce sol est triste. » Tous les assistants répondirent par un cordial amen, et un silence profond régna dans cette maison de deuil.

CHAPITRE IV.

La colonisation.

Celui qui, sous son toit paisible, repose mollement dans un bon lit, ne s'inquiète pas si l'orage gronde au dehors. Non, tout au contraire : si le vent gémit dans les profondeurs de sa cheminée, si la pluie fouette ses fenêtres, si le vieux coq planté au faîte de sa demeure crie en tournant sur son pivot rouillé, il s'enveloppe dans sa couverture avec une délicieuse sensualité et se plonge dans un nouveau sommeil.

Mais le malade sur son lit de douleur, mais le voyageur qui, au milieu d'une tempête, s'est réfugié sous les arbres de la forêt, avec quelle impatience ils attendent le retour de l'aurore ! Que de fois ils épient autour d'eux, sur les objets qui les environnent, la première apparence, le premier jet d'un rayon de lumière !

Ainsi les pauvres émigrants attendaient, avec une sorte d'agitation fébrile, la lumière du jour dans le misérable gîte où ils s'étaient entassés, près d'un feu qui ne suffisait pas pour les réchauffer, sous un toit qui ne les garantissait pas de la pluie, à côté d'une couche sinistre où gisait un cadavre.

Enfin un crépuscule gris apparut à travers les fentes de la cabane ; peu à peu l'enceinte où les voyageurs étaient rassemblés s'éclairait, et le vent du matin agitait les cimes des grands arbres. Des bruits si étranges résonnaient dans la forêt, que les femmes se serraient

avec effroi l'une contre l'autre, comme pour conjurer à la fois un
danger qu'elles ne pouvaient définir. En même temps, les moustiques se précipitaient avec un nouvel acharnement sur leurs victimes ; ni voiles ni manteaux ne pouvaient préserver le corps de
leurs piqûres : ils s'insinuaient sous les plis de chaque étoffe et
enfonçaient à plaisir leurs dards dans des chairs que le climat
américain n'avait pas encore bronzées.

Mais voilà que le jour a lui. Les émigrants peuvent voir, tel qu'il
est, leur premier campement. Ils sont dans une de ces habitations
en bois qu'on appelle les *loghouse*. La maison est ouverte de tous
côtés au vent et à la pluie et presque dégarnie de meubles, à l'exception de quelques chaises grossières et du lit de la morte, près duquel est encore assis le bûcheron. Cette nuit avait dû surtout être
longue et pénible pour la femme et les filles du pasteur, habituées au bien-être ; mais elles n'avaient pas proféré une plainte et
elles se pressaient en silence autour du pasteur, qui cherchait à les
garantir du froid avec son manteau. Les membres du comité s'é-
taient collés l'un contre l'autre dans un coin de la cheminée pour
préserver au moins une partie de leurs membres de l'aiguillon des
moustiques ; les Oldenbourgeois, le brasseur et le tailleur s'étaient
rangés d'un autre côté en différents groupes.

« Je commence à sentir la faim, dit le brasseur en bâillant.
Pleut-il encore ?

— Non, répondit le cordonnier : la pluie a cessé. Mais, si la petite ville qui doit être près d'ici n'est pas mieux pavée que l'endroit où nous avons débarqué, j'aurai de la besogne, car plus
d'une paire de souliers pourra bien rester dans la boue.

— La ville ! reprit le brasseur. S'il y a une ville, elle doit être à
une bonne distance. Je voudrais pourtant bien avoir quelque
chose à manger.

— Et moi, dit le tailleur, je prendrais volontiers une tasse de
café.

— Je ne pense pas, répliqua Schmidt, que nous puissions nous
procurer du café dans cette maison ; et si nous en avions, je ne
sais comment nous pourrions le boire, car je n'aperçois pas une
seule tasse.

— Eh bien ! allons ailleurs. Mais non, voilà notre hôte qui se
meut. »

En effet, le charbonnier, jusque-là immobile, venait de se lever
et écartait la moustiquaire qu'il avait étendue la veille sur le corps
de sa femme.

La jeune femme apparut alors sur sa couche rustique, avec son humble robe de coton et ses longues boucles de cheveux châtains qui se déroulaient sur ses joues pâles. Ses yeux étaient fermés, et pour les mieux clore son mari y avait placé deux petites pièces de monnaie. Sa main droite reposait sur son cœur, sa main gauche avait été toute la nuit dans la main de son époux.

Il se leva, la contempla en silence, et, après avoir écarté le rideau qui la recouvrait, regarda d'un œil effaré les moustiques qui se précipitaient sur elle. Quand il les vit se coller à ce visage chéri, il éprouva une indicible émotion. Il se disait que celle qu'il avait tant aimée n'était peut-être pas entièrement morte, que peut-être la morsure des insectes allait la raviver. Mais à peine les moustiques avaient-ils plongé leur aiguillon dans ses froides joues, qu'ils se retirèrent et s'enfuirent, comme effrayés eux-mêmes de leur attentat.

Le bûcheron détourna la tête en soupirant ; puis ses regards rencontrèrent ceux de M. Hehrmann, qui, pour lui adresser quelques consolations, cherchait à recueillir tout ce qu'il savait d'anglais.

« Parlez-moi allemand, dit le pauvre veuf, je suis un de vos compatriotes.

— Vous êtes Allemand ! s'écria le pasteur, et seul, ici ! Y a-t-il longtemps que vous souffrez d'une si triste situation ?

— Je vous dirai ce qui m'est arrivé quand ma femme sera ensevelie. Voulez-vous m'aider ?

— Sans doute, je le veux, et je m'en fais un devoir. Mais n'y a-t-il vraiment pas d'autre habitation que la vôtre en cet endroit, et sommes-nous à l'embouchure de la Big-Halchee ?

— Oui ; à trois milles d'ici seulement, il existe encore une hutte pareille à celle-ci, occupée par un homme qui fournit du bois aux bateaux à vapeur.

— Et il n'y a pas une ville ?

— Non.

— Mais plus haut, peut-être ? »

Le charbonnier paraissait ne plus entendre ces questions. Il avait de nouveau les regards fixés sur sa femme, et de nouveau il s'assit près d'elle, indifférent à ce qui l'entourait.

Le pasteur n'osa le troubler dans ses réflexions. Les émigrants gardaient également le silence, subjugués par cette scène de deuil, et désireux pourtant de se remettre bientôt en marche pour arriver à leur domaine.

Ce fut Berthe, la timide jeune fille, qui la première fit diversion à cette sorte de torpeur générale. Elle s'approcha de la cheminée, souffla sur les charbons à demi éteints, rapprocha quelques tisons, et ayant allumé le feu, s'en alla chercher une poêle afin de préparer un solide repas, non-seulement pour ses compagnons de voyage, mais pour le propriétaire de cette maison, qui probablement depuis longtemps n'avait pris aucune nourriture.

Sa charitable action mit en mouvement les autres. Les femmes vinrent l'assister dans son travail, tandis que d'autres allaient ramasser du bois pour alimenter le feu.

Herbold et Becher, qui étaient chargés des approvisionnements, se rendirent au bord du fleuve, où se trouvait encore la plus grande partie de leurs caisses, et en tirèrent des provisions, pendant que le vieux Siebert et quelques Oldenbourgeois cherchaient une bêche pour creuser la fosse de la jeune femme; ils la cherchèrent inutilement et furent obligés d'avoir recours à leurs propres ustensiles.

Il y avait parmi les émigrants trois charpentiers et plusieurs menuisiers, qui se mirent à la fois à faire le cercueil avec les débris d'une vieille embarcation. En moins d'une heure, ils avaient achevé leur travail. Pendant ce temps, les femmes avaient aussi préparé le déjeuner, et, comme la pluie avait cessé, elles venaient de le servir en dehors de la cabane, sur des caisses assez ingénieusement disposées. Mais elles eurent bien de la peine à déterminer le jeune Wolfgang (ainsi s'appelait le bûcheron) à prendre quelque nourriture, quoiqu'il fût à jeun depuis trois jours. Il finit cependant par accepter une tasse de café, puis retourna près de celle dont il déplorait si profondément la mort, et l'enveloppa dans son linceul.

Après le déjeuner, plusieurs des émigrants avaient bonne envie d'errer quelque peu dans les environs: mais M. Becher, qui craignait un séjour trop prolongé en ce lieu si triste, appela tous ses compagnons et les invita à mettre en ordre les charrettes, afin de pouvoir les charger le plus tôt possible. Schmidt, un carrossier du Brunswick, se mit à l'œuvre avec d'autres, et bientôt les diverses pièces des deux voitures étaient parfaitement rejointes. Il n'y manquait plus que l'attelage. M. Becher ne doutait pas que Wolfgang ne pût lui en procurer un; mais pour le moment il n'était pas possible de demander des chevaux ou des bœufs à cet homme qui allait conduire sa femme à son dernier gîte. Il fallait attendre la fin des funérailles.

Becher se mit à examiner le sol sur lequel était construite la cabane, tandis que les quatre amis dont nous avons déjà plusieurs fois suivi les excursions se dirigeaient avec les Oldenbourgeois vers le bord du Mississipi et observaient la contrée.

En tête de cette petite caravane s'avançait par un étroit sentier le tailleur. A quelques centaines de pas de distance, ils arrivèrent près d'un ruisseau bourbeux, dont le lit assez large était en ce moment presque à sec et ne gardait plus qu'un filet d'eau trouble. A son embouchure, des cotonniers et des cyprès renversés l'un sur l'autre formaient une espèce de pont sauvage, tandis que des branches de ces mêmes arbres inclinées sur l'eau présentaient une barrière presque insurmontable au passage de toute embarcation. Sur la plupart de ces rameaux se trouvaient des tortues d'eau douce, qui à l'approche des voyageurs se précipitèrent dans leur lit bourbeux.

« Quelle belle contrée! dit le tailleur; et c'est pour la voir que nous avons fait Dieu sait combien de centaines de milles. M. Normann a du goût, il faut l'avouer. »

Ses camarades promenaient autour d'eux en silence leurs regards, et sans aucun doute l'aspect de ce pays sombre et désert produisait sur eux une pénible impression, car ils restèrent quelque temps l'un en face de l'autre dans une visible inquiétude. Pour des hommes habitués à la nature des montagnes, c'était un assez triste spectacle que celui de cette plaine immense où roulaient les flots du Mississipi, de ces rives sablonneuses coupées çà et là par des terrains marécageux. La végétation de cette plaine avait cependant un caractère solennel, et il était impossible de voir sans une sorte d'admiration ces tiges gigantesques qui s'élançaient d'un seul jet dans les airs. Mais des vignes sauvages, des lianes courant d'un arbre à l'autre, entrelacées en désordre, serrant les arbres dans leurs anneaux jusqu'à les étouffer, toute cette confusion de plantes vivaces, de plantes mortes, présentait un aspect si étrange et si saisissant, qu'après l'avoir contemplé quelques minutes, le tailleur poussa un long soupir, comme pour se soulager le cœur. « En vérité, dit-il en se tournant vers ses compagnons, je m'étais fait une autre idée de ces régions, car.... »

Avant qu'il eût achevé sa phrase, il disparut. Ses camarades stupéfaits le cherchaient de tous côtés, et ils l'entendirent qui criait et gémissait dans la vase où il était tombé, et d'où il s'efforçait de sortir. « Au secours! au secours! disait-il; je me noie! je ne puis nager, je suis perdu! »

A trois pas de lui était un rameau de cyprès: Becher lui cria de se cramponner à ce rameau jusqu'à ce qu'on pût venir efficacement à son secours; mais le tailleur n'osait pas faire un pas pour se délivrer, la frayeur lui troublait la tête, et il ne pouvait que répéter : « Au secours! au secours! »

Comme la cabane du bûcheron n'était pas très-éloignée, plusieurs des femmes, en entendant ce cri d'angoisse, accoururent près du bourbier, tandis que le cordonnier allait chercher des cordes; mais il fallut encore de longs discours et de longues explications pour faire comprendre au tailleur comment il devait s'enlacer avec une de ces cordes. Son jugement l'avait abandonné, il se croyait perdu sans ressource. Enfin il parvint à faire un nœud assez solide, fut tiré à terre au milieu des éclats de rire de ceux même qui lui étaient venus en aide, et jura en posant le pied sur le sol qu'il avait été mordu par un serpent et qu'il devait bientôt mourir. On eut bien de la peine à lui démontrer son erreur. Ce ne fut qu'après avoir plusieurs fois tâté tous ses membres qu'il se rassura.

Il était près de midi lorsque les autres émigrants revinrent de l'enterrement de la jeune Américaine. En même temps s'avançait le chariot de Wolfgang, attelé de deux bœufs vigoureux, qu'un jeune nègre d'une douzaine d'années aiguillonnait avec un grand fouet.

Après avoir enseveli sa femme, le jeune bûcheron sembla recouvrer sa fermeté et son énergie, et se montra très-disposé à venir en aide aux émigrants, qui, après ce que M. Hehrmann lui avait dit, devaient s'établir dans une propriété peu éloignée de la sienne, et désiraient y arriver le plus tôt possible. Il ordonna d'abord au petit nègre Scipion de prendre une corne et de sonner pour appeler les travailleurs dispersés dans la forêt; puis il lui dit d'atteler les bœufs à l'une des charrettes que les voyageurs avaient déjà chargées; mais ici se présentait une nouvelle difficulté: ils n'avaient que cette seule paire de bœufs, et les chemins étaient tellement détrempés par la pluie qu'il n'était pas possible d'y conduire avec ce simple attelage un lourd chargement.

« Mais, dit le pasteur, ne serait-il pas plus aisé d'embarquer nos bagages sur la Big-Halchee et de les transporter ainsi à leur destination? Un couple de bons rameurs....

— Oui, repartit Wolfgang, si ces rameurs trouvaient assez d'eau pour manœuvrer. A présent la Big-Halchee n'est pas navigable.

— Est-elle loin d'ici? demanda Becher.

— Votre compagnon peut vous dire où elle est, répondit le bûcheron en indiquant le tailleur, dont il venait d'apprendre l'accident.

— Quoi! ce marécage, c'est la Big-Halchee?

— Oui; vous l'étiez-vous figurée autrement?

— Sans doute, murmura Herbold; on nous avait annoncé qu'elle était navigable, et qu'à son embouchure il se trouvait une petite ville.

— Selon les idées américaines, on pourrait soutenir ces deux assertions. Au printemps on peut descendre cette rivière, mais en aucune saison on ne peut la remonter.

— Et la ville? dit le pasteur; vous ne pouvez pas donner à votre habitation le nom de ville.

— Si vous parcouriez les États-Unis, vous pourriez y voir beaucoup de cités qui portent un nom pompeux et ne sont pas plus importantes que ma cabane. Au reste, il devait y avoir ici une ville, et déjà on en a dessiné les rues. Vous pouvez reconnaître dans la forêt les vestiges de ce plan de construction. Mais un jour le Mississipi déborda et enleva les petites cabanes que l'on avait déjà élevées ici. Un des spéculateurs fut noyé, et la spéculation s'arrêta là.

— Et ne craignez-vous pas, demanda M. Hehrmann, de devenir aussi la victime d'un de ces débordements?

— Cela n'est pas impossible, mais c'est surtout à craindre l'année prochaine; car tous les quatre ans régulièrement le Mississipi abandonne son lit. Aussi avais-je l'intention de me retirer cet hiver dans un autre district; à présent, ajouta-t-il en pleurant, que m'importe l'inondation? je n'ai plus rien à perdre.

— Mais dites-moi, cher Wolfgang, demanda le pasteur, toutes les habitations rangées le long du fleuve sont-elles exposées à de tel dangers? Quand ce fleuve terrible s'épand hors de ses rives, rien ne doit résister à une telle masse d'eau.

— Voyez ces raies marquées sur l'écorce des arbres à huit pieds au-dessus du sol. Au printemps dernier le fleuve s'est élevé jusque-là, et, s'il n'a pas atteint ma hutte, il m'a du moins enlevé une bonne provision de bois.

— Et vous vous résigniez à demeurer ici?

— Il le fallait pour gagner de l'argent: les bateaux consomment beaucoup de bois et le payent assez bien. J'espérais épargner une somme suffisante pour acheter une petite ferme dans un meilleur district. Mais voilà que ma femme est morte, je ne me soucie plus de rien.... Allons, partons.

— Voulez-vous, demanda Siebert, quitter votre maison à présent pour nous accompagner?

— Mon vieux nègre Samuel restera ici; il est brave et fidèle, je puis me fier à lui. Au reste, vous ne pourriez sans un guide atteindre votre but.

— Mais nous suivrions le chemin.

— D'après la description que vous m'avez faite du domaine vers lequel vous vous dirigez, nul chemin ne va jusque-là, et, s'il y a là réellement des maisons, elles doivent être ensevelies sous les plantes qui les environnent, car dans une de mes excursions de chasseur je les aurais découvertes.

— Y a-t-il beaucoup de gibier dans le pays? demanda M. de Schwanthal, qui s'intéressait particulièrement à cette question.

— Oui, il y en a, mais il est sauvage et la forêt est très-épaisse; il faut être très-habile chasseur pour pouvoir suivre et abattre un cerf.

— Connaissez-vous par hasard un certain docteur Normann? demanda tout à coup Becher.

— Normann? répéta le bûcheron; non, je ne le connais pas.

— C'est, reprit le pasteur, le nom de l'homme qui nous a vendu ce terrain. D'après ce que j'ai vu, je doute qu'il ait jamais mis le pied ici, et je crains que les prophéties de M. Helldorf ne se réalisent.

— Helldorf? s'écria Wolfgang; Helldorf, où l'avez-vous rencontré?

— A New-York; vous le connaissez?

— Si je le connais? j'ai passé avec lui dans l'Arkansas le meilleur temps de ma vie, et, sans cette folle idée qui m'est venue de vouloir amasser un petit capital, je serais encore là avec ma chère Marie. Ah! pourquoi suis-je venu sur les bords du Mississipi?

— Vous considérez donc ce climat comme très-malsain?

— Malsain! répéta à voix basse le bûcheron. Dans les premières années que j'ai passées ici, j'ai perdu ma belle-sœur. L'automne suivant, j'ai perdu mon enfant; aujourd'hui, nous venons d'enterrer ma femme; au printemps prochain, j'irai probablement les rejoindre.

— Eh bien! dit Herbold, venez vous établir avec nous dans les collines. Là vous jouirez d'un air salubre, et nous pourrons vous remettre une partie des terrains que nous avons achetés.

— Vous allez dans les collines? répliqua Wolfgang d'un air étonné. Jusqu'où comptez-vous donc remonter la Big-Halchee?

— Notre domaine ne doit pas être à plus de quinze milles du Mississipi.

— Eh bien! vous serez là à trente lieues encore des collines, et dans un district qui n'est pas plus sain que celui-ci. Tout au contraire, il vous manquera la brise fraîche du fleuve; de plus, il y a des lacs qui se dessèchent l'été et pendant quatre mois corrompent l'air par leurs exhalaisons pestilentielles. Nous sommes précisément à présent dans la mauvaise saison.

— Malédiction ! s'écria M. de Schwanthal. Le docteur ne nous avait pas dit un mot de toutes ces misères.

— S'il a jamais été dans la vallée du Mississipi, il doit pourtant les connaître. Mais allons, il faut partir; voilà un quart d'heure que Scipion fait claquer son fouet. »

Les émigrants s'éloignèrent à regret de la masse de bagages qu'ils devaient laisser sur les rives du fleuve et abandonner à la garde d'un nègre. Cependant ils se dirent qu'il était difficile que des voleurs s'avisassent de venir chercher leur butin près de la pauvre cabane du charbonnier. Ils placèrent donc sur le chariot les choses dont ils avaient le plus pressant besoin pour commencer leur vie de colons, puis ils se mirent en marche précédés de Wolfgang, qui avec sa hache abattait les broussailles dont le chemin était encombré çà et là, et quelquefois appelait à lui plusieurs des voyageurs pour enlever des troncs d'arbres à demi pourris et ouvrir un passage à la charrette.

Les malheureux Allemands furent bien déconcertés lorsque, après avoir péniblement cheminé pendant une heure sur cette voie difficile, ils s'aperçurent que c'était encore la meilleure part du trajet qu'ils avaient à faire. Il fallait alors qu'ils entrassent en pleine forêt, et quelle forêt !

Le pasteur, qui jusqu'à ce moment avait considéré le docteur Normann comme un honnête homme, commença à concevoir à son sujet de singuliers doutes et envisagea avec inquiétude son installation sur la terre du Ténessée. Cependant il ne voulait point laisser voir ses pénibles préoccupations ; il marchait à côté de Wolfgang, et celui-ci lui racontait sa naïve histoire. Il rappelait en quelques mots rapides un temps funeste où un Allemand avait semé autour de lui la haine, la discorde dans l'Arkansas, et versé le sang dans une paisible retraite. Puis il disait comment il avait rencontré et aimé sa jeune femme, comment il avait vécu heureux avec elle, jusqu'au jour où le fatal désir d'amasser de l'argent l'avait amené sur ces rives marécageuses : « Monsieur Hehrmann, ajouta-t-il en terminant son récit, vous avez quitté avec votre femme et vos enfants un pays sec et salubre pour venir en plein été vous établir sur un sol pernicieux; prenez garde à vous. Si la vie de ces trois personnes vous est chère, allez commencer ailleurs votre existence de colon. Vous avez le choix, l'espace vous est ouvert : vous avez la région du Nord, le Missouri, le Wisconsin, la partie montagneuse de l'Arkansas. Quittez ces marécages empoisonnés, où nos compatriotes qui ne sont point habitués à un tel climat ne peuvent séjourner sans courir le risque de périr, ou tout au moins d'altérer leur santé. Je vous en parle par expérience.

— C'était aussi l'avis de M. Helldorf, répondit le pasteur.

— M. Helldorf connaît le pays; il l'a parcouru pendant plusieurs années. Ce qu'il vous a dit est vrai, croyez-le. Quant à votre docteur Normann, je ne le connais pas et ne veux point le juger défavorablement. Mais il y a en Amérique, surtout dans les ports de mer, une quantité de traficants de domaines dont les émigrants ne peuvent assez se défier. Je crains que vous ne soyez tombé entre les mains d'un de ces spéculateurs, et tout ce qui vous reste à faire, c'est de tâcher de tirer le meilleur parti possible d'un mauvais marché. »

Pendant que les deux honnêtes Allemands continuaient ainsi leur entretien, le cordonnier, qui venait de tomber pour la quatrième fois sur une branche d'arbre, disait à son ami le tailleur : « Écoute, si j'avais engagé des capitaux dans cette expédition, je m'arracherais les cheveux. Mais au point où nous en sommes, il faut que nous nous résignions à la patience, et j'avoue qu'il me tarde de voir comment finira cette affaire.

— Regarde donc devant toi, tu ne fais que trébucher, répondit le tailleur, qui en même temps trébuchait aussi. Oui, je crois comme toi que nos actions baissent. Cependant je ne suis pas encore découragé, et, si M. de Schwanthal tue autant de gibier qu'il nous l'a promis, si nous faisons, ainsi qu'on nous l'a assuré, trois bons repas par jour, je me consolerai aisément de cheminer dans la vase. C'est pourtant singulier, que depuis que nous marchons à travers ces bois je n'aie pas encore aperçu un seul cerf! Et dis-moi, te l'étais-tu figuré telle que tu l'as vue la rivière près de laquelle doit s'élever notre ville ?

— Je ne sais, repartit en riant le cordonnier. C'est à toi qu'il appartient de nous en donner une juste idée, car tu en connais la profondeur.

— Quelle mauvaise plaisanterie ! Je pouvais cependant me noyer.

— Si nous continuons à marcher ainsi, dit Schmidt en s'approchant des deux compagnons, nous n'arriverons pas aujourd'hui à notre gîte. On ne peut faire cent pas sans avoir un arbre à couper. Il n'y a donc point d'administration des forêts dans ce pays?

— Le lieu serait bien choisi pour une administration des forêts, s'écria le brasseur; mais, si nous n'arrivons pas en un endroit où je trouve quelque chose à boire, je meurs de soif. Comment donc s'appelaient les villes qui devaient nous apparaître ici ? Mille diables ! Dans un canton où il y a tant de villes, nous devrions bien au moins trouver un village. »

Le brave brasseur ignorait qu'en Amérique un groupe de deux ou trois maisons prend le titre de ville et porte un nom sonore emprunté à l'histoire grecque ou romaine. C'est ainsi qu'on éblouit les étrangers et que les marchands de domaines vendent aux crédules émigrants des lots de terrain dans des régions où l'on s'attend à voir une nombreuse population, et où l'on est trop heureux de trouver un fermier solitaire.

Cependant les femmes poursuivaient courageusement leur pénible trajet. Une d'entre elles seulement, qui était malade, et une jeune fille avaient été hissées au milieu des coffres sur la charrette, où elles devaient faire tous leurs efforts pour se maintenir en équilibre dans les rudes cahots qu'elles subissaient à tout instant. La femme et les filles du pasteur marchaient en avant, sans se plaindre de la fange où souvent elles enfonçaient leurs pieds, ni des épines qui les déchiraient. Par bonheur l'orage avait cessé et le ciel s'était éclairci ; mais le soleil dardait sur les voyageurs une chaleur brûlante. Fatigués de leur marche, oppressés par une lourde atmosphère, tourmentés par la soif, les pauvres émigrants aspiraient au repos du soir, bien que le soir dût leur ramener une nuée de moustiques. Quand le soleil s'inclina à l'horizon, leur guide leur dit qu'ils devaient camper à l'endroit où ils se trouvaient, car il n'osait dans l'obscurité s'aventurer plus loin. Les femmes alors s'enveloppèrent dans des couvertures pour se garantir de la froide rosée de la nuit ; les hommes se groupèrent autour d'un bûcher que Wolfgang alluma, et l'on fit les préparatifs du souper. En ce moment retentirent des cris lugubres, des cris lamentables qu'on ne pouvait entendre sans une impression de terreur.

C'étaient les cris nocturnes d'une troupe de hiboux invisibles. M. de Schwanthal essaya de découvrir et de tuer un de ces oiseaux farouches ; mais l'épais feuillage des arbres l'empêchait de les viser.

Par bonheur l'air de la nuit était assez tempéré. Les voyageurs, étendus sur le sol, s'endormirent bientôt d'un profond sommeil. Le matin, dès le point du jour, on se hâta de déjeuner, on attela les bœufs et on se remit en marche, tantôt à travers des ruisseaux fangeux, tantôt à travers des marécages, tantôt dans des fourrés épais surchargés de lianes, jusqu'à ce qu'enfin le pasteur appelant Wolfgang lui demanda si par hasard la caravane ne se serait point égarée : car il lui semblait que, depuis la veille, elle avait traversé un espace de plus de quinze milles.

« Nous avons dû faire plusieurs détours, répondit Wolfgang ; mais, si je ne me trompe, nous sommes arrivés au point que vous désirez.

— Vous voulez dire sur le vrai chemin, répliqua le vieux Siebert, qui regardait de tous côtés et ne voyait que des plantes grimpantes et des broussailles.

— Non, reprit Wolfgang, je veux dire que nous sommes sur la propriété même que vous m'avez désignée. Voyez ces branches d'arbres abattus ; elles ont servi à faire la palissade, et je crois qu'on peut encore en distinguer là quelques vestiges.

— Mais la terre défrichée ? s'écria Becher avec anxiété.

— C'est ce champ de broussailles et de plantes parasites ; le sol, du reste, paraît être très-bon.

— Mais nous devions trouver un terrain défriché, reprit Herbold, et vous ne pouvez prétendre que ce chaos d'arbustes de toutes sortes représente nos quinze acres de champ labouré.

— C'est la première fois que je viens ici, répondit tranquillement le charbonnier, il faut que j'examine un peu la place ; mais soyez convaincu que, si votre propriété n'a pas été cultivée depuis cinq ans, elle doit ressembler à ce que vous voyez là devant vous. Cependant espérons encore : le mieux serait, je crois, de laisser les femmes avec la charrette et de faire le tour de ce domaine ; il a été arpenté, nous devons trouver sa ligne de démarcation, et nous saurons enfin où nous sommes réellement.

— J'en doute, dit le cordonnier à Schmidt ; aucun arbre ici ne me présente une indication particulière, et je ne vois pas trop où peut être la ligne de démarcation.

— Quant à moi, répliqua Schmidt, tant que les chemins de ce district ne seront pas en meilleur état je ne m'écarterai pas de mes compagnons. Malheur à celui qui s'égare en un tel lieu ! »

Sur l'ordre qu'il reçut de son maître, Scipion s'arrêta ; mais il lui eût été difficile de conduire plus loin sa charrette sans le secours d'une hache, tant le chemin était obstrué de plantes. Wolfgang, accompagné des émigrants, suivit un petit ruisseau qui devait tomber dans la Big-Halchee. Après avoir fait quelques centaines de pas le long d'un taillis, il arriva à la Big-Halchee et sur le bord de cette rivière découvrit les ruines d'une hutte en bois où il ne permit pas aux voyageurs d'entrer et où il n'entra pas lui-même ; car les poutres qui avaient servi à la construction de cette cabane étaient disjointes, pourries, et d'un moment à l'autre elles devaient s'écrouler.

« Mais, dit Becher avec une certaine inquiétude, ce n'est peut-être point là une des maisons que nous avons achetées. Il est possible que par une fausse direction....

— Le chêne, répondit Wolfgang, sur lequel vous pouvez voir encore les traces de quelques chiffres grossièrement faits, marque la limite septentrionale de votre propriété Combien de bâtiments, ajouta-t-il, vous a-t-on promis ?

— Une maison d'habitation, une cuisine, une étable et une grange.

— Eh bien ! reprit Wolfgang, voici les restes d'une cheminée très-ébranlée et qui probablement s'écroulera bientôt. La cuisine a déjà disparu sans doute ; l'étable est probablement sous cet amas d'arbustes, où elle forme une sorte de monticule.

— Et la grange ? demanda le pasteur.

— Elle est vraisemblablement dans le taillis que recouvre le champ défriché ; mais elle ne vaut guère la peine qu'on la cherche, car le plus souvent ces granges sont construites avec les mêmes rameaux d'arbres qui servent aux palissades, et elles ne durent que six ou sept ans.

— Mais, au nom du ciel ! s'écria le pasteur, qu'allons-nous faire avec nos pauvres femmes ? Elles sont là dans la forêt, et nous n'avons pas un abri à leur offrir.

— Quelques jours à passer en plein air, répliqua Wolfgang, ce n'est pas une calamité si redoutable. Au reste, il est heureux que je sois venu avec vous. Comme vous ne connaissez ni le pays ni le climat, vous auriez pu sans moi en souffrir beaucoup plus.

— A quelle distance sommes-nous de la ville la plus proche ? demanda le vieux Siebert ; le mieux serait peut-être d'y conduire les femmes jusqu'à ce que nous ayons bâti une maison.

— Non, c'est impossible. D'abord le village le plus proche est à trente milles de distance ; pour y arriver il faudrait traverser plusieurs lacs ; je n'en connais pas le chemin, et, quand bien même vous pourriez atteindre ce village en une heure par un beau chemin, je ne vous conseillerais point d'y laisser seules vos compagnes, car ces petits villages sont généralement habités par une population grossière et méchante. De plus, tout y coûte extrêmement cher. Non, nous aurons bientôt érigé ici quelques poutres et quelques planches pour vous protéger d'abord contre le vent et la pluie. Quand cela sera fait, je retournerai dans ma maison, et je vous enverrai avec le reste de vos bagages mon vieux nègre, qui pourra passer plusieurs semaines avec vous et vous être fort utile.

— Mais, cher monsieur, comment vous témoigner notre reconnaissance de tout ce que....

— Soyez tranquille : vous avez déjà fait beaucoup pour moi ; vous m'avez amicalement aidé à rendre les derniers devoirs à ma pauvre femme ; je ne vous oublierai jamais. D'ailleurs, en m'occupant de vous, je ne fais qu'accomplir une obligation de voisinage. Plus tard vous apprendrez jusqu'où s'étendent ces obligations en Amérique. Je dois ajouter qu'il y a de l'égoïsme dans ma détermination : après le malheur qui m'a frappé, j'ai besoin d'une occupation pour me distraire. Je deviendrais fou si je restais seul inactif dans ma demeure. Courage donc ! tout ira mieux. Ce lieu est à vrai dire un des derniers où je vous aurais conseillé de venir ; mais, puisque vous y êtes, il faut vous y résigner.

— Quel malheur, pourtant, s'écria Herbold, que nous ne puissions au moins trouver là un asile pour nos pauvres compagnes ! Maudit soit le coquin qui nous a fait tant de belles promesses et nous a indignement trompés !

— Il a peut-être été trompé lui-même, répliqua Wolfgang. Mais n'êtes-vous pas vous-mêmes coupables de la déception dont vous souffrez ? Vous n'auriez point dû conclure ̶ ̶ ̶ marché sans examiner ce qu'on vous offrait, surtout dan ̶ ̶ ̶ ntrée qui vous est entièrement étrangère. Achèteriez-vous ̶ ̶ ̶ Allemagne une terre sans la voir ?

— Ce domaine nous semblait à si bas prix !

— Et quand on vous l'eût donné pour rien, il vous coûtait encore trop cher du moment où il ne vous convenait pas et où il fallait amener vos familles et traîner vos bagages jusqu'ici. Que ceci vous serve de leçon pour l'avenir ! Je dois vous dire encore que vous ferez bien de ne point chercher votre demeure dans ces constructions en ruine. Elles sont, sans aucun doute, à l'heure qu'il est, peuplées d'insectes malfaisants et de reptiles. Nous nous mettrons à l'œuvre, et je vous donnerai des leçons d'architecture pratique.

— Êtes-vous donc charpentier ?

— Non, mais j'ai appris à faire ce que la nécessité nous impose dans la solitude des bois. Vous-mêmes vous en viendrez là. Une année passée en Amérique, surtout dans les forêts, produit des merveilles. Maintenant, vous êtes inquiets des femmes qui vous accompagnent ; vous désirez avant tout pouvoir les mettre à l'abri de l'orage. Tenez : il y a dans le toit de cette maison, parmi des planches pourries, d'autres planches qui doivent être encore bonnes; nous les prendrons pour en former une baraque qui nous protégera au moins jusqu'à demain. J'ai par bonheur apporté avec moi les ustensiles nécessaires pour faire ce travail. D'abord cherchons une place convenable pour votre campement.

— Cher Wolfgang, dit le pasteur en serrant cordialement la main du bûcheron, vous êtes notre sauveur. Sans vous, que serions-nous devenus dans ce désert? Je frémis d'y penser. Mais vous avez raison, nous ne devons point perdre notre temps en d'inutiles regrets. Nous devons montrer qu'en nous décidant à partir pour l'Amérique nous avions le courage et la patience nécessaires pour devenir de bons fermiers américains. »

Wolfgang, qui avait le cœur touché de la détresse de ses compatriotes et qui trouvait en s'occupant d'eux un soulagement dans son malheur, choisit près du ruisseau un terrain un peu élevé qui lui parut un endroit plus salubre que les autres, et aussitôt il mit tout le monde à l'œuvre. On y transporta les bagages. On arracha, non sans péril, les planches des vieilles toitures. Il était temps de les prendre: deux jours après, tous les édifices dont le docteur Normann avait donné une si belle nomenclature s'écroulaient. Les émigrants s'installèrent le soir même dans leur rustique asile, et le lendemain se préparèrent à construire des *loghouses* pour l'hiver. Mais c'était pour eux un rude apprentissage. Ils ne savaient pas manier la hache, et les charpentiers eux-mêmes ne savaient comment faire pour fendre avec cet instrument des planches de quatre pieds. Wolfgang ne se laissa déconcerter par aucune difficulté. Il travailla du matin au soir, et en deux jours il parvint à construire une cabane assez vaste et assez solide pour pouvoir, au moins temporairement, garantir tous les émigrants de la pluie et de l'orage.

Cette première œuvre achevée, il quitta ses compatriotes pour retourner dans sa demeure, promettant de leur envoyer leurs bagages avec son vieux nègre, de leur acheter sur les bateaux à vapeur diverses provisions dont ils avaient besoin, et enfin de revenir bientôt près d'eux.

Toute la colonie se composait alors de cinquante-trois personnes, y compris les enfants. Il s'y trouvait trois charpentiers, deux menuisiers, un forgeron, un serrurier, un tailleur, un cordonnier, un brasseur, un tourneur et un apprenti vitrier. Ce dernier était un enfant de quatorze ans qui était parti pour l'Amérique afin d'y rejoindre son père, et qui en arrivant à New-York avait appris que celui qu'il venait chercher si loin était mort. Dans son abandon, il ne lui restait d'autre ressource que de s'associer aux destinées de ses compagnons de voyage. Son métier de vitrier ne pouvait encore leur être d'aucune utilité. Il y renonça pour s'adjoindre au travail des charpentiers. Wolfgang remarqua du premier coup d'œil avec quelle ardeur le jeune Carl (comme on l'appelait) poursuivait son labeur, et avec quelle dextérité il maniait ses ustensiles. Il lui confia une hache américaine, qui ne ressemble point à la hache allemande, et l'enfant se mit à l'œuvre avec un zèle infatigable.

Le cordonnier, le tailleur et le brasseur n'éprouvaient, au contraire, qu'une profonde répugnance pour ce rude métier de bûcherons. Cependant, comme les membres du comité leur donnaient eux-mêmes l'exemple de l'activité, comme le pasteur était toujours le premier à la besogne, ils firent un effort pour vaincre leur indolence; mais chaque soir ils se plaignaient amèrement de leurs fatigues.

Un seul des émigrants n'avait encore pris ni la hache ni le hoyau : c'était M. de Schwanthal. Il s'était engagé à nourrir de gibier la petite colonie, et il allait à la chasse : cependant il n'osait se hasarder au delà de quelques centaines de pas dans le taillis. Dès qu'il se trouvait au milieu des tiges gigantesques et des broussailles de la forêt, il s'arrêtait pour reconnaître le son des haches de ses compatriotes, et nul gibier n'eût pu le déterminer à s'écarter davantage du campement de la colonie. Avec cette crainte, il ne découvrait rien. Il revenait chaque soir les mains vides, et repartait le lendemain matin pour la même infructueuse expédition.

Le nègre arriva avec les bagages, avec des provisions de lard, des légumes secs, des haches et une longue carabine américaine. M. de Schwanthal regarda avec un profond mépris cette arme grossièrement fabriquée. Cependant, le lendemain, il l'entendit résonner dans le bois, et un instant après le nègre Samuel apparaissait le corps ployé sous le poids d'un cerf superbe qu'il venait de tuer.

Honteux de ses inutiles tentatives en face d'un tel succès, le brave chasseur allemand se remit en campagne, résolu cette fois à rapporter, à tout prix, une proie honorable. Dès qu'il se fut aventuré quelque peu au delà de ses précédentes limites, il se sentit fort ébranlé dans ses résolutions, à l'idée qu'il pouvait s'égarer dans ce sauvage désert. Mais il y allait de sa gloire de chasseur; il continua sa marche, et il reconnut qu'il n'avait point de gibier à attendre dans le voisinage de l'emplacement, où retentissaient sans cesse les coups de hache et de marteau et les grincements de la scie. Animé d'un généreux désir de conquête, il fran-

chit un nouvel espace, et tout à coup se trouva plongé jusqu'aux
genoux dans un marais. Au même instant, il entendit un clapotement dans l'eau et aperçut, à trente pas de distance, un cerf magnifique qui semblait se livrer lui-même à son coup de fusil. Tout
troublé de cette subite apparition, M. de Schwanthal se hâta de
prendre son arme suspendue à son épaule et visa ; mais nulle
détente n'obéit à la pression de son doigt. Il s'aperçut alors qu'a-
vant de pénétrer à travers les plantes et les lianes il avait eu la
précaution de couvrir d'un bandage le chien de son fusil, et, lorsqu'il eut enlevé ce lien funeste, il était trop tard. Le cerf, lassé
de l'attendre, avait déjà disparu dans les profondeurs de la forêt,
et les deux coups qui résonnèrent précipitamment ne firent sans
doute qu'accélérer sa fuite. M. de Schwanthal rechargea sa carabine et se détermina à poursuivre sa chasse. La journée n'était
pas très-avancée ; il avait le temps de découvrir un autre gibier.
En s'appuyant sur quelques racines et quelques tiges d'arbres
qui s'élevaient dans le marais, il parvint à gagner une bande de
terre : là il se mit à l'affût, et il attendit des heures entières avec
une patience digne d'un meilleur sort. Au moindre bruit qu'il entendait, au frôlement de quelques feuilles, à un léger clapotement
dans l'eau, il croyait voir apparaître sa proie ; mais nul animal ne
daigna lui montrer le bout de son museau, et le soleil se penchait
à l'horizon. Quoique M. de Schwanthal se dit que c'était bien le
moment le plus favorable pour la chasse, la crainte de ne pas retrouver son chemin dans l'obscurité le décida à renoncer encore
pour cette fois à ses espérances.

Il se remit en marche avec tristesse et avec anxiété, traversant
le marais dans lequel il était tombé, puis courant d'un pas précipité vers l'endroit où il croyait trouver ses compatriotes. Mais il
s'était trompé de direction : il retourna d'un autre côté, franchit quelques ruisseaux fangeux, retomba dans un autre étang, en
sortit avec peine, et, ne reconnaissant plus le lieu où il se trouvait et
se croyant perdu, poussa de toutes ses forces un cri de désespoir.

« Comment ! vous voilà ? lui dit le tailleur qui était là, et qu'il
n'avait pas aperçu.

— Ah ! c'est vous ! répondit d'une voix plaintive l'infortuné chasseur ; et près de vous je vois aussi le cordonnier. J'espère que
vous n'êtes pas égarés ?

— Égarés ! non, ma foi ; nous ne nous exposons pas à un tel
malheur ; nous ne nous écartons pas de l'habitation. Mais pourquoi
avez-vous tant crié ?

— Moi.... Qu'ai-je donc dit ?... Ah ! oui, je me rappelle ; je demandais si l'on n'avait pas vu passer un cerf.... un cerf sur lequel j'ai tiré.... Mais il y avait tant d'eau à l'endroit où je lui ai lâché mon coup de fusil que je n'ai pu suivre sa trace, et comme je n'ai point de chien....

— Oui, répliqua d'un ton sardonique le tailleur, je crois que je ne pourrais pas non plus poursuivre sans chiens un tel gibier, car il court si vite ! »

M. de Schwanthal, sans répondre un mot, se rendit en boitant au campement, qui n'était pas éloigné. Il dit à Mme Hehrmann qu'il s'était foulé le pied, et qu'il ne pourrait, avant quelques jours, recommencer ses excursions. Mais il était guéri de sa passion de chasseur. Il déposa son fusil et se mit à travailler comme ses compagnons. Par là il échappait à toute raillerie et ne courait plus risque de s'égarer.

Les émigrants continuaient avec persévérance leur tâche laborieuse. Les femmes, les voyant supporter bravement les fatigues et les privations de chaque jour, ne proféraient pas une plainte, et Berthe et Sophie, les deux excellentes filles du pasteur, leur donnaient sans cesse l'exemple de la douceur, de la patience et de l'activité.

Les hommes avaient vraiment besoin d'être encouragés dans leurs efforts ; car ils n'avançaient que très-lentement dans les travaux qu'ils avaient entrepris, et ils se demandaient comment ils pourraient faire pour construire les habitations dont ils avaient besoin et défricher tout le terrain qui leur était nécessaire. Quand Wolfgang revint visiter la colonie, le tailleur lui montra ses mains gercées et lui dit qu'il ne pensait pas pouvoir résister une année encore à un tel labeur.

Mais qu'est donc devenu le docteur qui, pour une misérable somme, a si indignement abusé de la crédulité de ses compatriotes ? Il était à présumer qu'après avoir palpé son argent il abandonnerait tranquillement ses victimes à leur sort et s'en irait loin d'eux cacher le fruit de sa fourberie. Telle était aussi sa première intention ; mais l'amour que lui inspira la fille du pasteur bouleversa tous ses projets. Aveuglé par sa passion, il résolut d'accompagner la colonie jusqu'au lieu où elle devait s'établir, prévoyant bien pourtant l'orage qui éclaterait quand elle verrait comme elle avait été trompée, mais se résignant à le subir pour rester près de Berthe, pour obtenir le bonheur de l'épouser. Avant tout cependant, il devait chercher à connaître les sentiments qu'elle pouvait avoir pour lui, et c'était dans ce but qu'il avait été lui faire sa déclaration sur le bateau.

La froideur avec laquelle elle le traita ne lui prouva que trop qu'elle n'avait pour lui aucune affection. En même temps, il remarqua qu'elle avait rougi et s'était troublée quand il avait prononcé le nom de Werner.

Avec son expérience, il comprit instantanément qu'il n'arriverait point à son but par des moyens honnêtes, et il n'était pas homme à renoncer à un projet qui lui tenait à cœur. Dans les voyages qu'il avait faits depuis onze années en diverses régions, et notamment en Amérique, il avait appris à surmonter les difficultés qu'il rencontrait sur son chemin, et peu lui importaient les procédés à employer, pourvu que par ces procédés il arrivât à la satisfaction de ses désirs.

Cependant, après la pénible entrevue qu'il avait eue avec Berthe, il réfléchit qu'il commettrait une imprudence en suivant les pauvres émigrants dans le Ténessée, où ils devaient subir une si amère déception. Il se détermina à passer d'abord quelque temps à Cincinnati. Berthe devait être à lui. Il l'avait juré, et il s'était dit que, si elle ne le suivait pas de bon gré, il l'enlèverait de force. Par les connaissances topographiques qu'il avait acquises dans ses excursions, il savait que, s'il parvenait à mettre le Mississipi entre lui et ceux auxquels il irait ravir l'innocente jeune fille, il n'aurait plus à craindre aucune poursuite, et pour accomplir son projet il lui fallait un ami. Cet ami, il l'avait trouvé à Cincinnati. Tandis que le bateau à vapeur emportait vers le Mississipi la petite colonie allemande, Normann, debout sur le quai, le suivait de l'œil dans sa marche rapide et faisait part de ses combinaisons à un joueur de profession nommé Turner, qui l'hiver habitait la Nouvelle-Orléans et l'été se rapprochait des États du nord.

« Très-bien ! très-bien ! cher docteur, murmurait Turner ; et vous dites qu'elle a une jolie sœur ?

— Non-seulement jolie : charmante !

— Voici ma main ; je suis votre homme. Je ne trouverai pas une meilleure manière d'employer mon temps jusqu'à l'époque de mon retour à la Nouvelle-Orléans. Peut-être pourrons-nous les prendre toutes les deux.

— Cela me paraît difficile. Comment les emmener ?

— Eh bien ! nous en aurons au moins une. Fiez-vous à moi. Je connais la contrée comme si j'y avais passé toute ma vie. Une nuit, avec quelques-uns de mes camarades, j'ai dû courir à pied depuis Randolphe jusqu'à la Halchee ; nous étions poursuivis par une vingtaine de bateliers féroces. Jamais je n'oublierai cette aventure.

— Et comment avez-vous réussi à vous échapper ?

— Sur la Halchee était une barque dans laquelle nous nous précipitâmes. Le propriétaire de cette barque faisait quelques difficultés. Par bonheur j'avais sur moi un pistolet chargé.... et.... Mais cela n'a aucun rapport avec notre affaire.... Donc, notre plan est bien arrêté.

— Irons-nous seuls là-bas ?

— Non. Il nous faut un rameur, et je connais l'homme que nous devons prendre. C'est un nègre qui, pour vingt dollars par mois et une provision de whiskey, irait en enfer.

— Bien. De telles gens sont utiles. Et quand partons-nous ? Aujourd'hui.

— Pas si vite. J'ai par là un jeune Italien qui me paraît fort riche et que je dois d'abord plumer. Mais nous allons faire nos préparatifs de départ.

— Soit. J'ai aussi quelques arrangements à prendre. Si vous voulez, nous nous retrouverons ce soir dans la rue du Sycomore. »

Normann se dirigea vers l'intérieur de la ville. Turner, les bras croisés, le suivit du regard avec un rire sardonique ; puis, lorsqu'il le vit disparaître au détour d'une rue : « Oui, oui, dit-il, mon petit docteur, tu m'aideras à enlever la jeune fille, et, si elle est aussi belle que tu le proclames, tu iras à tous les diables avant qu'elle t'appartienne. »

CHAPITRE V.

Cà et là.

Nous avons laissé un des principaux personnages de notre histoire, le jeune Werner, arrêté pensif au bord de l'Hudson. Il nous faut revenir à lui.

« Eh bien ! lui dit Helidorf en riant, avez-vous assez regardé ? Il me semble que votre tête est pleine des idées les plus sérieuses, c'est-à-dire d'idées de mariage. Réfléchissez pourtant que vous êtes venu en Amérique pour vous créer avant tout une position.... Bien, bien, reprit-il en riant lorsqu'il remarqua que Werner lui tournait le dos ; c'est toujours la même vieille histoire, et je n'y changerai rien. Mais venez, ou nous manquerons le bateau, ce qui serait assez désagréable.

— Vous voulez donc m'accompagner, cher Helldorf? dit le jeune homme.

— Oui, je le dois; et d'ailleurs, je ne vous fais pas un grand sacrifice. En premier lieu, je suis fatigué de mon séjour à New-York, et j'ai réellement quelques affaires qui m'appellent à Philadelphie. Ainsi ne perdons pas de temps, allons prendre nos valises; si je le puis, j'irai avec vous jusqu'à Cincinnati : car je me trompe fort si vous pouvez rester plus d'un mois à Philadelphie.

— Cher Helldorf, quelque désir que j'aie de me rendre dans le Ténessée, il me paraît impossible de terminer en si peu de temps tout ce que je dois nécessairement faire. Cependant nous verrons. Peut-être vous conviendra-t-il à vous-même de rester plus longtemps à Philadelphie.

— Comme vous le dites, nous verrons; mais, à vous parler franchement, si j'étais à votre place, je serais déjà dans le Ténessée.

— Pour y devenir laboureur ?

— Pourquoi pas. Je le vois, il faut que, comme tous les autres, vous acquériez la prudence par le malheur. Mais voilà le bateau de Philadelphie; hâtons-nous. Quand nous aurons pris nos dernières dispositions, nous aurons à peine le temps de le rejoindre. »

Les deux amis rentrèrent en ville, et, une heure après, ils montaient à bord du magnifique bâtiment qui devait les conduire dans la ville des quakers. Leur voyage fut court; en moins de six heures, ils arrivaient dans l'une des plus belles et sans contredit l'une des plus ennuyeuses cités de l'Amérique du nord.

« Et que pensez-vous faire maintenant ? demanda Helldorf en se promenant avec son ami dans l'une des principales rues de Philadelphie.

— Je voudrais d'abord me présenter dans les maisons de commerce auxquelles je suis recommandé d'une façon si pressante, que j'espère trouver dans l'une ou dans l'autre un appui pour m'aider à réaliser mes projets. Oui, continua-t-il en serrant la main de son ami, vous m'avez dès notre première rencontre témoigné tant de sympathie, que je dois vous montrer sans réserve tout ce que j'ai dans le cœur.

— Je crois pouvoir en deviner une partie, répondit Helldorf en souriant.

— Une partie sans doute, mon amour pour Berthe; mais ce n'est pas tout. Ce n'est là que le point brillant de mon existence, le but vers lequel se dirigent toute mon âme et toutes mes facul-

tés ; il me reste à vous faire connaître par quels moyens j'espère
arriver à ce but, et je désire savoir si vous les approuvez. »

Helldorf s'inclina en silence, et Werner poursuivit :

« En vous dépeignant ma situation, je ne ferai peut-être que
vous rappeler celle d'une quantité d'émigrants qui sont venus
dans cette contrée pour y faire fortune. Lorsque je m'embarquai
à Brême, j'avais la ferme volonté de parcourir les États-Unis dans
toutes les directions. Depuis, j'ai fait d'autres projets. D'après ce
que j'ai remarqué, je ne crois pas que le pasteur Hehrmann
puisse vivre longtemps en bon accord avec le comité. Il est pauvre, et un temps peut venir où il aurait besoin d'un ami. Je veux
donc appliquer mes efforts à me trouver un emploi, je veux travailler, spéculer, diriger toute mon activité sur un même point, et
enfin en venir à pouvoir me présenter devant les parents de Berthe et leur demander le bonheur de l'épouser.

— Très-bien, mon brave ami, s'écria Helldorf ; mais je ne vois
point pourquoi vous venez ici chercher cet emploi. Les villes
d'Amérique ne vous offrent qu'une perspective fort incertaine.

— Et mes lettres de recommandation ?

— Je vous en prie, au nom du ciel, ne me parlez pas de vos
lettres de recommandation. Je ne voudrais pas vous affliger. Et
pourtant si vous m'en croyiez, vous iriez dans les régions de
l'Ouest, et vous deviendriez fermier. Chaque mois que vous passez ici est un mois perdu, car vous en viendrez à être laboureur.
Vous n'êtes pas marchand, vous ne l'avez jamais été, et vous
n'avez pas ce qu'il faut pour faire un marchand américain.

— Pourquoi donc ?

— Je ne prétends pas nier vos connaissances. Non, et en tout
cas, vous apprendriez bien vite ce qu'il est nécessaire de savoir.... Mais, puisque je dois vous le dire, vous êtes trop
honnête.

— Est-ce que vous prétendriez que les négociants américains
sont de malhonnêtes gens ?

— Non, s'écria Helldorf, telle n'est point ma pensée. Mais, pour
être négociant en Amérique, il ne s'agit pas seulement de connaître la tenue des livres et de spéculer sur le cours des fonds.
Pour ce dernier genre d'affaires, nous avons une classe spéciale
d'individus, d'agioteurs, qui, soit dit en passant, ne jouissent pas
d'une grande considération. L'Allemand ne peut rivaliser avec
l'Américain dans les entreprises commerciales, parce qu'il est
trop peu hasardeux. Les m   s s'en tirent mieux. Ils s'initient
promptement aux mœurs et   ix usages du pays, commencent par

un petit trafic, ne reculent devant aucune fatigue, aucune humiliation, et deviennent riches. En Amérique, on a aussi sur la probité d'autres idées qu'en Allemagne. Pour nous, dans notre bonne patrie, un homme qui s'enrichit par une banqueroute est flétri par l'opinion. Ici, c'est tout le contraire. Je connais des gens qui, par trois banqueroutes successives, sont devenus millionnaires, et ils sont fort respectés dans la ville qu'ils habitent. A Littlerock, un riche négociant déclara un beau jour qu'il ne pouvait payer ses créanciers ; et en même temps, il faisait construire deux vastes maisons.

— Est-il possible ?

— En affaires de ce genre, ici tout est possible. Les gens qui prennent de telles résolutions sont ceux que les Américains décorent de l'épithète de *smart* (subtil).

— Le docteur Normann a déjà employé avec moi le même mot. Mais ce marchand dont vous parlez....

— Le docteur sans doute le connaît. Ce marchand avait fait mettre tous ses biens sous le nom de sa femme. Les créanciers ne pouvaient pas en prendre la moindre parcelle.

— Et les maisons ?

— C'était sa femme, disait-il, qui les faisait construire. Quant à lui, il n'avait plus rien, il était complétement ruiné. Cependant on lui prêta de l'argent, et, lorsqu'il eut profité de la loi sur la banqueroute, il recommença ses affaires sur une plus large échelle que jamais. Je pourrais vous raconter des histoires pareilles d'une quantité d'individus que j'ai personnellement connus.

— Cela n'annonce pas en effet une grande probité. Quoi qu'il en soit, le commerce me semble le moyen le plus sûr d'acquérir promptement un petit capital, et, si l'on y fait preuve d'honnêteté, il me semble qu'on doit par là se faire remarquer et obtenir plus de confiance.

— Cher Werner, dit en soupirant Helldorf, de cette façon vous aurez de la peine à réussir. L'homme timide n'arrive ici que le dernier à son but. Sans charlatanisme on reste pauvre en Amérique ; mieux vaut, comme je vous l'ai déjà dit, vous livrer à la culture de la terre. C'est là mon opinion ; je ne puis prétendre que ce soit celle de tout le monde, et je serais charmé si vous pouviez vous-même me donner un démenti.

— Mais, pour commencer l'exploitation d'un terrain, il faudrait que j'eusse au moins une certaine somme à ma disposition, et je ne l'ai pas.

— Ne vous imaginez pas, répliqua Helldorf en souriant, que

ceux qui viennent ici avec un capital n'ont à cueillir que des
roses. Là où il n'y a rien, l'empereur perd ses droits. Mais ce
sont là des raisonnements perdus pour les émigrants. Il faut d'a-
bord qu'ils fassent leur apprentissage, après quoi ils prennent une
meilleure voie.

— Je sens cependant en moi un si vif désir d'entrer activement
dans la vie des affaires....

— Très-bien, je ne veux point vous détourner de suivre cette
impulsion. Allez demain porter vos lettres de recommandation ;
plus tard nous verrons ce qu'il en arrivera. A présent il est temps
de retourner à notre hôtel, si nous ne voulons pas manquer notre
souper. »

Le lendemain, Werner sortit de très-bonne heure, et ne rejoi-
gnit son ami que dans l'après-midi. Il rentrait à l'hôtel très-fati-
gué. Il avait porté de côté et d'autre une quantité de lettres, et
la plupart des personnes auxquelles il était adressé ne se trouvaient point dans leur demeure ; d'autres l'avaient prié de revenir le lendemain, signe certain qu'ils voulaient faire quelque chose
pour lui. Un marchand nommé Harvey l'avait même invité à
dîner, et il se promettait un grand plaisir de passer quelques
instants avec cet homme qui lui avait paru très-agréable. « Il me
semble, lui dit Helldorf en riant, que nos lettres ont du succès.
A merveille ; je désire sincèrement que mes prévisions ne se
réalisent point. Aujourd'hui, si vous voulez, nous resterons un peu
plus longtemps ensemble, car demain il faut que j'aille régler
quelques affaires à Germantown ; j'y resterai trois jours et
j'espère, à mon retour à Philadelphie, vous trouver dans la situation que vous souhaitez.

—Il est difficile que j'y arrive si vite ; cependant j'ai bon espoir. »

Ce jour là, à la table d'hôte, se trouvaient plusieurs Allemands,
entre autres un M. de Buchenberg, qui était assis à côté de Werner.
Il séjournait depuis quelques semaines à Philadelphie, et avait
l'intention de parcourir les États de l'Ouest, dans l'intérêt d'une
compagnie qui jouissait déjà d'un grand renom. M. de Buchenberg
n'était pas homme à donner beaucoup de courage à Werner ; il
se répandait en invectives contre la capitale de la Pensylvanie.
« Que le diable emporte, s'écria-t-il, la pieuse Philadelphie! ces
gens-là croiraient commettre un crime s'ils épluchaient une
pomme le dimanche, et ils passent ce même dimanche à se ba-
lancer sur leur rocking-chair, en combinant toutes sortes de
plans artificieux pour duper leurs voisins le lendemain. Dieu sait
ce qu'il y a ici de sectes de toutes sortes : quakers, méthodistes,

baptistes, presbytériens, millerites, schultzerites et meierites, et combien d'autres ! je frémis rien qu'en voyant toutes ces bandes de filous avec leur vénérable habit couleur de chocolat.

— Les quakers, répliqua Werner, ont des habitudes très-modestes, et je crois qu'ils se font un devoir de s'habiller de la façon la moins éclatante.

— Sans doute; mais n'est-ce pas une affectation de leur part que de s'habiller autrement que tout le monde, et leurs femmes ne font-elles pas toute espèce de coquetteries avec leurs robes sombres et leurs larges chapeaux ? Et leurs villes, ajouta Buchenberg, regardez, y a-t-il rien de plus insupportable qu'une telle régularité? Si dans la rue vous demandez à quelqu'un d'entre eux votre chemin, il ne vous répondra point, comme on le ferait dans un pays de gens raisonnables : « Descendez par là, puis vous pren- « drez à droite ou à gauche, ensuite vous irez droit devant vous et « vous arriverez ainsi à l'endroit que vous désirez. » Non; le Phila- delphien vous dit tranquillement : « Eh! vous ne pouvez pas vous « tromper; vous passez d'abord par trois rues au sud, ensuite vous « allez à l'ouest, puis vous revenez au sud, vous vous dirigez à l'est « et vous tournez au nord. » Je vous demande si l'on peut marcher dans cette ville sans une boussole et s'il n'y a pas de quoi périr d'ennui !

— Les quatre points cardinaux sont cependant faciles à recon- naître, dit en riant Helldorf.

— Faciles à reconnaître! s'écria Buchenberg; et si le ciel est cou- vert de nuages ! Et depuis quand faut-il que tous les hommes connaissent l'astronomie? je sais que le soleil se lève à l'orient et se couche à l'occident, mais voilà tout. Pour avoir d'autres renseignements, il faut que j'aie recours à un calendrier. Là, du reste, ne s'arrête pas la passion astronomique des Philadelphiens. Dernièrement, j'étais assis à cette même table ; à côté de moi était un quaker qui, au milieu du dîner, me pousse par le bras et me dit : « Ami, voudrais-tu bien me passer ce plat qui est au nord- « ouest? » Je le regarde avec étonnement ; et, pour se faire mieux comprendre, il ajoute : « Celui qui est là, au sud du plat de viande. » Eh bien ! pour lui rendre ce service, il aurait fallu que j'allasse à la porte regarder l'horizon, ou que j'eusse une boussole à côté de mon assiette. »

Helldorf et Werner se mirent à rire. Le fait est que M. de Bu- chenberg avait raison; car la construction régulière de Philadelphie, dont les rues s'étendent en droite ligne du nord au sud et de l'est à l'ouest, a vraiment porté les habitants de cette ville à se servir à tout propos de ces désignations géographiques, qui, pour une quantité de personnes, sont fort embarrassantes.

Le lendemain, Helldorf partit. Werner recommença ses courses, fit visite sur visite, et partout fut accueilli avec une banale politesse. La plus grande faveur qu'on lui accorda, dans quelques maisons, fut de l'inviter à dîner. Il revint de ses vaines excursions fort triste et fort abattu. Son unique consolation, dans ses nombreuses déceptions, était de se dire qu'il n'avait rien négligé de ce qui était en son pouvoir pour se procurer un emploi.

Il attendait avec impatience son ami, et, lorsque ce brave garçon eut entendu le récit de tant d'inutiles tentatives, à la grande surprise de Werner, il prit à tâche d'excuser les négociants auxquels étaient adressées ces lettres de recommandation.

« Voyez-vous, dit-il, mon cher Werner, il arrive chaque année aux États-Unis des milliers et des milliers d'étrangers qui pour la plupart ont les poches pleines de lettres de recommandation. Les Américains ne peuvent en conscience satisfaire à toutes ces requêtes. Ils ont d'ailleurs très-peu de services de cette nature à demander pour leur compte à l'Europe, et vraiment il est aisé de concevoir qu'ils n'accueillent pas du premier jour à bras ouverts quiconque vient à eux avec l'apostille d'un correspondant lointain. « Aide-toi toi-même, » c'est la maxime de ce pays-ci, c'est celle qu'il importe de mettre en pratique. Mais j'ai une proposition à vous adresser. J'ai entrepris à Germantown une affaire qui m'oblige à aller à la Nouvelle-Orléans; voulez-vous venir avec moi?

— A quelle distance est la Nouvelle-Orléans?

— On voit que vous arrivez d'Allemagne, car ici personne ne s'inquiète des distances; on ne s'informe que des moyens de locomotion. Je veux y aller par mer. Si vous voulez m'accompagner, décidez-vous promptement. Nous irons demain à New-York prendre le paquebot, qui en quinze jours peut nous conduire à la Nouvelle-Orléans. Il est possible que là vous trouviez quelque place convenable, sinon je vous promets qu'après y avoir passé huit jours, je vous conduirai dans le Ténessée.

— Hélas! mon ami, mon séjour à Philadelphie m'a découragé. Qu'irais-je faire dans le Ténessée? Comment oserais-je demander la main de Berthe? Je n'ai rien à lui offrir.

— Ne vous désespérez pas si vite; le temps vous appartient, et, croyez-moi, je vous mènerai dans le bon chemin. Si vous ne le suivez pas, ce sera votre faute. En attendant, venez-vous avec moi à la Nouvelle-Orléans?

— Oui: c'est décidé. J'ai aussi des lettres de recommandation pour cette ville, mais je sais l'usage que je dois en faire.... En parlant ainsi, il prenait ses lettres pour les jeter à l'eau.

— Pas tant de précipitation! s'écria Helldorf. Ces sortes de lettres sont comme des allumettes humides; la plupart ne prennent pas feu, mais dans le nombre il peut s'en trouver une qui nous soit utile. D'ailleurs quelques menues feuilles de papier ne sont pas lourdes à emporter. »

Les préparatifs de voyage des deux amis furent bientôt achevés, et, comme le vent favorisait leur navigation, ils eurent une rapide et agréable traversée. Deux semaines après leur départ, ils ne se trouvaient plus qu'à quatre-vingts milles de distance de la Nouvelle-Orléans. Le navire entrait dans le labyrinthe des embouchures du Mississipi. Debout sur le pont, Werner ne se lassait pas de contempler le spectacle tout nouveau qui s'offrait à ses yeux : tantôt des rives plates, marécageuses, couvertes de roseaux; tantôt de profondes et majestueuses forêts; puis les fécondes plantations, et, à mesure qu'on approchait de la ville, les œuvres de plus en plus imposantes de la culture et de la civilisation. La nuit lui déroba trop tôt ces curieux points de vue. Mais dès le lendemain matin, il revenait de nouveau sur le pont pour admirer le panorama de la Nouvelle-Orléans.

S'il avait été frappé de tout ce qu'il voyait d'étrange en débarquant à New-York, il le fut bien plus de l'aspect de la grande cité du Sud voisine du tropique. La quantité de navires de toute sorte qui se pressent dans le port de la Nouvelle-Orléans; le mouvement continuel des bateaux à vapeur, des bâtiments chargés de fruits; la masse des voitures qui circulent sur la rive du fleuve; l'assemblage de tant d'hommes, de tant de races différentes, tout enfin absorbait tellement son attention, que le navire qui l'avait amené là fut amarré au rivage sans qu'il s'en aperçût.

Helldorf qui, ayant déjà visité plusieurs fois cette grande cité, ne pouvait plus éprouver la même surprise, fit transporter les valises sur une charrette dont il eut soin de garder le numéro, et s'en alla avec son ami le long de *la levée*[1] dans l'intérieur de la ville.

« Que dites-vous de cette ville? demanda Helldorf en remarquant que son ami ne se lassait pas de regarder les splendides édifices qui s'élevaient devant eux de tous côtés.

— C'est d'un aspect gigantesque, mais selon moi plus imposant

1. La digue du Mississipi. A la Nouvelle-Orléans, c'est la promenade publique la plus animée et la plus fréquentée.

que séduisant. Je me réjouis de voir cette ville, et je n'éprouve point la tentation d'y demeurer.

— J'ai à cet égard la même pensée que vous. Mais, si vous restiez ici quelques semaines, la Nouvelle-Orléans vous offrirait une tout autre physionomie. Dès que la saison de la fièvre jaune est revenue, tous ceux qui peuvent émigrer émigrent, et parmi ceux qui restent le fléau fait d'horribles ravages. Je me suis trouvé une fois ici au mois de septembre. Toutes ces rues étaient silencieuses, désertes, quelques-unes même barricadées, et sur une quantité de portes on voyait un tableau noir ou un placard annonçant que la peste était entrée dans la maison. Les Allemands sont surtout victimes de cette horrible fièvre. Ils s'installent ici sans précaution, vivent selon leurs anciennes coutumes, sans vouloir modifier leur régime, se vantant de pouvoir résister au fléau, et sont les premiers atteints, les premiers terrassés. Ah! c'est là un triste chapitre. Mais nous en parlerons une autre fois. A présent, pendant qu'il y a encore quelque fraîcheur, allons faire une promenade; plus tard, on ne peut rester dans les rues. Voulez-vous remettre vos lettres de recommandation?

— Non. Je ne veux pas me donner de nouveaux regrets.

— Vous en avez une pourtant qui est cachetée et qui renferme peut-être quelque chose d'important pour celui à qui elle est adressée.

— Non. Elle me vient d'un de mes oncles, qui me l'a lue avant de la cacheter. C'est une lettre comme toutes celles qui m'ont été si peu utiles. De plus, elle s'adresse à un ancien médecin qui a demeuré au sud du Missouri, et qui, je crois, ne peut m'être d'aucun secours.

— Qui sait? Il peut vous rendre plus de services que les négociants, qui considèrent l'émigrant comme une sorte de marchandise, se demandent quel profit ils en pourront tirer, et s'éloignent de lui avec effroi s'il paraît avoir besoin d'eux. Mais venez voir avec moi un de mes anciens amis, un de mes camarades d'université qui s'est fait maître d'école.

— Maître d'école?

— Seigneur Dieu! que ne fait-on pas en Amérique, selon le temps et l'occasion? D'après ce qu'il m'a écrit, je crois du reste qu'il a réussi. Voici sa demeure. Entrons.

— Nous ne le dérangerons pas?

— Ici on n'a point de tels soucis. Au reste, en été, les écoles sont peu fréquentées, et je ne serais pas surpris qu'elles fussent déjà en vacances. »

Les deux amis montèrent par un étroit escalier à un second étage et entrèrent dans la salle d'étude. La porte et les fenêtres en étaient ouvertes, et le maître et les élèves avaient ôté leur habit pour être plus au frais.

« Helldorf! s'écria le maître d'école en se levant précipitamment. Helldorf, d'où viens-tu donc?

— Nous ne te dérangeons pas? répondit le jeune Allemand.

— Quelle idée! vois combien j'ai peu d'écoliers! Vendredi prochain nous entrons en vacances, et je vais jouir de ma liberté.

— Où comptes-tu aller?

— Je veux remonter le Mississipi.

— A merveille. Nous voyagerons au moins quelque temps ensemble. Mais d'abord, il faut que je te présente mon ami Werner, un de nos compatriotes arrivé tout récemment en Amérique, et qui pense à s'établir dans l'Ouest. »

Les deux jeunes gens se tendirent la main. Le maître d'école avait une belle, intelligente figure, et ses élèves représentaient par leurs diverses physionomies un singulier mélange des types allemand, français, anglais et créole. C'étaient des garçons et des filles de différents âges. L'un d'eux se tenait debout, les mains dans ses poches, devant un tableau sur lequel était dessiné un alphabet.

« Regarde, Helldorf, dit Schwarz, le maître d'école, en montrant ce petit citoyen; tu as là un remarquable échantillon de mes disciples, un Benjamin Franklin encore inculte, un diamant brut. C'est un de ces vaillants garçons qui pour jouer trouvent toujours l'espace trop étroit, un de ceux que tu peux voir rôdant avec une cuiller à la main autour des tonnes de sucre et de sirop. Approche, Benjamin, et montre-nous ce que tu as appris. Connais-tu quelques-unes des lettres qui sont sur ce tableau? »

Benjamin fit une affreuse grimace, se campa sur une jambe, puis sur l'autre, enfonça ses bras dans ses poches, et enfin répondit par un signe de tête affirmatif.

« Bon. Tu connais quelques-uns de ces caractères. Donnenous une preuve de ton savoir, et d'abord tire tes mains de tes poches. »

Benjamin découvrit cinq doigts qui justifiaient pleinement l'assertion de son maître, car ils étaient tous tachés de mélasse.

« Eh bien! dis-moi; quelle lettre connais-tu? »

Benjamin fit une nouvelle grimace, passa à diverses reprises sa manche sous son nez, s'approcha du tableau en sourcillant, fit un pas de plus et enfin désigna un H.

« Tu connais donc cette lettre? »

Le futur Franklin fit en silence un nouveau signe de tête.

« Comment la nommes-tu, cette lettre? »

Benjamin tourna ses regards vers ses condisciples comme pour les prier de lui venir en aide, puis s'agita sur ses pieds, se frotta les mains et répondit : « Je ne sais pas. »

Helldorf et Werner ne purent s'empêcher de rire, et tous les élèves se mirent à rire en même temps.

« Retournez chez vous, dit Schwarz, qui avait bien de la peine à garder son sérieux ; je vous donne congé pour le reste du jour. »

A peine avait-il prononcé ces paroles de bénédiction, que toute la jeune cohorte se leva bruyamment et se précipita en bas de l'escalier.

« Comment donc, demanda Helldorf à son ami, te trouves-tu dans une telle situation?

— Mon histoire est bien simple, répondit Schwarz : je n'avais rien ; je ne pouvais trouver aucun emploi ; je me suis fait maître d'école. Dans les quarante-sept mille écoles élémentaires que l'on compte aux États-Unis, il y a, j'en suis sûr, des milliers d'individus qui, comme moi, se sont décidés à l'improviste à enseigner l'alphabet. Rien n'est plus aisé que de passer l'examen nécessaire pour exercer cette profession, et comme de part et d'autre on ne prend aucun engagement durable, l'instituteur s'en va quand bon lui semble.

— Et les écoles, demanda Werner, ne souffrent-elles pas de ces rapides changements?

— Sans aucun doute. Mais, pour attacher les instituteurs à leur place, il faudrait leur assurer une meilleure situation. En Allemagne, un maître d'école se dévoue à sa profession, parce qu'il n'a pas d'autre moyen de gagner sa subsistance. Ici, que demain je trouve plus d'avantage à donner des leçons de danse, à entrer au théâtre, à m'enrôler dans une troupe de jongleurs, rien ne peut m'en empêcher.

— Est-ce que toutes les écoles en Amérique sont organisées de la même façon?

— Dites nettement votre pensée, répliqua Schwarz en riant ; dites *désorganisées*. Pendant l'été, à la Nouvelle-Orléans, nous ne pouvons rien avoir de mieux que ce que vous venez de voir. En hiver, ma classe est trois fois plus nombreuse, et nos heures de travail sont réglées. En été, tout le monde dort ; et dans un mois la ville sera morne et silencieuse comme un temple protestant dans les jours de la semaine. Mais nous perdons ici notre temps ; venez vous reposer pendant les heures de chaleur dans mon appartement. Le soir, nous nous promènerons dans les rues, et vous comprendrez comment il se fait que, malgré le retour périodique de la fièvre jaune, il y ait un grand nombre de gens qui ne puissent vivre ailleurs qu'à la Nouvelle-Orléans. »

Helldorf termina ce jour-là une partie de ses affaires. Werner resta avec Schwarz, qui leur annonça qu'il avait aussi l'intention d'aller s'établir dans les forêts de l'Ouest. « Je vais, dit-il, quitter cette ville pour n'y plus revenir ; j'y ai vécu une année. C'en est assez. Avec les deux cents dollars que j'ai économisés, j'espère me faire une retraite.

— Deux cents dollars ! s'écria Werner ; est-il possible ? Avec une telle somme, vous ne pouvez pas même vous procurer les choses de première nécessité.

— Dans les forêts, répondit Schwarz, on a peu de besoins. Voulez-vous venir avec moi ? Je vous enseignerai la vie pratique.

— Et vous croyez que je pourrais, avec deux cents dollars !...

— Non, pas vous. On n'arrive pas du premier coup à une telle lucidité, à moins d'être très-bien conseillé et de suivre docilement une sage direction. Autrement, il faut payer son apprentissage, et le mien me coûte sept cents dollars.

— Vous comptez donc défricher un terrain ?

— Oui, j'emploierai l'automne et l'hiver à me préparer une habitation. Au printemps, je labourerai.

— Et des bestiaux ?

— J'en aurai. Cela va sans dire.

— Mais pensez-vous que dans quelques années on puisse gagner assez.... assez.... pour....

— Pour pourvoir à l'entretien d'une femme ? Est-ce là ce que vous désirez savoir ? »

Le visage de Werner se couvrit d'une légère teinte de pourpre.

« Certainement, poursuivit Schwarz. Le meilleur moyen de se marier, c'est de se faire agriculteur. Dans cet état, d'ailleurs, il faut se marier. La solitude dans les bois sans une femme serait insupportable. Avez-vous déjà quelque jeune fille en vue ?

— Moi.... Oh ! non....

— Allons, allons, reprit Schwarz en souriant, je ne veux point m'immiscer dans vos secrets. Mais associez-vous à moi. Si mon genre de vie ne vous plaît pas, vous serez libre ensuite d'y renoncer. Personne ne nous oblige à nous obstiner dans une entreprise lorsqu'elle ne nous convient plus. On fait une autre tentative, et peut-être on réussit. »

Werner était très-vivement ému des nouvelles perspectives que lui dévoilait Schwarz; mais le charme des régions tropicales, l'amour de l'inconnu lui donnaient un ardent désir de visiter les contrées méridionales de l'Amérique. Il voulait s'embarquer sur le premier navire qui partirait pour une de ces magnifiques contrées. Helldorf employa toute son éloquence à lui faire comprendre les inconvénients et le péril d'un tel projet, et finit par le déterminer et par déterminer Schwarz à partir avec lui pour faire une visite à la colonie du Ténessée. Un matin, ils montaient tous trois à bord du rapide bateau *la Diane* et naviguaient sur le Mississipi, admirant ses deux rives parsemées de riches plantations, couvertes de grenadiers et d'orangers, et plus loin, les forêts vierges, les forêts profondes entrelacées de réseaux de lianes.

CHAPITRE VI.

Une visite inattendue.

Mais que deviennent nos colons? Ont-ils achevé leur établissement? Se sont-ils résignés au sort qui les a jetés dans le désert? Non. Les femmes qui les accompagnent n'ont pas cessé de faire preuve d'une extrême patience; mais les hommes, et surtout les Oldenbourgeois, se plaignent amèrement du funeste emploi de leur capital. A la vérité, ils ne peuvent plus reprocher à leur comité de se séparer d'eux avec une apparence de dédaigneuse supériorité; car ce comité travaille comme tous les autres membres de la colonie, il vit de la même vie, et leur mécontentement s'accroît par cela même qu'il leur serait difficile de le justifier.

Grâce à la direction et à l'activité de Wolfgang, ils ont construit assez de huttes pour pouvoir tous se loger. Ils ont commencé à défricher le terrain, c'est-à-dire à déraciner des broussailles et à couper des arbres. Par l'entremise de leur généreux ami, ils ont acheté sur les bateaux à vapeur des provisions de farine et de viande salée. Que leur manque-t-il?

Tout. Quelle fausse idée ils s'étaient faite dans leur pays de ces régions si vantées de l'Amérique! Où sont ces riches produits, ces plantes si succulentes dont ils espéraient jouir si promptement? Hélas! c'était un rêve. La forêt vierge dont nous nous faisons à distance une image si grandiose est une place maudite quand il faut y demeurer, quand il faut, pour y construire une cabane, pour y cultiver un champ, entrer en lutte avec sa monstrueuse végétation. Nous nous créons quelquefois une image idéale de la vie du chasseur qui passe ses jours et ses nuits sous le dôme toujours vert des arbres. Nous oublions les fatigues et les privations que ce chasseur doit subir, les orages auxquels il est exposé, les torrents de pluie qui l'inondent. Avec le temps, le colon reconnaît ces inconvénients et finit peut-être par s'y habituer. Mais en trois semaines les passagers de *l'Espérance* n'avaient pu encore acquérir tant de résignation, et il y avait trois semaines qu'ils campaient sur leur propriété.

En ce moment, ils étaient occupés à faire une palissade pour y parquer leur bétail; M. Siebert, en sa qualité de caissier, et M. Herbold étaient partis pour aller dans le village des Collines acheter des chevaux et des vaches. Mais il leur fallait du temps pour terminer cette affaire; car, dans les régions de l'Ouest, les bestiaux ne sont point réunis dans une étable. Quiconque veut en acheter doit attendre qu'on aille les chercher dans des pâturages assez éloignés, et Wolfgang pensait que les deux mandataires de la colonie ne pouvaient guère être de retour avant une quinzaine de jours.

Un matin, M. de Schwanthal, qui avait décidément renoncé à la chasse, travaillait avec le pasteur, avec Becher et quelques Oldenbourgeois à fendre un énorme tronc d'arbre qu'on avait abattu la veille, quand tout à coup le tailleur accourut près d'eux en levant les bras et en poussant un cri de joie.

« Monsieur de Schwanthal, dit-il, hâtez-vous de prendre votre fusil, il y a là toute une bande de dindons.

— Où est-elle? demanda vivement M. de Schwanthal en jetant de côté sa hache.

— Là, près de la vache qui a péri.

— Près du cadavre de la vache?

— Oui. Mais dépêchez-vous. Pensez-vous que ces oiseaux vont tranquillement vous attendre? »

Cette nouvelle avait suffi pour réveiller dans l'âme du bon Allemand sa vieille passion de chasseur. Il se précipite dans sa cabane, arme son fusil, et, tandis que ses compagnons se réjouissaient déjà à l'idée de mettre à la broche de bonnes pièces de gibier, il se dirige vers le lieu que le tailleur lui avait indiqué.

Grande fut sa surprise de voir que les dindons s'acharnaient après la chair déjà à demi corrompue de la vache. Mais il se dit que probablement les dindons d'Amérique avaient d'autres goûts que ceux d'Europe. Il s'approcha avec précaution de la bande vorace, visa sa proie, lâcha son coup de fusil, et un des oiseaux qu'il avait ajustés tomba sanglant à ses pieds. Hélas! Ce n'était pas un gros et succulent dindon, c'était un horrible oiseau de proie, un busard qui répandait une odeur infecte.

Au moment où il venait de faire cette triste découverte, il recula de deux pas, et un cri de surprise s'échappa de ses lèvres. A sa rencontre s'avançait, avec le sourire le plus amical, le docteur Normann, ce même Normann tant de fois maudit par la colonie, et que les Oldenbourgeois avaient juré d'assommer si jamais il osait se présenter devant eux. Il souriait et saluait comme s'il avait droit au meilleur accueil, et s'approchant des travailleurs que le coup de fusil avait attirés près de Schwanthal:

« Bonjour, mes amis, dit-il, comment êtes-vous? Tous en bonne santé. C'est l'essentiel. Bonjour, monsieur le pasteur, et vous, monsieur de Schwanthal, et Schmidt, et Siebert. Vous avez tous un air de gaieté. Cela me réjouit.

— Monsieur, dit le pasteur d'un ton sévère, je ne puis vous dissimuler que nous ne nous attendions pas à vous revoir ici. Après ce qui s'est passé...

— Ah! vous croyez que je vous fuyais. C'est vous au contraire qui m'avez fui. Le bateau est parti une demi-heure plus tôt que le capitaine ne me l'avait dit.

— Qu'est-ce qui nous procure à présent l'honneur de votre visite ?

— Cher pasteur, répondit Normann sans sourciller, je devine aisément la cause de votre froideur. Ce domaine n'est pas ce que nous avions pensé. Mais reviendrais-je près de vous, si je vous avais trompé ?

— Écoutez, s'écria Schmidt. Non-seulement cette terre n'est point telle que vous nous l'aviez dépeinte, mais il ne s'y trouve rien de ce qui nous était annoncé, et vous avez menti.

— Je ne comprends pas, ajouta Becher, comment vous avez la hardiesse...

— Que signifient toutes ces paroles? s'écria un des Oldenbourgeois. Le misérable nous a horriblement trompés. Il a la sottise de revenir près de nous; il faut qu'il soit châtié comme il le mérite.

— Voulez-vous m'entendre? dit Normann en reculant de quelques pas et en portant la main droite à son habit comme pour y prendre une arme. Voulez-vous condamner un homme sans l'avoir entendu ?

— Que peut-il dire pour se justifier ? répliqua le tailleur. Nous sommes ici pour notre malheur. Est-ce assez clair ?

— Je vous prie seulement, dit Normann, de vouloir bien m'écouter quelques minutes sans m'interrompre.

— Parlez, dit le pasteur.

— Je veux vous démontrer que vous êtes injustes envers moi, que je suis incapable....

— Au fait ! Au fait ! s'écria Becher avec impatience.

— J'y suis. Le jour même de votre départ de Cincinnati, je m'embarquai pour vous suivre sur un autre bateau qui se rendait à la Nouvelle-Orléans. Mon intention était de descendre à la Big-Halchée, mais le capitaine ne voulait pas pour un seul passager s'arrêter là. A la Nouvelle-Orléans, j'allai, sur le bateau qui vous avait conduits, demander comment s'était faite votre traversée ; le pilote de ce bâtiment me donna sur ce district des renseignements qui me firent frémir. D'abord, je ne voulais pas le croire. Mais il me prouva qu'il ne connaissait que trop bien et ce domaine et ses environs. Alors, je reconnus que j'avais été indignement dupé, et je dus penser que vous aviez une triste opinion de moi. Cette idée me faisait un mal affreux, et, pour m'en délivrer, il ne me suffisait pas de venir m'excuser près de vous, je voulais vous donner des preuves de mon innocence et de ma loyauté. Je voulais obtenir une juste indemnité pour tout ce que vous avez perdu et tout ce que vous avez souffert. Par le résultat de mes démarches, vous verrez si je méritais votre confiance... Permettez-moi d'abord de vous présenter un de mes amis, M. Trevor. »

En disant ces mots, il indiquait du doigt un homme à la taille élancée, qui se tenait debout, appuyé contre un chêne, la tête couverte d'un large chapeau, et qui s'inclina poliment du côté des colons.

« M. Trevor parle allemand, reprit le docteur, et il doit venir avec moi à New-York pour attester l'état de votre domaine, pour démontrer de quelle façon j'ai été trompé par un astucieux marchand de terre. Dans un mois, j'espère vous rembourser ce que vous avez payé et de plus y joindre une assez bonne indemnité.

— Il faut donc, dit Becher que les lois à cet égard soient tout autres que je ne croyais...

— Monsieur Becher, s'écria Normann en mettant la main sur son cœur, pourquoi serais-je revenu près de vous, si je n'avais l'intention et l'espoir de réparer le mal que j'ai fait ? Quelle idée aurait pu me porter à visiter un lieu où je savais d'avance que je serais fort mal accueilli ? »

Le pasteur regarda fixement Normann. Il se rappelait en ce moment la scène à laquelle il avait assisté sur le bateau ; mais Normann, qui ne se doutait nullement que le pasteur eût entendu sa déclaration, et qui savait bien que Berthe n'en aurait rien dit, soutint avec fermeté le regard inquisiteur qui était arrêté sur lui, de telle sorte que le pasteur n'osa persister dans le soupçon qui lui était venu à l'esprit.

« Et vous croyez réellement, dit Becher d'un ton d'incrédulité, que vous ferez payer à cet homme la supercherie qu'il a commise?

— J'en suis certain, répondit Normann ; j'ai par bonheur entre les mains les promesses qu'il m'avait faites par écrit. M. Trevor va constater ici le véritable état des choses, et le fourbe ne peut échapper à la punition qu'il mérite. »

Les émigrés, qui ne connaissaient point la législation des États-Unis, commencèrent à ajouter foi aux paroles de celui qu'ils avaient tant de fois maudit. Ce qui aidait encore à sa justification, c'est qu'en réalité on ne comprenait pas pourquoi il serait venu tromper une seconde fois l'espoir de la colonie. Les honnêtes Allemands avaient d'ailleurs de la peine à croire qu'un de leurs compatriotes fût capable de commettre une si indigne action. Ils reprirent une physionomie plus amicale, et en quelques instants le docteur se trouvait à son aise au milieu d'eux comme par le passé.

Il lui restait à se présenter devant les femmes et à dissiper aussi leurs préventions. Becher et le pasteur s'offrirent à le conduire près d'elles. Avec sa noble nature, avec son austère probité, le pasteur ne pouvait s'imaginer qu'il y eût des hommes aussi profondément pervertis que le docteur. Berthe parut cependant fort désagréablement surprise et pâlit à la vue de Normann ; mais il se montra si franc, si expansif, si affectueux, que toutes les personnes qui l'observaient en vinrent promptement à ne plus garder aucun fâcheux soupçon à son égard. Bientôt on eût dit qu'il n'y avait jamais eu le moindre motif d'inimitié entre le docteur et les émigrés, et qu'il méritait au contraire la plus vive reconnaissance de ses compatriotes ; Mme Hehrmann déclara qu'elle se sentait le cœur soulagé depuis qu'elle n'avait plus aucune raison de douter des vertus du docteur. Son compagnon fut également parfaitement traité, et, quoiqu'il parlât l'allemand d'une façon presque incompréhensible, chacun prenait à tâche de causer avec lui pour le distraire. M. Trevor semblait surtout se complaire dans l'entretien de Berthe, qui parlait quelque peu anglais, et il lui indiquait le véritable accent des mots qu'elle prononçait

Plusieurs fois le docteur essaya de le détourner de cette conversation; mais il y revenait aussitôt avec empressement, et la jeune fille semblait aussi vouloir le retenir, car elle espérait par là échapper à l'obsession du docteur, qu'elle redoutait depuis sa rencontre avec lui sur le bateau à vapeur.

Ce jour-là, Normann prit à tâche d'apprendre tout ce qui s'était passé, s'informant des plus petits détails, et jurant de tirer une complète vengeance du fripon qui l'avait dupé. Il aurait voulu savoir aussi ce qui restait dans la caisse des émigrés; mais, pour avoir à cet égard un renseignement exact, il fallait voir Siebert, et il résolut de l'attendre avant d'exécuter ses projets.

Le lendemain matin, il se mit en route avec son compagnon, sous le prétexte de faire un rigoureux examen de la propriété. Tous deux s'avancèrent dans la forêt, et le dialogue suivant s'établit entre eux.

« A quoi diable, docteur, pensez-vous? Est-ce que vous voulez perdre inutilement un temps précieux? Est-ce que nous n'en finirons pas bientôt?

— Nous ne pouvons encore partir, répondit le docteur. Comment conduire la jeune fille jusqu'au fleuve, sans avoir à craindre d'être poursuivi?

— Ne dites donc pas de telles niaiseries; quel est de tous ces Allemands celui qui pourrait nous suivre à travers les bois sans s'égarer de façon à ne plus pouvoir retrouver son chemin? Non; mon avis est que nous enlevions cette jeune fille dès que nous pourrons l'attirer à quelques centaines de pas de distance de sa demeure, ce qui, j'espère, ne sera pas difficile, car je crois qu'on peut aisément éveiller sa curiosité.

— Il me semble qu'elle vous plaît?

— C'est une charmante créature.

— Turner, n'oubliez pas notre pacte, s'écria Normann avec un douloureux sentiment de défiance.

— J'y pense bien, à notre pacte, répliqua Turner en riant; mais seriez-vous jaloux par hasard? Ah! c'est charmant; croyez-vous donc que, si je voulais avoir une jeune fille, j'aurais besoin de faire sept cents milles sur le Mississipi? Quelle folie! Cette aventure m'amuse; je ne savais que faire, le reste de l'été, à Cincinnati.

— Votre Italien a-t-il payé convenablement les leçons que vous vouliez bien lui donner? Voilà dix fois que je vous adresse cette question. Pourquoi n'y répondez-vous pas? vous savez bien que je ne veux point vous trahir.

— Qu'avez-vous besoin de vous occuper de cette affaire? répondit Turner d'un ton rude; ce sont de ces choses dont il vaut mieux ne pas parler. Mais, pour en finir, j'espère qu'il se souviendra de moi. Je suis parti fort à propos; j'avais grand'peur que le maudit bateau à voiles ne nous atteignît. Maudits soient ces chiens de bâtiments! le vent était fort, et quelques heures de plus...

— L'Ohio fait trop de détours, répliqua le docteur, pour qu'un navire à voiles puisse suivre un bateau à vapeur; mais je crois que nous ferons bien d'attendre le retour des deux Allemands qui doivent amener ici des bœufs et des chevaux. Avec un cheval nous accomplirons plus aisément notre projet; car, en vérité, il me paraît difficile d'emporter deux jeunes filles sur un espace de quinze milles à travers les bois.

— Nous n'en prendrons qu'une.

— Je croyais, reprit le docteur d'un ton soupçonneux, que nous voulions les enlever toutes les deux. »

Turner, qui voulait éviter tout ce qui pouvait éveiller la défiance du docteur, s'écria en riant : « Vous avez raison; nous attendrons les chevaux, si jusque-là nous ne trouvons pas une occasion favorable d'entraîner les deux sœurs vers le Mississipi.

— Pourvu qu'on ne découvre pas notre bateau! Ce serait un grand malheur.

— Sans doute, et un malheur qui pourrait avoir des conséquences terribles. Mais je l'ai bien caché; je ne pense pas que l'on puisse l'apercevoir, et mon nègre est là. Au reste, c'est, je crois, un Allemand qui demeure à l'embouchure de l'Halchee; nous n'avons rien à craindre de lui.

— N'ayez pas une si petite opinion des Allemands; il y en a parmi eux qui sont tout aussi alertes et aussi habiles que les meilleurs habitants des bois.

— Écoutez, dit tout à coup Turner en regardant la petite rivière près de laquelle ils se trouvaient; j'imagine que nous pourrions amener notre embarcation jusqu'ici, après quoi notre entreprise ne serait plus qu'un jeu d'enfant.

— Pas si aisé que vous vous le figurez. La Big-Halchee fait d'innombrables détours; en la coupant en ligne droite, on arriverait par terre plus tôt que nous sur les bords du Mississipi.

— Oui, mais d'abord il faudrait qu'on sût quelle voie nous avons prise; c'est seulement depuis hier que la Big-Halchee est devenue navigable. Songez que nous pouvons encore attendre les chevaux dix ou quinze jours; c'est par trop ennuyeux, et je n'ai pas tant de temps à ma disposition. Ainsi restez ici; dites que je suis allé à la chasse, je vais redescendre jusqu'au Mississipi. Si, comme je le pense, l'Halchee est navigable, je serai de retour demain soir, peut-être plus tôt, et alors rien ne s'oppose à notre fuite, et alors il faut mettre en œuvre la ruse et la force. Si la rivière n'est pas navigable, j'amènerai du moins l'embarcation aussi haut que possible, afin d'épargner quelques lieues de chemin par terre. »

Normann accueillit avec empressement cette combinaison, qui facilitait son projet et éloignait son complice du voisinage de la jeune fille.

Turner disparut dans le bois avec sa carabine sur l'épaule, et le docteur revint pensif vers les colons. Il lui fut aisé d'expliquer l'absence de son compagnon. Comme il avait vécu longtemps dans les bois, il passa plusieurs heures à révéler aux émigrés une quantité de ressources matérielles qu'il avait, disait-il, appris à connaître dans son existence solitaire. Plusieurs Allemands étaient atteints de la fièvre : Normann leur prescrivit un excellent régime, et leur indiqua plusieurs plantes dont ils pouvaient faire un très-bon usage. Enfin il se montra si attentionné pour tout le monde, si poli, si aimable, que Berthe commença à se trouver plus à son aise près de lui, d'autant qu'elle le croyait guéri de sa passion pour elle et désireux, par-dessus tout, d'alléger la situation de ceux qu'il avait fait venir dans une si triste contrée. Il se montrait particulièrement affectueux envers la jeune sœur de Berthe, et, dans ces rapports de bienveillance réciproque, deux jours s'écoulèrent rapidement.

Le second jour, la plupart des émigrants étaient réunis devant le principal édifice de leur établissement, autour d'un bûcher qu'ils allumaient pour écarter les moustiques, et le docteur venait de raconter de quelle façon on capturait les chevaux sauvages dans les prairies de l'Ouest, quand un coup de fusil retentit, et au même instant apparut son compagnon, portant sur les épaules un jeune cerf qu'il déposa aux pieds de Berthe.

Normann cherchait à deviner sur sa physionomie si son entreprise avait réussi; mais l'Américain était trop prudent pour faire un signe qui pût le compromettre. Il répondit très-explicitement à toutes les questions de Schwanthal, raconta une quantité d'anecdotes de chasse, fit une foule de plaisanteries et ne s'occupa nullement du docteur. Mais le soir, lorsqu'il se trouva seul avec lui, il lui murmura à l'oreille : « La barque est cachée à cinq cents pas d'ici, et demain les jeunes filles doivent être à nous. »

CHAPITRE VII.

La fuite.

Wolfgang, Herbold et Siebert étaient allés chercher le bétail qu'ils voulaient acheter chez un fermier que le bûcheron connaissait; mais leur voyage leur procura d'abord peu d'agrément. Le premier jour, une pluie abondante ne cessa de tomber pendant dix-sept heures. Cette pluie rendait leur marche extrêmement difficile sur un sol naturellement marécageux; ils étaient, en outre, à tout instant, étourdis par la lueur des éclairs et le fracas de la foudre. Ils ne commencèrent à cheminer un peu plus aisément que lorsqu'ils furent dans le voisinage des collines, où le terrain était plus ferme. Vers le soir, ils arrivèrent près d'une palissade qui entourait un champ de maïs dont Herbold admira la beauté, puis bientôt ils atteignirent la maison de Stevenson (ainsi s'appelait le fermier), et furent accueillis de la façon la plus cordiale. Les filles de Stevenson se hâtèrent de leur préparer du café, tandis que sa femme apportait des vêtements pour remplacer ceux qu'ils avaient sur le corps et qui étaient trempés par la pluie. Après avoir fait un bon repas, ils s'assirent devant un large feu. Herbold affirmait que depuis bien des années, il n'avait pas joui d'un pareil bien-être.

La maison du fermier pouvait être considérée comme le modèle d'une heureuse et paisible maison américaine. L'intérieur en était extrêmement simple et d'une propreté admirable, et la femme de Stevenson, avec les modestes vêtements qu'elle façonnait elle-même, représentait entre ses deux filles l'image d'une vénérable matrone entre la jeunesse et la beauté. A peine les étrangers avaient-ils passé quelques instants dans cette demeure qu'ils s'y trouvaient aussi à leur aise que s'ils eussent été dans leur propre habitation. Ils avaient maudit l'orage, et cet orage cependant devait abréger leur excursion. Les animaux dispersés de tous côtés dans le bois étaient venus chercher un asile près de la demeure de leur maître. Les bœufs et les chevaux étaient là réunis, savourant le sel qu'un petit garçon leur distribuait. Un troupeau de moutons arriva aussi avec son berger.

« Votre bétail, demanda Herbold à Stevenson, revient-il régulièrement à la ferme ?

— Non; il y a des troupeaux qui restent des mois entiers à

dix ou douze milles de distance. Nous devons aller les chercher jusque-là et les attirer avec du sel.

— Avec du sel?

— Oui. Cela vous étonne; mais vous ne savez pas de quelle manière on gouverne le bétail dans les forêts de l'Ouest; je vais vous en donner en peu de mots une idée. Les bestiaux, c'est-à-dire les bœufs, les chevaux, les porcs, forment notre principale richesse, si un pauvre diable tel que moi peut parler de richesse. Je ne pourrais nourrir tant d'animaux, car je récolte à peine assez de maïs pour la subsistance de ma famille; c'est dans la forêt qu'ils trouvent leur nourriture. Au printemps et en été, ils y trouvent un vert gazon; en automne, la folle avoine; en hiver, les feuilles de roseaux. Avec de telles ressources, nous n'avons pas besoin de songer à amasser du fourrage; quant à nos porcs, il leur tombe des glands plus qu'ils n'en peuvent consommer. Nous tâchons donc d'avoir autant de bestiaux que possible, et nous abandonnons au bon Dieu le soin de les nourrir. Pour les empêcher de s'en aller trop loin de la ferme, nous avons un moyen efficace; c'est de mettre de temps à autre, à certains endroits, du sel, dont ils sont très-friands. Ils reviendront certainement au lieu où ils l'auront une première fois trouvé.

— Mais n'y en a-t-il pas qui vous échappent?

— Sans doute. Parfois un troupeau tout entier passe à l'état sauvage; mais il en naît d'autres qui compensent cette perte.

— Les bêtes fauves doivent aussi vous en enlever?

— Oui, beaucoup. L'ours nous prend des porcs; la panthère nous dérobe des veaux et des poulains. Après tout, ce sont de petits malheurs.

— Ce serait pour nous un déplorable malheur, dit Herbold en riant; mais vous traitez ici les choses en grand. Vous avez sans doute beaucoup d'animaux?

— Environ deux cents, et je compte les vendre pour me retirer dans l'Ouest.

— Quoi! vous voulez abandonner votre ferme? Est-ce que ce sol n'est pas bon? Ou le pays est-il malsain?

— Nullement. La terre est excellente, et, à part quelques fièvres enfantées par le voisinage des marais, il ne règne ici aucune maladie.

— Et pourquoi donc voulez-vous aller ailleurs?

— Je ne sais, on m'a dit que ce district devait être arpenté.

— Eh bien! il me semble que cette opération ne peut que vous être agréable.

— Agréable en un sens, oui ; car, par suite de cet arpentage, on sait au juste ce que l'on possède et où il se trouve quelque bon coin de terre à acheter. Mais alors il me faudra payer ce que je ne paye pas à présent, et je préfère me retirer dans l'Ouest, où je cultiverai un nouveau terrain, où j'élèverai d'autres bestiaux, et je n'aurai point là-bas la crainte de voir si tôt la contrée tellement peuplée qu'on n'a plus de place pour se mouvoir.

— Seigneur Dieu ! votre plus proche voisin est à neuf milles de distance, et vous craignez déjà !...

— Vous verrez : le temps n'est pas loin où des villes s'élèveront tout près l'une de l'autre dans ce district, et l'atmosphère des villes m'est insupportable. J'aime mieux m'éloigner.

— Il me semble que jusqu'à présent cette atmosphère n'a pas dû vous porter grand préjudice. La ville la plus rapprochée d'ici est à dix milles, et elle se compose de cinq maisons.

— Soit ! Vous ne pensez pas qu'elle s'agrandira et qu'on en bâtira d'autres. Mais parlons de notre affaire. Si, comme vous me l'avez dit, vous êtes dans l'intention d'acheter du bétail, vous ne pouviez choisir un moment plus favorable. Mes plus belles vaches sont ici, et mes meilleurs chevaux.

— C'est en effet pour faire cette acquisition que nous sommes venus, répondit M. Siebert ; mais notre intention est de laisser Wolfgang traiter cette affaire avec vous.

— Wolfgang s'y connaît, répliqua l'Américain, et j'ai déjà conclu plus d'un marché avec lui et avec sa femme. A propos, elle avait la fièvre votre femme, comment va-t-elle ?

— Bien, repartit le jeune bûcheron en détournant la tête, elle est morte.

— Morte ! Est-il possible ? Et nous n'en avons rien su ici ?

— Il y a loin de votre habitation à la mienne, et ces braves gens me sont venus si affectueusement en aide, que je n'ai pas eu besoin d'un autre secours. Allons, ajouta-t-il en passant sa main sur ses yeux, le mieux pour moi et pour les autres est de ne point revenir sur un triste passé. Nous avons une affaire à terminer, et l'activité est un remède à la douleur.

— Votre brave femme !

— Oui, c'était un ange.... et tant que ce cœur battra, jamais.... jamais je ne l'oublierai. Mais, je vous en prie, ne réveillez pas ma douleur. Dieu sait que j'ai déjà assez souffert ! Quand voulez-vous quitter ce domaine, Stevenson ? »

Le vieux fermier lui tendit la main en silence, serra affectueusement celle de Wolfgang, puis répondit : « L'année prochaine.

Quand on change de place, on a toujours une quantité de choses à mettre en ordre, et, comme je dois traverser le Mississipi, je veux m'arranger de manière à tout régler avant mon départ, afin de n'être pas obligé de revenir ici. Combien voulez-vous de têtes de bétail? Cent peut-être? Plus vous en aurez dès le commencement, plus tôt vous en retirerez un ample bénéfice.

— Assurément, c'est un calcul très-judicieux quand on doit rester longtemps dans une propriété; mais moi je ne conseille pas à mes compatriotes de rester dans la leur. Le sol qu'ils ont acquis est d'une nature fertile, mais extrêmement insalubre. Ils doivent s'estimer heureux s'ils y passent l'été sans tomber malades. L'automne prochain, il faut qu'ils cherchent un climat meilleur, et alors un trop grand nombre de bestiaux les embarrasserait. Où comptez-vous aller vous établir, Stevenson?

— Dans les montagnes de l'Ozark. Mais, puisque vous êtes résolus à quitter ce pays, pourquoi ne le quittez-vous pas dès à présent? Pour moi, je partirais tout de suite. Le temps, c'est de l'argent. (*Time is money.*)

— Vous avez raison, répondit Schmidt; mais comment trouver si vite un lieu qui nous convienne? Nous ne connaissons pas les États-Unis, et nous voyageons en grand nombre.

— De plus, s'écria Herbold, nous avons déjà fait tant de travaux sur notre terrain, abattu tant d'arbres!

— C'est là, répliqua Stevenson, la moindre des choses. En trois semaines, vous avez pu accomplir une tâche si formidable. D'ailleurs, ce travail a sans doute été salutaire à votre santé; en outre, il a dû être pour vous un utile exercice. Mais je suis de l'avis de Wolfgang; comme vous n'avez point pris encore de résolution déterminée, comme vous ne savez si vous resterez dans cette contrée ou si vous l'abandonnerez, prenez seulement cinq vaches laitières et trois ou quatre chevaux. »

Siebert et Herbold applaudirent à cette proposition. A l'aide de Wolfgang et de Stevenson lui-même, ils choisirent quelques-unes des meilleures vaches, puis des chevaux petits comme des poneys, mais très-vigoureux. En quelques instants, leur marché était terminé et ils pouvaient retourner dans leur demeure avec la satisfaction d'avoir promptement et très-judicieusement rempli la mission dont ils étaient chargés. Avant de partir, ils voulurent encore visiter les champs du fermier, les champs de maïs cultivés de la façon la plus primitive et couverts des plus magnifiques épis. Wolfgang y prit quelques melons d'eau et engagea ses compagnons à en choisir aussi quelques-uns des meilleurs pour les emporter à leurs amis. En rentrant à la ferme, ils y trouvèrent une table servie par les soins de Mme Stevenson et un repas qui, après leurs longs jours d'abstinence, leur parut le festin le plus splendide. Il ne se composait cependant que d'un plat de chair de porc, de quelques plats de courges, de haricots, de légumes, d'un verre de lait et d'une tasse de miel.

Herborld aurait volontiers passé encore toute une journée dans cette hospitalière maison; mais Wolfgang le pressait de partir. Les trois amis dirent un cordial adieu au brave fermier, qui promit d'aller les visiter bientôt, puis ils montèrent à cheval et se mirent en route, chassant devant eux les vaches qu'ils avaient achetées; ce n'était pas une petite besogne, car à tout instant elles fuyaient de côté et d'autre dans la forêt, et Siebert, qui avait de la peine à conduire son cheval, ne pouvait guère en cette circonstance seconder ses compagnons.

Mais retournons à la colonie, où les deux coquins qui s'y sont introduits se préparent à exécuter leur complot. En attendant le retour de Siebert, l'astucieux docteur s'était mis à travailler avec les émigrés, en partie pour trouver le temps moins long, en partie pour faire un progrès de plus dans leur estime. Le pasteur, qui ne pouvait oublier la scène dont il avait été, sur le bateau, l'invisible témoin, observait attentivement Normann et ne pouvait rien remarquer en lui qui fût de nature à éveiller le moindre soupçon. On eût dit que le docteur n'avait qu'une idée, celle de se faire pardonner le préjudice qu'il avait causé à ses chers compatriotes et d'obtenir pour eux une juste réparation. Il venait de passer toute une journée avec ses bons amis. Il les avait aidés à donner une forme régulière à leur palissade, à tailler, à planter des pieux. Cette œuvre était achevée et les émigrés se plaisaient à la contempler.

« A présent, dit Becher, tout est prêt; voilà une place superbe pour nos animaux, et Wolfgang sera surpris de l'habileté avec laquelle nous avons travaillé.

— Wolfgang! s'écria le docteur qui entendait prononcer ce nom pour la première fois; Wolfgang! ce nom est allemand. Est-ce celui d'un de vos camarades?

— Non. Wolfgang est le bûcheron dont vous avez probablement vu la cabane au bord du Mississipi.

— Il est arrivé récemment de l'Allemagne? dit Normann avec une vivacité singulière.

— Non. Il a vécu autrefois dans l'Arkansas et il est établi dans le Ténessée depuis quelques années.

— Singulière chose, remarqua Trevor ou Turner, qu'un bûcheron vienne de l'Ouest dans l'Est! C'est ce qu'un Américain ne ferait jamais. »

Normann se tut; mais en le regardant il eût été aisé de voir que son visage avait pâli. Les émigrés étaient trop occupés de leur palissade pour faire attention à lui. Hermann fut le seul à remarquer le changement subit qui s'était opéré dans la physionomie du docteur, et il lui dit avec bonté : « Vous n'êtes point habitué à un si pénible labeur, et vous vous êtes trop fatigué. »

Le docteur répondit qu'il avait mal à la tête, mais qu'r promenade de quelques instants le soulagerait; et prenant le bras de Turner, il se retira à quelque distance de l'habitation.

« Il faut partir, s'écria-t-il dès qu'il fut sûr que les Allemands ne pouvaient l'entendre. Il faut partir; nous n'avons pas un moment à perdre, car ces hommes vont revenir.

— Quels hommes?

— Ceux qui ont été acheter des bestiaux.

— Au nom du diable, je ne vous comprends plus. D'abord vous me conjurez d'attendre ce Liebert, ou ce Siebert, par la raison qu'il nous sera plus aisé de fuir avec les chevaux qu'il doit amener, et maintenant vous tremblez de le voir apparaître.

— Vous saurez tout; car à un homme tel que vous je n'ai rien à cacher : la dixième partie de ce que je sais de vos exploits suffirait pour vous faire condamner dix fois à la potence. A présent, je n'ai pas le temps de vous raconter cette histoire. . ce soir... demain peut-être... mais pas à présent. Hâtons-nous d'entraîner à l'écart les jeunes filles. Qu'il vous suffise d'apprendre pour le moment que j'ai de graves motifs pour éviter la rencontre de ce Wolfgang, et, quand vous les connaîtrez, vous avouerez qu'ils sont assez fondés. Partons-nous?

— Sans doute. Vous êtes le personnage principal de notre entreprise. Moi je ne me suis associé à vous que par complaisance, et je ne vous laisserai pas dans l'embarras. En avant donc, j'y consens, quoiqu'il eût peut-être été plus prudent d'attendre l'obscurité du soir. Peut-être pourrions-nous , pendant qu'il fait jour, conduire tout doucement les deux colombes jusqu'à l'endroit où le nègre est caché avec le canot. Une fois là, il faudra les bâillonner, car le moindre cri pourrait attirer quelqu'un, et, comme personne ne chemine dans un bois sans une carabine, nous serions exposés à recevoir une balle dans la poitrine.

— Et notre retraite?

— Nous y arriverons dans la nuit. C'est un charmant petit refuge. Vous vous réjouirez d'y entrer.

— Mais vous ne m'avez pas encore dit où il est, répliqua Normann avec défiance. Pourquoi donc ce mystère?

— Vous avez le temps de le savoir. Avant tout, dites-moi, que ferons-nous de nos jeunes filles?

— Nous verrons cela plus tard. L'essentiel maintenant est de nous hâter, et je me plais à croire que nous avons inspiré assez de confiance aux deux sœurs pour qu'elles n'hésitent pas à nous accompagner dans une promenade.

— Soyez tranquille. J'ai trouvé un moyen infaillible d'exciter leur curiosité.

— Quel moyen?

— Ah! le voilà qui agit déjà sur vous. Permettez-moi de ne pas vous le révéler encore, et parions qu'il produit son effet.

— Je suis trop intéressé à sa réussite pour engager ce pari. Mais à l'œuvre! à l'œuvre! Le sol me brûle sous les pieds. En quelques heures, nous pourrons posséder deux ravissantes créatures qu'un sultan nous envierait. »

Berthe et Louise venaient d'aider leur mère à ranger la vaisselle et s'occupaient à préparer, sous la direction du tailleur, des vêtements d'été pour quelques-uns des membres de la colonie. Les deux traîtres s'avancèrent et s'assirent près d'elles sur les troncs d'arbres. Le temps était superbe. Normann dit aux jeunes filles qu'elles avaient tort de rester constamment appliquées à leur ouvrage, au lieu de prendre un exercice salutaire. Berthe répondit qu'avant tout elles devaient accomplir leur tâche, et qu'il ne leur était guère possible de faire une promenade. Sa mère ajouta que c'était aussi sa pensée, et Normann se trouva déjà fort déconcerté de cette résistance. Alors Turner se mit à parler des vaches, des veaux, et dit à Berthe que sans doute ce serait pour elle une distraction de voir bientôt bondir devant elle le bétail qu'on était allé chercher.

« Assurément, répondit Berthe, ce sera pour nous un événement. Jusqu'à ce jour nous n'avons vu courir autour de nous que les poules que Wolfgang a eu la bonté de nous apporter.

— Encore ce nom! murmura Normann en regardant avec anxiété son compagnon.

— Moi aussi, reprit Turner, j'ai une très-grande prédilection pour les animaux apprivoisés. J'ai élevé une fois un petit ours, et vous ne pouvez vous figurer combien il m'en a coûté de l'éloigner de moi, lorsqu'il était devenu si grand et si fort que prudemment je ne pouvais plus le garder.

— Les ours, dit Louise, sont des bêtes très-dangereuses.

— Pas précisément pour les hommes, mais pour les faibles animaux, tels que les daims, par exemple.

— Il est triste de songer que les animaux cherchent ainsi à s'entre-détruire. Il semble que l'homme ait pris parmi eux un funeste enseignement. Le pauvre petit daim ! Comme il doit trembler à l'approche d'un tel ennemi !

— Cet ennemi n'est pas encore pour lui le plus redoutable. Il en est d'autres, tels que le loup et la panthère, auxquels un jeune daim a bien plus de peine à échapper. Il est même exposé aux poursuites du chat sauvage et du vautour.

— C'est horrible. Mais comment sa mère ne le dérobe-t-elle pas à ces attaques ? »

Normann, qui ne devinait pas où Turner voulait en venir avec ces fables, se leva d'un air impatienté. Turner le regarda en souriant et continua :

« La mère le cache avec soin. Cependant il arrive assez souvent que l'oiseau de proie le découvre. Aujourd'hui même, j'en ai vu un exemple.

— Turner, il est tard, s'écria Normann, qui ne pouvait plus contenir son inquiétude. Pensez que nous avons des lettres à expédier, et que notre messager doit partir.

— Nous avons le temps, répondit tranquillement Turner. D'ailleurs, j'aime mieux n'expédier mes lettres que demain. »

Normann détourna la tête pour cacher son irritation.

« Et vous dites, monsieur Turner, s'écria Berthe, que vous avez vu aujourd'hui des oiseaux de proie tuer et dévorer un jeune faon ?

— Non, ils ne l'ont pas encore tué ; mais ce soir probablement ce sera fait, car c'est le soir qu'ils enlèvent ordinairement leur proie.

— Je ne vous comprends pas. Pourquoi présumez-vous qu'ils doivent égorger ce soir cette pauvre petite bête ? Est-ce qu'on peut reconnaître cette intention à leur vol ? Cela ne me paraît pas possible.

— Non. Mais en me promenant aujourd'hui après dîner, j'ai vu, à quelques centaines de pas d'ici, des vautours planer en cercle autour du même point. J'ai cru d'abord qu'ils étaient attirés là par les restes de quelque animal qu'une panthère aurait égorgé, et en regardant à terre, j'ai aperçu un charmant petit faon qui était là abandonné ! Probablement sa mère aura été dévorée par quelque bête fauve, et le pauvre petit animal doit périr de faim, s'il ne tombe pas entre les serres des oiseaux de proie.

— Mais, mon Dieu, pourquoi donc, demanda Mme Hehrmann, ne l'avez-vous pas emporté?

— Oh! s'écria Berthe, c'est cruel, de le laisser ainsi à l'abandon.

— Est-ce loin d'ici? demanda Louise. Peut-être vit-il encore.

— Voulez-vous venir le chercher? dit Berthe.

— Mademoiselle, répliqua l'Américain, il serait difficile de le transporter ici sans lui donner d'abord à manger. Je l'ai pris entre mes mains : il était si faible qu'il pouvait à peine se mouvoir. Il est vrai que des mains d'homme sont un peu rudes pour une créature si délicate.

— Et vous dites, répéta Berthe, que c'est tout près d'ici?

— A une portée de fusil.

— Oh, mère! dit Louise d'un ton suppliant.

— Allez, mes enfants, allez, dit Mme Hehrmann; voyez si vous pouvez rapporter cette jolie bête vivante à la maison. Votre père se réjouira de la voir.

— Oh! c'est charmant, s'écria Louise en prenant à la hâte son chapeau et son châle; mais il faut emporter du lait pour fortifier le pauvre petit animal.

— Pourvu que les vautours ne l'aient pas encore enlevé, murmura Berthe d'un air inquiet.

— Je ne le pense pas. Il n'y a qu'un instant que j'étais là, et ils n'osent attaquer si vite un être vivant.

— Avons-nous assez de lait? demanda Louise.

— Je le crois. »

Il y en avait assez pour désaltérer trois cerfs.

Normann qui, en voyant la direction que prenait l'entretien, se serait volontiers précipité dans les bras de son complice, demanda aux deux jeunes filles la permission de s'associer à leur œuvre généreuse, et tous quatre se dirigèrent ensemble vers la forêt.

A peine étaient-ils à quelque distance des habitations, qu'on entendit résonner des coups de fouet, et les enfants s'écrièrent : « Voici qu'on amène nos vaches et nos veaux. » Aussitôt tout fut en mouvement : l'arrivée de ce bétail était, comme l'avait dit Berthe, un événement dans la monotone existence de la colonie. Tous les émigrés se précipitèrent à la fois du côté de ce bétail tant désiré. Wolfgang les priait en vain de se retirer, leur disant qu'ils effaroucheraient les animaux; ils ne voulurent point écouter ses avis, et l'une des plus belles vaches s'enfuit dans la forêt. Sans l'habileté de Wolfgang, on aurait pu la chercher longtemps inutilement.

Quand le calme fut enfin rétabli, M. Hehrmann annonça à ses amis le retour du docteur.

« Quoi ! s'écria Herbold, le coquin a osé de nouveau vous montrer sa figure de potence ! »

Siebert ne disait rien. Il était comme stupéfait de cette nouvelle.

Le pasteur raconta alors pour quelle honorable raison Normann était revenu et l'espoir qu'il avait non-seulement de rendre à la colonie l'argent qu'elle avait payé, mais d'y joindre une bonne indemnité.

« Cher monsieur Hehrmann, dit Wolfgang qui avait écouté son récit en secouant plus d'une fois la tête, il faut que cet homme ait eu, pour revenir ici, d'autres raisons. Si ce n'est pas lui-même qui vous a vendu ce domaine, il ne lui est pas possible de recouvrer un centime de la somme que vous avez payée. D'après ce que j'ai entendu dire de lui, il me paraît bien trop avisé pour avoir une telle illusion.

— Mais il nous a affirmé que la loi....

— Eh bien ! précisément, celui qui fait un de ces honteux marchés est protégé par la loi. Il est extrêmement difficile, pour ne pas dire impossible, de faire annuler ici un de ces contrats, même quand le caractère frauduleux en a été nettement démontré.

— Vous êtes injuste envers le docteur, reprit doucement M. Hehrmann ; car il prévoyait sans doute ces difficultés, et pour les surmonter il a amené ici avec lui un de ses amis qui a tout examiné et qui doit lui donner le secours de son témoignage à New-York.

— Vaines paroles ! vaines paroles ! Ces deux camarades vous ont fait cette histoire pour obtenir de vous un bon accueil. M. Normann sait parfaitement qu'un tel témoignage ne peut lui être d'aucune utilité. Quel est celui qui l'accompagne ? un Allemand ?

— Non. Un Américain qui parle allemand avec un accent singulier.

— Où sont-ils donc ? demanda Siebert, et où sont, madame Hehrmann, vos deux aimables enfants ?

— L'Américain, répondit Mme Hehrmann, a vu un jeune faon dans la forêt, et, comme nous avions peur que cette pauvre petite bête ne pérît de faim ou ne fût tuée par les vautours, mes filles ont été, avec le docteur et son ami, la prendre pour la rapporter ici. »

A ces mots, la physionomie de Wolfgang parut bouleversée.

« Quoi ! s'écria-t-il, après un moment de silence, l'Américain a peur que ce faon ne périsse de faim dans la forêt ?

— Oui, ou qu'il ne soit emporté par un ours, ou par les oiseaux de proie.

— L'ours.... les oiseaux de proie ! murmurait Wolfgang d'un air étrange ; puis tout à coup s'approchant du pasteur : Monsieur Hehrmann, lui dit-il, ou cet Américain que je ne connais pas s'est joué de la crédulité de vos enfants, ou il a quelque affreux projet....

— Comment ! s'écria Becher, tout ce qu'il nous a dit n'est-il pas très-vraisemblable ?

— Vraisemblable ! C'est une impudente fausseté. Comment se trouverait-il à présent un petit faon qui courût risque de périr de faim ? A cette époque de l'année, ces animaux ont déjà plusieurs mois ; ils broutent l'herbe, et n'ont rien à redouter ni de l'ours ni du vautour. C'est donc une fable qui a été imaginée pour attirer les jeunes filles hors de la maison, et mon avis est que nous allions sur-le-champ à leur recherche.

— Mais où aller ? s'écria M. Hehrmann en prenant son fusil. Comment suivre leurs traces ?

— Je sais le chemin qu'elles ont pris, dit Schmidt.

— Eh bien ! conduisez-nous, dit Wolfgang en examinant les bassinets de sa carabine.

— Dieu de miséricorde ! s'écria Mme Hehrmann, mes enfants ! mes chers enfants ! Laissez-moi aller avec vous à leur recherche.

— Calme-toi, lui répondit affectueusement le pasteur. Nous avons imaginé le plus terrible des périls ; mais il n'est pas sûr que nos craintes soient fondées. Il est très-possible, au contraire, que nos filles cueillent des fraises dans le bois et que nous les rencontrions près d'ici.

— Il me semble aussi, ajouta Siebert, qu'on a trop mauvaise opinion de Normann. Il ne me paraît pas capable de commettre un crime.

— Vous avez raison, répondit Hehrmann, qui se rappelait en ce moment la scène du bateau, mais qui voulait tranquilliser sa femme. Vous avez raison ; cependant nous ferons bien de commencer nos recherches. »

En disant ces mots, il prit un des trois chevaux, Wolfgang et Schwanthal prirent les deux autres ; tous les colons se mirent en marche à pied pour explorer la forêt de différents côtés, et Schmidt conduisit la cohorte dans la direction où il avait aperçu pour la dernière fois les filles du pasteur.

« Pourvu que nous trouvions encore cette pauvre petite bête ! disait Louise en cheminant derrière sa sœur par un petit sentier.

— Est-ce encore loin ? demanda Berthe, commençant à se sentir inquiète de la présence de ces deux hommes qui, depuis leur départ de la maison, n'avaient pas prononcé un mot.

— Non, mademoiselle, répondit l'Américain en riant ; c'est près de ce petit monticule que vous voyez d'ici.

— Écoutez ! s'écria Louise, j'entends des clameurs et des coups de fouet. Ce sont nos amis qui reviennent avec le bétail. Ah ! si nous avions attendu quelques minutes !

— Nous pourrons être de retour près d'eux dans un quart d'heure, » répondit l'Américain.

En ce moment, Berthe jeta un regard sur ses deux compagnons et fut épouvantée de l'expression de leur figure. Une idée horrible, l'idée même du complot tramé par ces scélérats, lui traversait l'esprit.

« Retournons au logis, s'écria-t-elle avec angoisse ; retournons tout de suite. M. Turner s'est sans doute trompé de chemin. Nous voici sur un terrain humide et fangeux où il ne peut y avoir aucun faon.

— Où est le canot ? demanda à voix basse Normann à son complice.

— Là, à cent pas de distance.

— Que faire avec ces filles ?

— Il faut les garrotter. A mon signal, Scipion accourra avec des cordes. »

Berthe saisit convulsivement la main de sa sœur, qui la regarda avec effroi, sans cependant pressentir le danger qui la menaçait. « Comme tu es pâle ! s'écria-t-elle en la regardant plus attentivement. Oh ! docteur ! docteur !

— Silence ! s'écria l'Américain en lui mettant devant le visage un pistolet armé ; si l'une de vous osé encore proférer un cri, je lui brûle la cervelle à l'instant.

— Monsieur le docteur, murmura Louise, ne pouvez-vous me protéger contre cet homme épouvantable ?

— Donnez votre signal, dit Normann à Turner sans faire attention aux prières de la malheureuse Louise ; nous n'avons pas une minute à perdre. Si ce Wolfgang apprend à quelle invention nous avons eu recours pour attirer ces jeunes filles dans le bois, ses soupçons seront éveillés, et il peut nous poursuivre avec l'agilité d'un Indien. »

Turner siffla. Aussitôt un craquement se fit entendre dans les broussailles, et devant Berthe terrifiée apparut un hideux mulâtre portant un rouleau de cordes à sa main.

« Que voulez-vous donc faire? s'écria Berthe en recueillant ses forces. Monsieur le docteur, est-ce ainsi que vous remerciez mon père de la confiance qu'il vous a témoignée? Laissez-nous nous retirer, et je vous promets que je ne dirai pas un mot de ce qui s'est passé. »

Pendant qu'elle parlait ainsi, l'Américain s'était emparé de Louise pour lui lier les mains. Berthe se précipita vers sa sœur pour la défendre. Turner la lança vers le mulâtre, qui, avec une promptitude incroyable, lui enchaîna les bras et lui dit : « Si vous prononcez encore un mot, j'enfonce cette lame dans la poitrine de votre sœur.

— Au secours! au secours! s'écria Berthe.

— Ah! dit le mulâtre, nous avons donc besoin d'un petit bâillon; et il lui appliqua sa large main sur la bouche.

— A présent, dit Turner, partons, docteur : prenez la petite sœur; moi, je me charge de celle-ci. Quant à toi, Scipion, ramasse nos fusils et montre ton habileté de rameur. Tu sais quelle récompense t'attend.... »

En parlant ainsi il enlaçait dans ses bras la malheureuse Berthe, qui ne pouvait plus faire aucune résistance, et se dirigeait vers la rivière. Le docteur hésita un instant, comme si la crainte ou le remords l'eussent arrêté dans son crime; puis, emporté par sa passion, il prit la petite Louise, et d'un pas précipité suivit ses compagnons.

Quelques minutes après, le canot flottait sur la rivière, et Turner, assis au gouvernail, poussait un cri de triomphe. Près de lui était couchée Berthe, les pieds et les mains liés, et un mouchoir dans la bouche. Plus loin se trouvait Louise, également garrottée et bâillonnée. Le mulâtre, assis sur un banc, ramait à tribord, et Normann à bâbord. La légère embarcation volait comme une flèche sur la rivière enflée par les pluies, et Turner disait :

« Nous avons joliment mené notre affaire; encore une couple d'heures, et je défie qui que ce soit de nous atteindre.

— Ne nous réjouissons pas si vite, repartit le mulâtre; la rivière fait une quantité de circuits. Si l'on apprend quelle voie nous avons prise, en coupant le terrain en droite ligne avec un bon cheval, on peut aisément nous rejoindre, et nous envoyer à chacun une balle bien ajustée.

— C'est vrai, Scipion, mais j'espère que les Allemands ne seront pas si fins. Normann, ne faites donc pas tant de bruit avec votre rame. Si on nous découvrait, ce ne serait pas une plaisanterie.

— En ce cas, reprit Scipion, il faudrait abandonner notre joli butin.

— Ah! vraiment! exposer notre vie pour perdre notre proie, ce serait une jolie campagne! Mais, mille tonnerres! où donc allons-nous? Nous nous éloignons de la direction du Mississipi. Nous retournons vers l'est.

— Nous sommes à l'un des grands détours de la rivière. Il nous faut une grande heure pour le parcourir.

— Ramez! ramez! il me tarde de sortir d'ici. Je ne serai tranquille que lorsque je me trouverai de l'autre côté du fleuve. »

Les deux rameurs redoublèrent leurs efforts. Turner maniait la barre du gouvernail en silence. Berthe essayait de se dégager de ses entraves, et regardait d'un air suppliant son terrible voisin.

« Non, non, ma petite colombe, dit le farouche Américain, nous ne pouvons te permettre d'ouvrir tes jolies lèvres, ce serait trop dangereux. Au reste, tes prières et tes conjurations seraient inutiles. Car, ajouta-t-il à voix basse, tu es à moi. Tu es à moi, et le diable lui-même ne te sauverait pas de mon étreinte. »

Le canot arrivait à l'extrémité du long détour, sur le côté gauche de l'Halchee couvert de sycomores gigantesques. Turner se préparait à le ramener au milieu de la rivière, de peur qu'en se heurtant contre une des grosses racines qui plongeaient dans l'eau il ne chavirât.

Le mulâtre lui saisit tout à coup le bras et cessa de ramer; Normann suspendit également son travail.

« As-tu entendu quelque bruit? demanda Turner. »

Le mulâtre fit un signe affirmatif.

La barque, emportée par le courant, continuait à descendre.

« Que se passe-t-il donc? demanda Normann avec inquiétude.

— Ils viennent, » murmura le mulâtre en indiquant du doigt le rivage.

Un rayon de joie anima la figure des deux captives. Une pensée d'espoir s'éveillait dans leur cœur, et Berthe éleva ses yeux vers le ciel avec un vif sentiment de reconnaissance.

Turner distingua le retentissement des sabots de plusieurs chevaux sur le sol; mais, sans trahir son anxiété, il dirigea son embarcation sous un épais massif d'arbres, l'arrêta là, et du geste ordonna à ses compagnons de ne plus faire aucun mouvement.

Un cavalier arrivait en ce moment près du refuge des malfaiteurs, c'était le pasteur; il tourna ses regards de côté et d'autre, et dit avec douleur à Wolfgang :

« Ne voyez-vous rien, ne pouvez-vous découvrir la trace de mes enfants? »

En reconnaissant la voix de son père, Berthe fit un effort désespéré pour rompre ses liens; mais Turner lui serrait la bouche d'une main de fer, tandis que Normann employait avec Louise les mêmes précautions.

« Je ne vois et n'entends rien, répondit en soupirant le brave bûcheron. Il y a quelques instants, je croyais avoir distingué le bruit d'une rame, mais sans doute je me suis trompé. »

A ces mots, un sourire ironique entr'ouvrit les lèvres de Turner.

« Êtes-vous sûr, reprit le pasteur, qu'ils avaient là-haut une embarcation?

— Je le jurerais sur ma tête. J'en ai parfaitement reconnu les traces.

— Peut-être, dit Becher qui venait de rejoindre ses deux amis, peut-être ne sont-ils pas encore si loin. La rivière fait de longs détours, et nous avons marché en droite ligne.

— Il est possible qu'ils ne soient pas encore parvenus jusqu'ici; mais, quoi qu'il en soit, nous n'avons point de temps à perdre: car, s'ils réussissent à descendre jusqu'au Mississipi, il nous reste alors peu de chances de les arrêter.

— Si nous galopions immédiatement jusqu'au bord du fleuve?

— Si nous le pouvions, ce serait la meilleure précaution à prendre. Mais à un demi-mille d'ici est un petit ruisseau encaissé dans des rives si escarpées, que nous ne pourrions le franchir à cheval. A pied seulement on peut le traverser, car des cyprès qui sont tombés là y forment une espèce de pont. »

Turner interrogea du regard le mulâtre, qui par ses signes confirma la justesse de cette observation.

« Et nous, reprit le pasteur, comment continuerons-nous notre marche?

— Il faut que nous allions reprendre le chemin que nous avons suivi avec la charrette. C'est un détour de plusieurs milles, et nous devons nous y résigner.

— Si nous établissions des sentinelles sur le rivage, dit Becher, ils ne pourraient nous échapper.

— Ce serait un bon moyen si nous avions plus de chevaux à notre disposition et si nous étions bien secondés par la lumière du jour. Au reste, que pourrait-on découvrir dans un endroit comme celui-ci? Puis, si nous venions à les apercevoir, les scélérats, pour nous empêcher de tirer sur eux, se placeraient derrière leurs malheureuses victimes. Ce que nous avons de mieux à faire, c'est de nous rendre au plus tôt, de toute la vitesse de nos chevaux, à l'embouchure de la Big-Halchee. Elle n'est pas large, et, en tendant des câbles d'une rive à l'autre, nous pourrons arrêter leur embarcation.

— Mais, demanda Herbold, pourrez-vous retrouver votre chemin dans l'obscurité?

— Avec l'aide de Dieu, je l'espère; je connais ces bois, j'y ai passé plus d'une nuit. Que les piétons suivent le cours de la rivière, ils ne peuvent s'égarer. S'ils viennent à découvrir le bateau, qu'ils se gardent bien de tirer! Ils pourraient atteindre une des jeunes filles. Qu'ils se contentent de suivre cette maudite embarcation jusqu'à un endroit plat, où ils lui barreront le passage. Et nous, mes amis, en avant! »

A ces mots, Wolfgang enfonça ses éperons dans les flancs de son cheval, et s'éloigna rapidement avec ses deux compagnons. Les autres Allemands s'approchèrent d'abord de la rivière et essayèrent d'en suivre de très-près le cours; mais bientôt il leur devint impossible de surmonter dans l'obscurité toutes les entraves qui s'opposaient à leur marche, dans des réseaux de lianes, dans des taillis d'épines. Ils dévièrent de leur première direction, résolus à gagner au plus vite l'embouchure de la Big-Halchee, et à chaque racine sur laquelle ils trébuchaient, à chaque plante grimpante qui leur enlaçait les pieds, ils juraient de tirer une vengeance exemplaire des misérables qui leur faisaient faire un tel trajet.

Un quart d'heure environ après qu'ils s'étaient éloignés, Turner se tenait encore tapi sous les rameaux d'arbres qui l'avaient si bien protégé. Il avait peur que les Allemands n'eussent laissé derrière eux un espion. Cependant il ne pouvait rester là plus longtemps sans s'exposer à un grand péril, car les cavaliers gagnaient sans aucun doute du terrain, et, s'ils arrivaient avant lui au bord du fleuve, tout était perdu.

Il avait une autre raison pour désirer ardemment d'atteindre le Mississipi au moins une demi-heure avant ses ennemis, mais il ne la révéla point à ses complices. Il fit signe seulement au mulâtre d'envelopper les rames dans un linge pour en amortir le bruit, et bientôt la barque glissa sur le courant rapide avec une telle vélocité qu'elle semblait défier toute poursuite.

Les pauvres jeunes filles! quelles émotions elles avaient ressenties en reconnaissant la voix de leur père, en voyant qu'on accourait à leur secours, en pensant que, si elles avaient pu seulement

proférer un cri, elles étaient sauvées ! Et maintenant, c'en était
fait de leur espoir, elles étaient de nouveau à la merci de leurs
infâmes ravisseurs. Non, il leur restait encore une espérance ; elles
avaient entendu tout ce que disait Wolfgang, et, en remarquant
la visible anxiété du mulâtre, elles pouvaient croire que son projet
leur offrait une chance de salut. Telle fut ce jour-là leur dernière
consolation, et du fond du cœur elles invoquaient en silence la
grâce de Dieu.

CHAPITRE VIII.

L'embouchure de la Big-Halchee.

Werner était assis avec Schwarz sur la galerie de *la Diane*.
Depuis qu'il avait quitté la chaude région de la Louisiane, le Mississipi lui présentait un tout autre aspect. Il avait vu peu à peu
disparaître dans un vaporeux lointain les riches plantations de
sucre et de coton, les rameaux d'orangers, de grenadiers, de
figuiers et de tulipiers, les élégantes habitations des créoles. A la
place de ces riantes images, il ne voyait plus de côté et d'autre
que les profondes et interminables forêts coupées çà et là par quelques clairières, par quelques cabanes de bûcherons, par une plage
humide sur laquelle un ouvrier laborieux avait entassé des monceaux de bois pour le service des bateaux à vapeur.

Il contemplait d'un regard morne ce spectacle étrange mais
triste, et après un long moment de silence il dit à ses amis :

« Comment l'homme peut-il se résigner à se créer une demeure
dans cette contrée sauvage, sur cette terre marécageuse et pesti-
lentielle ?

— Ceux qui s'établissent là, répondit Helldorf, se condamnent
en effet à une douloureuse existence ; mais pour eux ce n'est pas
un sort définitif, c'est un moyen d'atteindre leur but.

— Et quel but ?

— Ils veulent gagner assez d'argent pour pouvoir s'en aller
ensuite acheter une terre sous un climat meilleur.

— Pourquoi n'y vont-ils pas tout de suite, puisque, selon vous,
la terre est à si bas prix ? Pourquoi s'exposent-ils à périr sur ce
sol insalubre, quand les contrées de l'Ouest leur sont ouvertes ?

— Permettez, répliqua Schwarz, il ne faut, comme je vous
l'ai dit, qu'une petite somme pour parvenir à s'établir dans l'Ouest ;

mais encore faut-il avoir cette somme : sinon on s'expose à échouer complétement dans son entreprise. Par exemple, si je puis m'installer dans une forêt avec une hache et mon fusil, j'abats des arbres pour construire mon loghouse; j'enlève l'écorce des plus gros pour les faire mourir et tomber; je tue du gibier pour ma nourriture, je dégage un certain espace de terrain pour le cultiver. Mais il me faut de l'argent pour acheter une charrue, un cheval. Si mes voisins, selon la charitable coutume de ces contrées, me viennent en aide dans mes premiers travaux, il me faut cependant encore de l'argent pour acheter de la semence et des ustensiles de ménage. Si je réussis d'abord à en emprunter, je ne puis renouveler ces emprunts sans fatiguer bientôt mes voisins les plus obligeants, et, si j'insiste, je les éloigne de moi. Il est donc indispensable que je possède un petit capital et que je sache en faire un bon usage. Un grand nombre d'Allemands viennent en Amérique avec une cassette assez bien garnie, mais alors ils s'imaginent qu'ils peuvent acheter des royaumes. Ils ne connaissent ni la langue, ni le caractère des Américains, et se laissent entraîner par de rusés compères dans des spéculations où ils sont honteusement dupés; celui qui les ruine est le premier à rire de leur naïveté. Ceux qui, au contraire, débarquent ici avec des ressources modiques, ont plus de chance de réussir, car ils ont moins de prétention, ils éveillent moins de convoitise, et, lorsqu'ils ont cependant, comme les autres, perdu ce qu'ils possédaient, ils en viennent plus aisément à se créer un autre moyen d'existence.

— Vous croyez donc, dit Werner que les émigrants doivent d'abord faire le sacrifice de leur premier capital ?

— Sans aucun doute. C'est ce qui arrive au moins quatre-vingt-treize fois sur cent, et c'est ce que vous reconnaîtrez vous-même quand vous aurez vécu plus longtemps dans ce pays. Mais, pour en revenir à l'opinion que je vous ai exprimée, prenez deux Allemands, dont l'un apporte en Amérique mille dollars; dont l'autre ne possède rien, je parie que c'est ce dernier qui parvient le plus vite à se faire une position indépendante.

— L'argent serait donc ici plus nuisible qu'utile?

— La question ne peut être posée dans des termes si absolus. Ce que je prétends soutenir, c'est que si un étranger, en arrivant ici avec quelques centaines de dollars, veut les employer immédiatement, il les perdra, tandis que, s'il a la patience de les garder pendant quelques années, il saura probablement les faire fructifier.

— Mais pourquoi garder dans son logis cet argent? Ne vaudrait-il pas mieux le placer à la banque?

—Oui, si l'on veut n'en jamais revoir une parcelle. Les banques ici ne sont bonnes que pour ceux qui en connaissent parfaitement tous les mystères et qui, grâce à cela, ne font leurs placements qu'à coup sûr.

— Eh bien ! vos remarques me ramènent à mes premières intentions. Puisque, en Amérique, l'étranger est dans son isolement exposé à tant de piéges et à tant de périls, mieux vaut s'adjoindre à une société de colonisation, dont les intérêts sont au moins protégés par des hommes qui connaissent les affaires.

— Dans ces associations, vous serez également dupé et rançonné. Nous en avons ici qui prospèrent, grâce à l'exaltation religieuse qui leur donne des adhérents. Mais que le ciel me préserve de m'enchaîner au service de ces riches et fanatiques sociétés ! Ce n'est point pour assouplir mon corps et mon esprit à la servitude que je suis venu en Amérique ; c'est pour jouir de la liberté, le privilége le plus précieux de ce pays.

— Que me conseillez-vous donc de faire ?

— Venez avec moi au sud du Missouri ; là j'achèterai un terrain défriché déjà par quelque nomade américain. Nous en chercherons un autre tout à côté pour vous. Nous achèterons ensemble du bétail, et, si vous voulez travailler quelques mois sous ma direction, j'espère que vous en viendrez à exploiter vous-même très-bien votre propriété, et plus tôt vous vous marierez, mieux cela vaudra.

— Hélas ! vous m'ouvrez là une trop riante perspective. Je ne suis pas si près de voir se réaliser mes vœux.

— Qui sait ? répondit Schwarz en riant. Mais où est donc Helldorf ? je ne l'ai pas encore aperçu ce matin.

— Il est assis près du pilote. Voulez-vous que nous allions le rejoindre ? »

En ce moment la cloche annonça qu'on touchait à une station. Le bateau s'approchait de plus en plus du rivage, et, dans un massif épais de cyprès et de cotonniers, on distinguait un loghouse. Le bateau s'arrêta. Les matelots descendirent à terre pour aller prendre leur chargement de bois, avec les pauvres voyageurs de l'entre-pont qui prenaient part à ce travail pour gagner le prix de leur passage.

« Sommes-nous encore loin de l'embouchure de l'Halchee ? demanda Werner.

— A environ cinq milles, répondit Helldorf, qui venait de demander des renseignements à un marchand de bois. Nous pourrons y être dans une heure, mais je ne crois pas qu'il soit possible d'arriver ce soir près de nos compatriotes.

— Eh bien! nous passerons la nuit, dit Schwarz, à l'endroit où nous débarquerons, et demain, de bonne heure? nous nous mettrons en marche.

— Je regretterais bien, repartit Werner, de perdre ainsi près d'une demi-journée. J'aimerais mieux passer la nuit en plein air, à moitié chemin.

—Soit, dit Schwarz, je comprends votre impatience. Mais, Helldorf, vous devriez recommander au pilote qu'il n'oublie pas de faire arrêter le bateau à l'endroit où nous devons descendre.

— Soyez tranquille, répondit Helldorf, je lui ai déjà fait cette recommandation. Pour débarquer plus vite, voulez-vous mettre nos valises dans la yole? Moi je remonte pour plus de sûreté près du pilote. »

Quelques instants après, Helldorf redescendit en s'écriant : « Voilà notre Big-Halchee, et le maudit capitaine ne veut pas nous débarquer.

—Comment! s'écrièrent à la fois Werner et Schwarz; nous n'avons payé notre passage que jusqu'ici, et nous n'irons pas plus loin.

— Oui, tâchez de faire vos volontés avec un capitaine qui est maître absolu sur un bâtiment, et qui peut se permettre les actes les plus arbitraires. On peut, il est vrai, porter plainte contre lui dans la première ville où l'on s'arrête; mais il y a en ce cas tant de formalités à remplir qu'on ne s'y décide qu'à la dernière extrémité.

— C'est une honte, dit Werner; il prend notre argent et ne nous arrête pas à l'endroit où nous voulons descendre. Mais, cher monsieur Helldorf, ne vous êtes-vous point trompé? il n'est pas possible que ce soit là l'embouchure de la Big-Halchee, car nous devrions y voir une ville, d'après ce que nous a dit le docteur Normann.

— Le docteur Normann a commis de nombreux mensonges, répondit Helldorf d'un ton sévère, et je crains qu'il n'ait fait encore ici une de ses scélératesses. J'aurais dû ne pas le laisser partir, mais je n'avais point à New-York de témoignages contre lui.

— Que faire? au nom du ciel, s'écria Werner, jusqu'où cet affreux capitaine va-t-il nous conduire?

— Probablement jusqu'à la ville voisine, ou jusqu'au premier dépôt de bois.

— Nous venons de renouveler notre provision de bois, dit Schwarz, nous en avons au moins pour jusqu'au soir. Non, sans doute il nous débarquera bientôt. C'est le banc de sable devant

lequel nous venons de passer qui l'en aura empêché. Mais je veux
lui parler, je veux qu'il nous arrête n'importe où, dans un village.
dans une ferme; nous trouverons bien un canot pour faire un trajet de quelques lieues. »

Malgré les instances de Schwarz, le capitaine continua sa route
et ne s'arrêta qu'à une station où il devait prendre un assez grand
nombre de passagers. Les trois amis se hâtèrent de descendre à
terre, et les matelots leur jetèrent sans façon leurs valises. Ils
trouvèrent par bonheur sur le rivage une ferme et un brave
homme qui promit de leur procurer un bon canot pour les conduire à l'endroit où ils voulaient aller. Il était midi; le dîner du
fermier était prêt et le digne homme ne voulut pas laisser les
voyageurs s'éloigner avant qu'ils se fussent assis à table avec lui.
Werner aurait voulu partir immédiatement. Plus il se rapprochait de sa bien-aimée, plus il était impatient de la revoir. Cependant il céda ainsi que ses amis aux prières de l'Américain, et
entra avec lui dans une maison modeste, mais très-agréable,
où une jeune femme reçut de la façon la plus hospitalière ces con-
vives inattendus. Ils restèrent là une heure entière et, quand ils
voulurent dire adieu à leur hôte, celui-ci les obligea à prendre
du pain de maïs et du dindon froid, de peur, disait-il, qu'ils ne
trouvassent rien à manger au lieu où ils allaient. Malgré le regret
qu'ils ressentaient de quitter si vite une habitation où ils avaient
été si généreusement reçus, ils avaient hâte de s'éloigner, car ils
désiraient arriver avant le soir à l'embouchure de l'Halchee, pour
obtenir du bûcheron qui se trouvait là, et dont leur hôte leur avait
parlé, des renseignements sur la colonie allemande.

Par bonheur le canot, qu'ils avaient acheté pour quelques dollars, était excellent. Helldorf se plaça au gouvernail et Schwarz
et Werner se mirent à ramer. Ils descendaient rapidement le courant; mais, chaque fois qu'un des bateaux du Mississipi venait à
leur rencontre, ils étaient obligés de se retirer à l'écart, pour ne
pas être engloutis dans les vagues que soulèvent ces bâtiments
gigantesques. Ces diverses manœuvres retardaient leur marche;
le soleil était couché et la lune se levait à l'horizon, lorsqu'enfin
ils abordèrent en face de la maison de Wolfgang. Ils commencèrent par mettre leurs valises en sûreté, puis ils se dirigèrent vers
la maison; mais les portes en étaient fermées et, si l'on n'eût vu la
lumière du foyer scintiller à travers les fissures de ses lambris,
on eût pu la croire complétement inhabitée.

« Écoutez, dit tout à coup Schwarz, je distingue le son d'une
voix humaine du côté du Mississipi.

— Je n'ai rien entendu, dit Helldorf.

— Et moi, répliqua Schwarz, je suis sûr que je ne me trompe pas. Probablement ce sont les habitants de cette demeure ou des nègres qui allument un feu pour engager les bateaux à venir ici prendre du bois. »

Les trois amis prêtèrent l'oreille, et bientôt ils distinguèrent un bruit confus, pareil à celui que font plusieurs personnes en se querellant ; puis il leur sembla qu'une lutte s'engageait ; puis ils entendirent un gémissement, une malédiction, et presque au même, instant un coup de feu ; ensuite le son de plusieurs chevaux courant au galop retentit à leur oreille ; ces chevaux se rapprochaient de plus en plus, et ils virent une légère embarcation conduite par un seul homme qui descendait la rivière.

« Maître, maître, au nom du ciel, prenez-moi avec vous, » criait un homme sur le rivage d'une voix suppliante. Mais celui qui était assis dans la barque paraissait insensible à cette prière, ramait avec force et se dirigeait vers le fleuve.

Les trois amis avaient observé cette scène avec un extrême intérêt, et dans leur première surprise ils ne savaient de quel côté se ranger. « Un crime vient d'être commis, s'écria Helldorf ; courons au secours des victimes. »

En disant ces mots il se précipitait vers le bord de la rivière, lorsque du bateau qui déjà disparaissait dans l'obscurité s'éleva une voix si douloureuse, si pénétrante que Helldorf s'arrêta avec effroi. « Dieu tout-puissant, s'écria Werner, c'est la voix de Berthe. Helldorf, Schwarz, si vous avez quelque affection pour moi, donnez-m'en une preuve. »

Sans attendre leur réponse, sans s'inquiéter du tumulte et des cris confus qui résonnaient sur le rivage, il sauta avec ses amis dans le canot qu'ils venaient de quitter, et tous trois ramèrent de toutes leurs forces.

« Arrêtez, ou je tire, dit un individu qu'on ne pouvait apercevoir ; et Werner reconnut la voix de Schwanthal.

— C'est moi, dit-il, c'est Werner.

— Arrêtez ou je tire, répéta l'inflexible Schwanthal.

— Eh bien tirez ! » dit Helldorf, qui pensait être assez loin pour n'avoir pas à craindre un coup de fusil dans l'obscurité ; mais Schwanthal qui s'imaginait que cette pirogue était celle des malfaiteurs, lâcha la détente, et Werner ne put réprimer une légère plainte. « Êtes-vous blessé ? demanda Schwarz avec anxiété.

— Oui, répondit Werner, mais ce n'est rien : le plomb n'a fait, je crois, que m'effleurer. Au nom de Dieu, ne nous arrêtons pas ;

voyez comme ce bateau fuit ; je tremble de ne pas le rejoindre assez tôt. »

Schwarz et Helldorf, animés d'une égale ardeur, redoublèrent leurs efforts, et leur léger canot vola avec la rapidité d'une flèche vers celui du fugitif.

CHAPITRE IX.

Trahison sur trahison.

« Maître, disait le mulâtre, après avoir tellement ramé que la sueur ruisselait sur son visage, maître, c'est un terrible travail ; ne pourrions-nous boire un coup ? la bouteille est près de vous. »

En parlant ainsi, il tenait sa rame au-dessus de l'eau, et le docteur, épuisé de fatigue, suivit son exemple. « Turner, dit-il, je suis anéanti, tandis que vous restez là tranquillement assis. Prenez donc l'aviron et confiez-moi le gouvernail. »

Normann était moins fatigué qu'il ne le disait d'un travail dont il avait l'habitude ; mais il désirait se rapprocher de Berthe, car il avait remarqué que l'Américain ne cessait de fixer sur elle un regard enflammé, et les soupçons que cet homme lui avait déjà inspirés prenaient plus de consistance dans son esprit.

« Quelle folie ! répondit Turner en gardant paisiblement sa place. Vous voulez tenir la barre du gouvernail pour nous jeter à tout instant sur quelque racine d'arbre et arriver trop tard au Mississipi. Non ; chaque seconde est trop précieuse, et nous perdrions un temps irréparable à changer de place. En avant ! en avant ! Lorsque nous serons dans le fleuve, je pourrai vous abandonner le gouvernail ; car alors peu importe que vous vous écartiez un peu trop à droite ou à gauche. A présent, marchons sans une minute d'arrêt, ou nous sommes perdus. »

Normann et le mulâtre obéirent à cette injonction. La lune brillait sur un ciel sans nuages, et bientôt ils distinguèrent les flots du Mississipi. Alors ils firent une halte, ne sachant s'ils devaient entrer immédiatement dans le fleuve, ou prendre auparavant la précaution de reconnaître le passage.

Turner déclara qu'il ne serait pas prudent de se hasarder plus loin avant d'avoir examiné les lieux, et le mulâtre fut chargé d'aller voir si les Allemands n'étaient pas déjà postés à l'embouchure de la Big-Halchee. Il revint quelques instants après avec une joyeuse physionomie. « Les bons Allemands, dit-il, ont un rude trajet à faire par la forêt. Ils ne sont pas près d'arriver au fleuve. Mais donnez-moi à boire, maître, sinon je ne puis plus ramer. »

Turner lui tendit en silence la bouteille, puis se tournant vers Normann : « Docteur, dit-il, à présent nous pouvons changer de place. Vous vous mettrez au gouvernail. Mais descendez d'abord à terre.... Il faut que nous vidions cette maudite barque, où l'eau entre de tout côté !... Les enragés ! Quel bruit ils font ! Ils ont donc le diable au corps.

— Je ne les crains pas, répliqua le mulâtre ; mais voilà un bateau à vapeur qui arrive et qui va soulever d'énormes vagues de ce côté. Prenez garde.

— Il faut absolument, dit Turner, que nous allégions notre bateau, sinon nous courons risque d'être submergés. »

Sans attendre la réponse de Normann, il prit Louise dans ses bras et la porta sur le rivage. Le docteur s'élança aussitôt à terre avec Berthe, qui fit un mouvement d'horreur en sentant la main du misérable se poser sur elle. Le mulâtre fut chargé de faire sentinelle, tandis que Turner vidait l'embarcation. Quand cette tâche fut finie, il siffla légèrement, et le mulâtre accourut près de lui : « Apporte ici, dit-il à voix basse, l'aînée des jeunes filles.... Bien, la voilà ; couche-la près de ce banc. » Puis il reprit à haute voix : « Docteur, vous allez être assis entre les deux gentils agneaux ; n'oubliez pas le gouvernail. »

En disant ces mots, il riait ; puis il murmura encore quelques mots à l'oreille du nègre, et les soupçons du docteur ne firent que s'accroître. Il tenait des deux mains un câble attaché à l'embarcation pour l'empêcher d'aller à la dérive. Il était sur le point de lâcher ce câble et de reprendre sa place dans le bateau, quand le nègre lui dit : « Prenez la jeune sœur et donnez-moi le câble, je le tiendrai. » Le cauteleux docteur fit semblant d'accepter cette proposition. Le nègre, trompé par cette apparence de crédulité, se précipita vers la rivière, imprima du pied une vigoureuse impulsion à la barque et fit un mouvement pour s'y élancer. Mais le docteur, qui l'observait avec défiance, se jeta sur lui et l'arrêta avec une main de fer : « Ah ! coquin, lui dit-il, tu n'iras pas plus loin ; et vous, Turner, abominable fourbe, vous voulez donc me trahir ?

— Dégage-toi de ses mains, Nick, cria Turner à son mulâtre, hâte-toi.... Par le nom du diable ! j'entends des cavaliers. S'ils nous rejoignent, nous sommes perdus. « N'as-tu pas un couteau sur toi ? » reprit Turner avec angoisse.

Le danger augmentait de minute en minute, et dans un instant il devenait inévitable.

« Viens donc en toute hâte, continua-t-il ; venez tous deux, au nom de l'enfer. »

Normann n'entendit point cet appel, dernière expression de la rage et de l'anxiété de son complice, et, s'il l'eût entendu, il ne se serait point déterminé à se remettre entre les mains de celui qui venait de lui dévoiler si clairement ses intentions. Cependant le nègre parvint à tirer de sa poche un pistolet et le leva à quelques pouces du front de Normann. Le coup partit ; mais le docteur avait fait un mouvement : la balle effleura seulement son oreille, et la poudre lui brûla les cheveux. Dans la fureur où le jeta cette tentative de meurtre, il n'entendit plus le galop des chevaux. Il enlaça de toutes ses forces le mulâtre et le terrassa. Au même moment les cavaliers apparaissaient sur le rivage.

« Malédiction ! s'écria Turner, forcé de prendre une rame de chaque main. Malédiction sur ce misérable nègre qui se laisse ainsi dompter par un Allemand ! Quelle consolation pour moi, quand j'apprendrai que ce docteur est pendu ! » Puis se tournant du côté de Berthe : « Maintenant, dit-il, ma petite colombe, nous continuerons seuls notre voyage. Ne t'ai-je pas déjà annoncé que...?

— Au secours ! au secours ! s'écria la malheureuse, qui était parvenue à se délivrer de son bâillon.

— Oh, oh ! ma jolie poupée, murmura-t-il en lui appliquant un gros mouchoir en laine sur la bouche, il n'est pas encore convenable que tu prennes ainsi la parole. Ce mouchoir te gênera bien un peu ; mais, quand nous serons dans l'Arkansas, nous te ferons une situation plus commode. »

Il reprit de nouveau les avirons et rama de telle sorte que les veines de son front, enflées par ses efforts, semblaient prêtes à éclater. Tout à coup il entendit des cris sur le rivage, puis un coup de fusil, et, en regardant de quel côté ce coup était dirigé, il distingua avec épouvante, à la lueur de la lune, une pirogue qui semblait se lancer à sa poursuite. Au milieu de tant de périls, il ne lui restait plus qu'une chance de salut, c'était de gagner l'autre bord de la rivière, de prendre la jeune fille dans ses bras, et de l'emporter dans un taillis si serré et si épais qu'on ne pût la découvrir. Il avait d'abord espéré que la pirogue ne regagnerait pas l'avance qu'il avait sur elle ; mais il était seul dans son canot, forcé de manœuvrer à la fois ses deux avirons, et la pirogue était légère, et les Allemands ramaient avec habileté. Il les vit qui se rapprochaient de plus en plus, qui suivaient avec prestesse tous ses mouvements et déjouaient toutes ses feintes. Dans l'espoir de leur échapper, il avait descendu le courant, et s'était éloigné de la partie du rivage hérissée de bois touffus où il avait eu l'intention de se réfugier. Il se trouvait serré de près par l'impitoyable pirogue, en face d'un banc de sable, et il n'avait plus une minute à perdre. Comme il ne sortait jamais sans être solidement armé, il n'imaginait pas que ceux qui le poursuivaient n'eussent pas avec eux quelques-uns de ces bons fusils allemands à deux coups qui lui causaient une extrême frayeur. Dans ce moment de crise, qui sait quelle effroyable idée lui passa par la tête, et quel crime il pouvait commettre? Mais le désir de se sauver l'emportait sur tout autre sentiment. Il n'aspirait plus qu'à aborder sur le petit banc de sable, puisqu'il ne pouvait plus débarquer sous les rameaux de la forêt. Il fit un nouvel effort, tourna vigoureusement ses avirons, et sa barque s'arrêta. Elle était prise dans un amas de sable qui s'avançait sous l'eau à une assez longue distance du rivage. Sachant bien qu'il ne réussirait pas à la remettre à flot, il ne perdit pas son temps en une vaine combinaison ; il prit sa carabine, ses balles, sauta hors de son canot, gagna au plus vite la terre ferme, et se mit à courir en zigzag, afin d'esquiver les coups de fusil auxquels il se croyait exposé. Schwarz riait de le voir courir ainsi. Mais Werner, qui ne songeait qu'à sa chère Berthe, s'élança vers l'embarcation où elle était garrottée, et quelques minutes après il la tenait évanouie dans ses bras.

La pauvre fille ne se doutait pas du résultat que devaient avoir ses cris d'alarme. Couchée au fond de la barque, elle ne pouvait voir qu'une autre barque la suivait, et quand, au choc qu'elle ressentit sur le banc de sable, elle crut être arrivée à terre, la dernière lueur d'espoir était éteinte dans son âme; elle se regardait comme perdue sans ressources, abandonnée sans aucun moyen de salut à son infâme ravisseur. Qu'on se figure sa surprise et sa joie, quand un autre canot glissa à côté de celui où elle était enchaînée, quand un homme se précipita près d'elle...! Et cet homme, c'est celui qu'elle aime, celui à qui elle n'a pas cessé de penser! A son aspect, elle poussa une exclamation saisissante, leva les yeux au ciel, et s'affaissa inanimée.

Au même instant, Turner disparaissait sous les branches de quelques arbustes.

« Écoute, Helldorf, dit Schwarz, nous allons prendre l'embarcation à laquelle nous avons si lestement donné la chasse. Elle est meilleure que la nôtre.

— Oui, répondit Helldorf ; mais nous ne laisserons pas la nôtre là, nous la ramènerons avec nous. Si le misérable que nous avons poursuivi ne trouve plus de canot pour sortir du terrain où il s'est réfugié, il sera dévoré par les moustiques.

— Quels bonds il faisait ! s'écria Schwarz ; il croyait que nous avions avec nous un arsenal.... Mais c'est lui qui était bien armé. Voici deux carabines et un coffre plein de munitions.

— Nous ferons plus tard une perquisition, dit Helldorf. Voulez-vous, Werner, vous mettre au gouvernail ? »

Le jeune homme fit un signe de tête affirmatif, sans détourner ses regards de Berthe, dont il humectait les tempes avec de l'eau froide.

« Mais nous sommes engravés, s'écria Schwarz.

— Bah ! répondit Helldorf en se jetant à l'eau, ce ne sera pas un grand malheur de nous mouiller les pieds. »

Schwarz suivit son exemple, et tous deux, en soulevant l'embarcation, la remirent à flot. Ils rentrèrent dans la barque et prirent les avirons, tandis que Werner dirigeait d'une main le gouvernail, et de l'autre soutenait la tête de Berthe. La barque vola vers l'autre rivage.

Là se passait une scène tumultueuse. Wolfgang et Herbold s'étaient emparés des deux lutteurs. Le mulâtre avait réussi à se dégager de la puissante étreinte du docteur, et tirant un couteau de sa ceinture, il le lui avait enfoncé dans l'épaule. A la vue de cet acte de frénésie, le pasteur, malgré sa douceur de caractère, n'avait pu réprimer son indignation, et prenant son fusil par le canon, il asséna sur la tête du mulâtre un tel coup de crosse, qu'il le renversa par terre. Au même moment, le mulâtre fut saisi ainsi que Normann par des mains robustes, et garrotté si étroitement qu'il ne pouvait bouger. Pendant que les deux braves Allemands terminaient cette opération, Hermann vit sa pauvre jeune fille étendue sur le sol. Il détacha ses liens, la prit dans ses bras, la serra sur son cœur. En ce moment retentit le coup de feu de Schwanthal. Les cavaliers tournèrent leurs regards de ce côté et distinguèrent les deux canots glissant l'un après l'autre sur la rivière. Ce second canot était pour eux une énigme incompréhensible, et le récit de Louise augmentait encore leur perplexité. Sa sœur, disait-elle, était dans un de ces bateaux avec l'Américain. L'autre était-il envoyé par la Providence au secours de l'innocente victime, ou conduit par des auxiliaires du malfaiteur? Le mulâtre, qu'on interrogea avec anxiété, avoua qu'il ne savait d'où venait cette seconde embarcation, et qu'en tout cas elle n'appartenait pas à Turner. Cette révélation donna une nouvelle espérance au pauvre père, qui, les mains jointes et les yeux élevés au ciel, adressa à Dieu une fervente prière.

Schwanthal se posta avec son fusil chargé près des prisonniers, tandis que Herbold examinait la blessure que le mulâtre avait faite au docteur, et qui parut peu dangereuse. Schmidt arriva avec deux de ses compagnons armés d'énormes massues. Ils furent chargés de garder les deux criminels.

Tout à coup Hehrmann, tournant ses regards vers le fleuve, s'écria : « Entendez-vous le bruit d'une rame? »

Tous prêtèrent l'oreille en silence, et reconnurent le son distinct de deux avirons frappant l'eau à des intervalles réguliers. Un quart d'heure se passa dans une vive émotion d'attente, puis on distingua un point obscur à la surface de la rivière, et ce point se rapprochait, et il prenait une forme moins vague. Bientôt on vit se dessiner un canot. Sur ce canot, on apercevait deux rameurs et un homme au gouvernail. Soudain l'un d'eux se leva, agita dans l'air un mouchoir blanc, et d'une voix retentissante cria : « Hourra! Hourra!

— Mon Dieu! mon Dieu! murmura Hehrmann, n'est-ce pas la voix de Werner? Ma fille peut-être est avec lui, sauvée! »

Et, dans l'excès de sa joie, le bon vieillard sentait ses jambes vaciller.

« Sauvée! sauvée! s'écria celui qui venait de faire entendre les hourras; nous vous ramenons votre fille. »

Avec quelle impétuosité le pasteur se précipita au bord de la rivière! avec quelle ardeur convulsive la pauvre Berthe enlaça dans ses bras ce père chéri qu'elle avait désespéré de jamais revoir! avec quelle reconnaissance l'heureux Hehrmann tendit la main à ceux qui venaient de délivrer son enfant! Ce sont de ces scènes qu'il suffit d'indiquer au cœur du lecteur et qu'il est impossible de décrire.

Quand ces transports mutuels furent quelque peu apaisés, Schwanthal se tournant vers ses compagnons leur dit : « Qu'allons-nous faire de ces deux scélérats?

— Gardons-les là, dit Wolfgang. A quoi servirait de les enfermer dans mon habitation ou dans la vôtre? Nous pouvons les juger nous-mêmes ici, c'est ce qu'il y aurait de plus positif, ou les lier demain dans un bateau et les livrer au tribunal de Memphis.

— J'adopte cette dernière proposition, répondit Hehrmann; car ce que j'ai entendu dire de la loi de Lynch, de cette coutume des

Américains de s'ériger eux-mêmes en juges d'une offense, me fait horreur. Que le ciel nous garde de verser le sang humain !

—Quel son de voix ! murmurait Helldorf après avoir entendu le bûcheron. Puis se rapprochant de lui, et le regardant au clair de la lune : Wolfgang ! s'écria-t-il.

—Helldorf ! répondit celui-ci. Oh ! Dieu ! c'est toi.... mon bon, mon cher Helldorf ! »

En prononçant ces mots, le souvenir de toutes les douleurs qu'il avait éprouvées depuis l'absence de son ami lui saisit le cœur, et il se jeta en soupirant dans les bras de celui auquel il était profondément attaché.

« Écoutez, dit à voix basse Normann à ses deux gardiens. J'ai cent dollars en or dans ma poche. Je vous les donne si vous voulez couper mes liens et détourner un instant la tête.

— Applique-lui ton gourdin sur le crâne, dit Schmidt à son camarade, si le coquin essaye encore de te séduire. »

En toute autre circonstance, Normann n'eût pas osé après une telle réponse renouveler ses tentatives ; mais la voix de Helldorf et celle de Wolfgang le désespéraient.

« J'ai cinq cents dollars, reprit-il ; je vous enrichis, si vous consentez à me laisser fuir. Cinq cents dollars ! Pensez un peu quelle somme !

— Faut-il l'assommer ? s'écria une des sentinelles, qui était un Alsacien.

— Ce ne serait pas dommage, murmura Schmidt. Il l'a bien mérité. »

A ces mots l'Alsacien asséna sur l'épaule du docteur un coup de bâton qui lui fit pousser un cri lamentable.

« Que se passe-t-il donc ? demanda Schwanthal en accourant avec son fusil. Le misérable veut-il s'enfuir ?

—Il nous faisait une nouvelle proposition, répliqua Schmidt, et le camarade l'a rappelé à l'ordre.

— Très-bien. Il a envie de nous échapper. Je le comprends. Je ne voudrais pas être à sa place. Mais je crois que nous ferions bien de le conduire dans la maison de Wolfgang. Nous trouverons plus tôt là un morceau de pain et quelques autres provisions.

— Ah ! vous avez faim ? dit le bûcheron ; eh bien, on vous donnera à manger. Mais, voyons un peu la figure des prisonniers. Scipion ! s'écria-t-il, apporte ici la torche que tu viens d'allumer. »

Il prit la branche résineuse et s'approcha du docteur. « Voilà donc, dit-il, votre fameux docteur Nor.... » Puis tout à coup, s'interrompant et se rejetant en arrière, comme à l'aspect d'un serpeut : « Mille millions de démons, s'écria-t-il, c'est Wühler, c'est le docteur Wühler! Il y a donc une justice en ce monde! Scélérat, ta dernière heure est arrivée. Marie, Marie, voici ta vengeance! »

A ces mots, brandissant avec fureur sa torche enflammée, il en porta un tel coup à Normann qu'il le fit rouler par terre. Il s'apprêtait à frapper de nouveau. Le pasteur l'arrêta.

« Au nom du ciel, dit-il, en saisissant Wolfgang par le bras, ne vous rendez donc pas coupable d'un meurtre.

— D'un meurtre! répéta Wolfgang.... oui, vous avez raison, ce serait un meurtre. Mais le misérable a mérité cent fois de mourir de ma main. N'est-ce pas lui qui est cause que j'ai quitté la contrée où j'étais si heureux, pour venir dans ce maudit pays, pour y voir languir et mourir ma femme? Mais vous avez raison, ajouta-t-il après un moment de silence, en laissant tomber sa torche. Je ne veux pas me souiller du sang de cet infâme. Il appartient au boureau. »

Tout à coup retentirent les cris d'alarme des sentinelles : « Arrête-le, arrête-le, disait Schmidt en faisant un bond impétueux et en tombant par terre.

— Halte-là, » disait Schwanthal en se jetant au-devant du mulâtre qui s'élançait vers le taillis.

Mais celui-ci, arrachant par un mouvement subit la carabine des mains de Siebert, courut sur le rivage et se précipita dans l'eau.

« Prends garde à toi, fils de l'enfer, dit Schwanthal; si j'aperçois seulement ta crinière noire, ma balle ne te manquera pas.

— Laissez-le, je vous en prie, dit Werner. Nous sommes si heureux ce soir! Laissez-le. Il n'échappera pas à son sort.

— Soit! murmura Schwanthal. Qu'il s'en aille au diable! Nous avons le plus coupable, et celui-là ne nous échappera pas. Non, mon petit docteur, nous vous ferons avaler une pilule plus amère que celles dont vous nous avez gratifiés. »

Le docteur, étendu inanimé par terre, n'entendait pas, ou tout au moins feignait de ne pas entendre cette apostrophe.

Le mulâtre avait habilement profité du moment où tout le monde était occupé de son complice, et maintenant il fendait les flots d'un bras vigoureux, et déjà il se croyait sauvé. Mais l'inflexible Némésis ne lui avait pas fait grâce: Très-peu d'hommes sont en état de traverser le Mississipi. Le courant de ce fleuve est trop fort, et il s'y trouve une quantité de petits tourbillons qui fatiguent le nageur. Le mulâtre, cependant, comptait bien accomplir ce pénible trajet. Déjà il en avait fait à peu près la moitié. Il se mit sur le dos pour se reposer, tout en continuant de nager. Mais, dans la crainte d'être atteint par la carabine de Schwanthal, il avait fait un trop violent effort en se jetant à l'eau. Sa respiration était embarrassée, ses mouvements étaient moins rapides, et l'aspect du rivage qu'il voulait atteindre soutenait seul son ardeur. Encore un espace de deux cents pieds environ, et il était à terre. « Courage ! se disait-il en grinçant des dents, courage ! Là est la vie, la liberté ! » Et il luttait de toutes ses forces contre la violence des flots, et peu à peu pourtant se sentait vaincu par le courant. « Au secours ! s'écria-t-il. Au secours ! » Mais personne ne pouvait entendre ses cris. Déjà deux fois il avait essayé de se cramponner à des branches flottant sur l'eau, mais le courant l'en éloignait. Il parvint enfin à en saisir une; il la serra d'une main convulsive. Ce qu'il avait pris pour un appui salutaire n'était qu'une mobile tige de roseau. Épuisé et fatigué, il s'affaissa dans une vague, fit un effort désespéré, s'affaissa encore, et enfin succomba en exhalant avec son dernier souffle une dernière malédiction.

Par suite de cette évasion, les Allemands gardèrent plus attentivement le docteur. Ils le conduisirent dans la maison de Wolfgang. Là, quand le jeune et généreux bûcheron eut allumé du feu et mis à leur disposition toutes les ressources de sa modeste demeure, il retourna prendre son cheval, et déclara qu'il voulait aller cette nuit même annoncer à Mme Hehrmann que ses filles étaient sauvées. Le pasteur voulut l'accompagner, quoique Wolfgang l'engageât à se reposer. « Je laisse, dit-il, mes filles à la garde de ceux qui se sont si vaillamment élancés à leur secours; » puis prenant la main de Werner : « Venez, dit-il, nous rejoindre demain, le plus tôt possible. Nous vous attendrons avec impatience. »

Les deux cavaliers partirent, et leurs amis se divisèrent en deux bandes pour veiller tour à tour pendant la nuit sur leur prisonnier. Werner seul fut affranchi de cette obligation. La blessure qu'il avait reçue ne présentait aucun caractère de gravité, mais elle l'avait considérablement affaibli. Schwanthal se désolait d'avoir tiré ce malheureux coup de fusil; il maudissait Normann, première cause de cet accident. Tout à coup il s'avisa que cet homme, qui portait le titre de docteur, pourrait peut-être assister efficacement le blessé. Mais Werner avait près de lui le meilleur des médecins. C'était Berthe, qui, en apprenant ce qui lui était arrivé, avait aussitôt déchiré un mouchoir et avait demandé instamment à panser sa plaie. Louise s'associa à elle dans cette œuvre affectueuse, et toutes deux obligèrent Werner à se coucher, quoiqu'il s'y refusât, déclarant qu'il devait veiller comme ses compagnons.

Le lendemain, dès le matin, toute la petite cohorte réunie dans la demeure de Wolfgang se mit en route pour retourner à l'habitation de la colonie, tandis que Scipion allumait au bord de l'Halchee un grand feu pour servir de signe de ralliement à ceux qui en poursuivant les malfaiteurs s'étaient égarés, et avaient sans doute passé la nuit dans les bois.

Il restait près de la maison de Wolfgang un cheval sur lequel on fit asseoir Berthe et Louise. A leur côté marchait Werner. Derrière lui venait Normann, gardé de près par les Allemands. Le petit nègre était allé à la ville voisine chercher le shérif, pour qu'on lui livrât le scélérat.

CHAPITRE X.

La migration.

Un an s'est écoulé. Nous raconterons brièvement ce qui est arrivé à la colonie dans cet espace de temps.

Le shérif est venu avec deux constables prendre Normann pour le conduire au chef-lieu du district. Mais l'accusation portée contre lui a été une cause de désagréments pour les colons; car ils ont tous été sommés de comparaître en qualité de témoins, devant le tribunal, d'abandonner leur maison, leurs travaux, et de faire un long trajet. Berthe et Louise furent également assujetties à cette pénible obligation, et Wolfgang exprima plus d'une fois le regret qu'on eût arrêté son bras au moment où il allait en finir avec ce misérable.

Normann, déclaré coupable par le jury, fut condamné à dix ans de détention. Il en appela à la cour suprême des État-Unis, fut condamné de nouveau par elle, et enfin enfermé dans un pénitencier.

Cependant la situation de la petite colonie allemande n'était pas florissante. Helldorf et Schwarz essayèrent par tous les raisonnements possibles de déterminer leurs compatriotes à se retirer sur une terre meilleure. Mais voyant qu'ils ne pouvaient vaincre l'obstination germanique, ils finirent par renoncer à leur tentative. Werner, au contraire, encouragé par sa chevaleresque expédition, demanda la main de Berthe et l'obtint aisément de ses parents. Le pasteur désirait seulement que son gendre restât près de lui et cultivât la terre comme lui. Werner, éclairé par les conseils de ses amis, et peu soucieux de se fixer sur un domaine où ses compatriotes ne s'étaient établis que par suite d'une fourberie, sollicita de M. Hehrmann un délai d'un an. Dans cet espace de temps, il espérait se créer à lui-même une retraite, puis il voulait venir chercher sa fiancée avec sa famille, l'amener sous son toit et travailler avec plus de courage que jamais.

Le pasteur secoua la tête en écoutant Werner lui raconter tous ses projets. Il s'était engagé, disait-il, à demeurer fidèlement avec la colonie, et, tant qu'elle aurait besoin de lui, il ne la quitterait pas.

« Si c'est là, dit Helldorf, l'unique raison qui vous empêche de vous associer aux espérances de votre futur gendre, elle ne sera pas de longue durée. Je suis sûr qu'avant un an vous aurez, par le fait des circonstances, pleinement recouvré votre liberté. Permettez-moi d'ajouter que je suis sûr aussi que dans un an Werner aura une jolie propriété, sous un climat agréable, dans un bon pays, où vous serez très-content de venir vous fixer, et moi je me réjouis d'avance d'être votre voisin. »

Quelques semaines après son arrivée à la colonie, Werner partit avec Schwarz et Helldorf. Tous trois se rendirent dans la partie méridionale du Missouri, et s'installèrent sur les rives boisées du Rig-Black.

Ils étaient là depuis environ six mois, et, grâce à l'expérience de ses deux amis, Werner était en voie de prospérité, quand un matin, par hasard, il retrouva la lettre de recommandation que son oncle lui avait remise. Le docteur Wislock, à qui cette lettre était adressée, demeurait à quelques milles de distance, sur la route qui va de Saint-Louis à l'Arkansas. Ses voisins se plaisaient à vanter sa fortune et à faire l'éloge de ses qualités. Werner résolut d'aller le voir.

Un dimanche, avant l'heure du dîner, il atteignait les champs de maïs entre lesquels s'ouvrait un large chemin qui conduisait à l'habitation du docteur. Arrivé auprès de la maison, il attacha la bride de son cheval à un poteau placé là à cet effet; puis il frappa deux fois, et, ne recevant point de réponse, il entra et se trouva en face de M. Wislock.

« Hum! dit le vieillard en parcourant la lettre que Werner lui avait remise, qui vous a donc décidé à vous jeter ainsi tout à coup en pleine forêt? Vous avez étudié, je suppose?

— Oui.

— Et vous voulez être laboureur?

— Mes amis m'ont dit que c'était la profession qui convenait le mieux ici aux Allemands.

— Oui, je le crois.... je le crois bien.... un paysage pittoresque.... des rocs imposants, des forêts profondes.... des lianes et des vignes sauvages.... une chasse abondante.... C'est là le rêve habituel.... Vous verrez que vous vous êtes trompé.

— J'ai peine à le croire, car tout ce que j'ai vu jusqu'à présent m'a beaucoup plu.

— Il n'en sera plus de même, quand il faudra vous résoudre à prendre la hache et le hoyau. Sans le travail on ne réussit pas ici, et sans un rude travail. On ne peut du premier jour acheter des nègres. Voulez-vous donc vous établir dans ce district?

— C'est fait, répondit assez sèchement Werner, car les façons du vieillard commençaient à lui déplaire.

— Quoi! c'est déjà fait? s'écria celui-ci avec surprise. Et depuis combien de temps êtes-vous en Amérique?

— Depuis un an, et il y a six mois que je demeure à quelque distance de vous.

— Ah! vraiment? dit le docteur avec une tout autre expression de physionomie; vous êtes peut-être un de ces trois braves Allemands qui ont si bien commencé leur affaire au bord de la rivière?

— Précisément.

— Je me réjouis beaucoup de faire connaissance avec vous. On ne m'a dit que du bien de vous, et je me proposais d'aller vous voir prochainement. Mais asseyez-vous donc, je vous en prie.... Ainsi, voilà six mois que vous auriez pu m'apporter cette lettre! Pourquoi donc ne me l'avez-vous pas remise plus tôt?

— J'avais des lettres de recommandation pour New-York et Philadelphie; quand j'ai vu qu'elles avaient pour moi si peu de résultat, j'ai jeté les autres au fond de ma valise, et j'aurais également laissé à l'écart celle-ci, si elle n'avait été cachetée et si je n'avais désiré vous voir.

— Bien! bien! dit le vieillard, qui appréciait cette fermeté de conduite.... C'est là un acte de raison. Mais nous allons dîner, après quoi je vous reconduirai à votre demeure.... Je pourrai peut-être y coucher?... Trois jeunes gens.... je suis curieux de voir leur organisation. »

Le docteur continua ainsi à parler d'une façon assez originale, mais bienveillante, et le soir, en effet, il se rendit avec Werner au nouvel établissement, qu'on appelait la ferme des Trois-Hommes. Il est probable que si, dès son arrivée dans la contrée, notre jeune ami avait été porter sa lettre au docteur et demander son appui, le prudent docteur lui aurait répondu par cette maxime américaine:

« Aide-toi toi-même. » Mais la situation était tout autre. Le jeune Allemand lui avait fait voir qu'il ne réclamait aucun secours. Werner ignorait aussi que son oncle, en lui remettant sa lettre de recommandation, ne lui en avait pas lu tous les paragraphes.

M. Wislock témoigna d'abord un intérêt particulier aux trois jeunes fermiers, puis il les revit fréquemment, et plus il les voyait, plus il semblait s'attacher à eux. Il s'informait affectueusement de tout ce qui les intéressait, et leur rendait souvent service. Quand il sut l'histoire des colons du Tennessée, et celle de la famille Hehrmann, et l'amour de Werner, il pressa très-vivement le fiancé de Berthe de se rendre au plus tôt près de cette digne famille et de l'arracher au sol pestilentiel où elle courait risque de périr. Mais Werner savait que le pasteur ne quitterait point la colonie tant qu'elle subsisterait; de plus, il s'était proposé de ne point retourner à la Big-Halchee avant de s'être fait à lui-même une position indépendante, et il employa encore six mois à préparer sa propre habitation, à cultiver ses terrains, à se procurer les divers ustensiles dont il avait besoin. Alors M. Wislock renouvela ses instances, et Werner partit avec Helldorf.

Les deux amis montaient deux agiles et vigoureux poneys. Ils traversèrent sans s'arrêter de magnifiques forêts, d'immenses plaines, où çà et là éclataient les fruits du travail et de l'industrie. Un bateau de Kentucky les conduisit au delà du Mississipi, et, quatre jours après leur départ, ils se trouvaient sur le sentier par lequel ils étaient arrivés, sous la conduite de Wolfgang, aux habitations de leurs compatriotes. Mais on voyait que ce sentier n'était pas fréquenté. Il suffisait de quelques feuilles enlevées aux arbres par le vent d'automne pour en voiler la trace.

« Il paraît, dit Helldorf, que la colonie subsiste par elle-même et n'a pas besoin de ses voisins.

— Hélas, répondit Werner, plus nous approchons de cette chère colonie, plus je m'inquiète de tout ce que je remarque.... Point de vestiges de bestiaux.... pas une apparence de pâturages.... pas un indice de travail.... Mais, non, je me trompe, je crois reconnaître le son d'une hache. »

Les deux cavaliers s'arrêtèrent pour mieux écouter, et reconnurent en effet qu'il y avait encore, à quelque distance, des bras occupés. Puis ils se remirent en marche avec un nouvel espoir, et, après avoir cheminé avec peine à travers les ronces et les taillis touffus, ils arrivèrent enfin au lieu où s'était fixée la colonie. Mais quel triste et désolant aspect! Qu'était devenue cette cohorte d'actifs travailleurs qui se réjouissaient de récolter pour l'hiver les produits de leurs champs? Qu'étaient devenues ces espérances qui avaient animé à la fois le cœur des vieillards et celui des enfants? Illusions! illusions! La discorde avait répandu sa funeste semence au sein de cette société, et tout ce qui inspirait tant de confiance à ces pauvres émigrés, tout ce qui les avait déterminé à quitter leur patrie, tout avait disparu comme un rêve. De leurs diverses tentatives, il ne restait que les ruines de leurs cabanes, comme des témoins muets des fatales passions de l'homme.

« Grand Dieu! s'écria Werner, qu'est-il donc arrivé? Où peuvent être allés tous nos malheureux compatriotes?

— Ils sont, répondit Helldorf, dispersés dans l'espace, comme je le leur avais prédit. Seulement, ce que je ne puis comprendre, c'est que le pasteur ait quitté ce lieu sans nous en prévenir.

— Il y a là quelqu'un qui fend du bois. Il nous tourne le dos.... Ah! bien, le voilà qui fait un autre mouvement. Au nom du ciel! c'est lui! c'est le cher pasteur! Mais comme il est pâle!

— Hehrmann! Ici tout seul! répliqua Helldorf pensif. Mais, voyons : laissons ici nos chevaux, il serait trop difficile de les faire passer par cet épais fourré. J'espère que vous ne vous êtes pas trompé. Mais avançons, avançons. Cette incertitude est trop pénible. »

L'homme qu'ils avaient aperçu, et qui venait de fendre un tronc d'arbre, se releva avec une peine visible, chargea une lourde branche sur son épaule, et se dirigea vers sa hutte. Un jeune garçon accourut à sa rencontre et l'aida à porter son fardeau. C'était Carl, l'apprenti vitrier.

Helldorf et Werner s'approchèrent d'un pas précipité et entrèrent dans la hutte. Le pasteur était assis devant le foyer, où il venait de jeter la lourde branche de bois. Au cri de sa femme et de ses filles, il se retourna; et qui pourrait dire la joie dont il fut saisi, quand il vit les deux braves jeunes gens qu'il avait tant regrettés? Qui pourrait dire avec quel sentiment de bonheur il saisit la main de Werner, de Helldorf, et leur souhaita à tous deux la bienvenue, avec quelle émotion Werner s'assit à côté de sa fiancée?

Après les premières effusions d'une vive et réciproque affection, le pasteur raconta à ses deux amis le désastre de la colonie. Ce désastre avait commencé par le mécontentement et les hostilités qui éclatèrent entre les émigrés dès qu'ils se virent déçus de leur espoir de fortune.

Becher, le premier, abandonna l'établissement et partit pour la Louisiane. Le jeune Siebert partit ensuite, puis son frère aîné, à qui était confié l'argent des colons, et qui en emporta une bonne partie. Le pasteur sacrifia ce qui lui restait pour apaiser les mécontents, pour les décider à poursuivre leur œuvre de défrichement. Mais il ne les retint par ce sacrifice personnel que quelques semaines, et n'obtint pas même d'eux un témoignage de gratitude. Ceux qui depuis longtemps ne possédaient plus rien et qui étaient à la charge de la communauté se montrèrent les plus rebelles à toutes les représentations. Ils ne voulaient plus travailler, quoique M. Hehrmann et quelques-uns de ses fidèles associés leur donnassent l'exemple de la patience et de l'activité. « A quoi sert, disaient-ils, de nous fatiguer à une œuvre qui ne peut réussir? Mieux vaut aller chercher un gîte ailleurs. » Et ils s'en allaient au hasard l'un après l'autre. M. de Schwanthal s'en alla aussi, séduit par la description qu'un Américain lui avait faite des forêts de l'Arkansas, et résolu à vivre entièrement de la vie de chasseur.

Le pasteur resta seul avec le jeune vitrier, qui s'était attaché à lui et ne voulait pas le quitter. Wolfgang, enfin, avait aussi émigré pour le Missouri. Le pasteur aurait voulu le suivre dans cette émigration. Par malheur, il avait livré tout ce qu'il possédait à ses compagnons, dans l'espoir de les ramener à la raison; et il avait appris que l'aubergiste de Buffalo, ayant trafiqué des objets qui lui avaient été confiés, niait impudemment ce dépôt.

Sans ressources pécuniaires, sans un seul dollar pour pouvoir payer son passage à bord de quelque bateau, le pauvre pasteur s'était vu forcé de rester sur cette terre de malédiction avec sa famille. Que de fois alors il avait pensé à Werner! Avec quelle ardeur il aspirait à le voir apparaître dans sa malheureuse solitude! Et il l'attendait, quoique sa femme dît quelquefois avec un accent de désespoir :

« Il fera comme les autres ; il est loin, et il ne se souvient plus de ses anciens amis.

— Peut-être, répondait alors le pasteur, peut-être est-il lui-même malade, abandonné sur un sol désert. »

A ces paroles, Berthe pleurait.

« Oui, disait-elle, il souffre peut-être, il nous appelle peut-être de son côté, vainement, à son secours. »

Elle ne doutait pas de sa constance.

Louise, qui avait grandi et qui était devenue très-belle, se montrait souvent tristé, et, lorsqu'on parlait de Werner et de ses amis, s'éloignait pour pleurer à l'écart.

Telle était la situation des derniers habitants de ce domaine, où soixante Allemands s'étaient réunis avec tant de projets superbes, où ils devaient bâtir une ville qui s'appellerait Espérance.

« Vous ne pouvez rester ici plus longtemps, s'écria Helldorf. Nous voulons vous emmener. Nous avons dans le Missouri une très-bonne terre. Quoique nous n'ayons pas encore fait fortune, nous pouvons vous offrir une retraite convenable, et des champs à cultiver, et des pâturages.

— Hélas! répondit M. Hehrmann, il ne me reste rien pour entreprendre ce nouveau labeur, pas un cheval, pas une vache, rien enfin. Nos compagnons en s'en allant ont, l'un après l'autre, tout enlevé.

— C'est une fatale situation, reprit Helldorf. N'en soyez pourtant pas tourmenté. Vous avez payé cher votre expérience. Mais voyez quelle consolation vous reste. Vous voilà tous en bonne santé. Pensez que vous auriez pu être frappé dans vos plus chères affections, comme Wolfgang, et regardez quelle nouvelle perspective s'ouvre devant vous! C'est décidé, vous viendrez avec nous.

— Avec joie, répondit le pasteur. J'ai fait ici tout ce que Dieu et les hommes pouvaient exiger de moi. J'ai un devoir sérieux à remplir envers ma famille. Il faut que je l'emmène loin de ces marécages dangereux. Je ne puis sans votre généreux concours réaliser ce désir; mais soyez sûr que je ne serai pas ingrat.

— Très-bien! très-bien! répliqua Helldorf en riant. Qui sait si bientôt on n'aura pas une demande à vous adresser?

— Et que ferons-nous de Carl? demanda Mme Hehrmann. Nous ne pouvons abandonner ce brave garçon.

— Non certainement, répondit Werner. Il viendra avec nous, et, s'il a du goût pour l'agriculture, il se constituera aussi un petit domaine. Il s'est montré dévoué envers vous; il en sera récompensé. »

Les préparatifs du voyage furent faits promptement. La famille du pasteur ne possédait plus rien que son linge, ses vêtements et quelques ustensiles. Cependant ce n'était pas chose facile que de transporter ces objets jusqu'au bord du Mississipi, par un étroit sentier hérissé de ronces et d'arbustes. Helldorf proposa à ses amis de construire avec des lambris un radeau sur lequel on lierait le bagage, et qu'on ferait flotter sur la Big-Halchee. Ce projet ayant été adopté, la petite embarcation fut bientôt achevée, et le brave Helldorf et Carl se chargèrent de la diriger, pendant que Werner conduirait par terre la famille Hehrmann à l'embouchure de la rivière.

Le trajet s'accomplit de part et d'autre sans accident. Les deux petites caravanes se rejoignirent sous le toit abandonné de Wolfgang. Un bateau à vapeur les prit au bord du fleuve et les conduisit à Boston, dans le Missouri. Là ils trouvèrent une voiture, achetèrent quelques chevaux, et se mirent en route pour la ferme des Trois-Hommes.

A un demi-mille environ de cette ferme, ils aperçurent le docteur Wislock qui venait à leur rencontre ; il accueillit très-affectueusement la famille Hehrmann et engagea, à l'écart, un grave entretien avec Helldorf. Depuis Boston, le jeune Allemand était resté constamment à côté de Louise, et l'avait tellement occupée par la vivacité de sa conversation, que plus d'une fois la jeune fille s'était trouvée à une assez longue distance de ses parents sans s'en apercevoir.

Pendant le mystérieux entretien de Helldorf avec le docteur, la petite caravane avait fait halte sous un chêne. Tout à coup, Helldorf s'approcha de M. et de Mme Hehrmann, et leur demanda la main de Louise. « Pour que vous ne soyez pas seuls, leur dit-il, privés de vos enfants, venez demeurer avec moi ; nous exploiterons ensemble une petite ferme, et vous aurez une vie paisible.

— Je proteste contre cette offre, s'écria Werner en s'adressant également aux parents de sa fiancée ; c'est à moi qu'appartient le droit de vous posséder. Vous viendrez demeurer avec votre fille aînée, ou tout au moins vous nous accorderez une bonne partie de l'année.

— Halte-là ! jeune homme, dit le docteur en saisissant Werner par le bras, Mlle Berthe doit être consultée sur un point essentiel ; puis j'ai une petite question à traiter avec vous.

— Avec moi ?

— Oui, répondit-il, tandis que Louise, rouge et confuse, cachait sa tête dans les bras de sa mère.

— Mais, cher docteur, je ne devine pas....

— Je vais m'expliquer. Croyez-vous que vous m'aurez inutilement apporté une lettre dans laquelle mon plus ancien, mon meilleur ami, me conjure, au nom de nos souvenirs de jeunesse, de faire pour vous tout ce que je pourrais faire pour mon propre fils ?

— Quoi ?

— Laissez-moi parler. Croyez-vous que j'aie oublié tout ce que je dois à votre oncle ? et je lui dois tout ce que possède. Non, en vérité. Pour acquitter une partie de ma dette d'une façon qui me sera extrêmement agréable, voici la combinaison que j'ai imaginée : vous viendrez avec la fille aînée de M. Hehrmann vous établir sur mon domaine....

— Comment, docteur !

— Laissez-moi parler. Sur mon domaine, dis-je, que j'ai, je crois, très-bien cultivé. Maintenant, je n'ai plus la force d'abattre les arbres ni de bêcher la terre. Je suis vieux ; il faut que je me repose. Il faudra aussi que vous preniez soin de moi, et que vous abandonniez M. et Mme Hehrmann à leur second gendre. Quand je mourrai, mon bien vous appartiendra. Cela vous convient-il ?

— Je ne sais, cher docteur, comment vous remercier. Vraiment une telle bonté.... Qu'en dites-vous, Berthe ?

— Oui, reprit le docteur, nous devons consulter votre fiancée ; nous devons lui demander si elle peut se résoudre à devenir quelque jour la garde-malade d'un vieillard tel que moi. Répondez, mademoiselle Berthe, acceptez-vous ma proposition ? »

Berthe prit la main du docteur et lui promit de se conduire sans cesse envers lui comme une fille soumise et dévouée. Pour sceller cette promesse, le vieillard, après avoir contemplé un instant en silence la jolie tête de Berthe, la prit entre ses mains et déposa sur son front un baiser paternel.

Heureux furent ces braves gens après leur année d'épreuve. L'amitié et l'amour leur faisaient un paradis de leur retraite dans les bois, et le docteur, qui était resté si longtemps seul et morne, semblait revivre d'une nouvelle vie.

Malgré l'intérêt de cœur que M. Hehrmann conservait pour ceux avec qui il avait quitté l'Allemagne et les efforts qu'il fit pour savoir ce qu'ils étaient devenus, il n'apprit le sort que de quelques-uns d'entre eux. M. de Schwanthal s'était, comme nous l'avons dit, fixé dans l'Arkansas. L'aîné des Siebert fut puni de sa friponnerie. Atteint de la fièvre jaune, à la Nouvelle-Orléans, il fut dépouillé de tout ce qu'il possédait par la mulâtresse qui le servait, et on l'ensevelit dans la fosse des pauvres. Le brasseur se rendit à Cincinnati et s'y créa une assez bonne position. Herbold organisa dans l'État de l'Ohio une distillerie d'eau-de-vie. Le tailleur commença par réussir dans ses affaires. Dans la petite ville où il s'était retiré, il trouva un travail lucratif, amassa de l'argent, mais ne sut pas le ménager. Il voulut vivre largement, et il s'endetta. Pour échapper à la misère qui le menaçait, il s'engagea à épouser une femme d'un certain âge, qui promettait de le délivrer des poursuites de ses créanciers. Les dettes payées, le tailleur ne voulait plus se marier. L'ingrat s'embarqua à la dérobée pour fuir celle qui lui avait ouvert si généreusement sa cassette. Il fut poursuivi, arrêté, et forcé de s'unir à sa tendre fiancée.

Le docteur Normann réfléchissait à ses crimes derrière les verrous du pénitencier. Quant à Turner, on ne sut ce qu'il était devenu. Le pasteur prétendit l'avoir aperçu dans une excursion qu'il fit à Saint-Louis.

Mais qu'importait la destinée de ces misérables à nos Allemands? Ils continuaient paisiblement le cours de leur honnête et laborieuse existence. Bientôt Schwarz se maria aussi, et, dans l'espace de quelques années, la ferme des Trois-Hommes devint l'un des établissements agricoles les plus florissants et les plus estimés des États-Unis.

FIN.

TABLE DES CHAPITRES.

FIN DE LA TABLE.

Ch. Lahure, imprimeur du Sénat et de la Cour de Cassation
(ancienne maison Crapelet), rue de Vaugirard, 9.

CATALOGUE

DE LA

BIBLIOTHÈQUE DES CHEMINS DE FER.

(1er MAI 1855.)

1° GUIDES DES VOYAGEURS.

(Couvertures rouges.)

Itinéraires des chemins de fer.

Chemin de fer du Nord.

De Paris à Bruxelles, y compris l'embranchement de Saint-Quentin, par *Eugène Guinot*, illustré de 70 vignettes dessinées par Chapuy et Daubigny, et accompagné de plans et de cartes.................... 2 fr.

De Paris à Calais, à Boulogne et à Dunkerque, par le même auteur, illustré de 60 vignettes dessinées d'après nature, et accompagné de plans et de cartes.

Chemin de fer de Paris à la Méditerranée.

De Paris à Lyon et à Troyes, par *F. Bernard*, illustré de 80 vignettes dessinées par Lancelot, et accompagné d'une carte........... 2 fr.

De Lyon à Marseille, par le même auteur, illustré de 80 vignettes dessinées par Lancelot, et accompagné d'une carte..................... 2 fr.

Les deux itinéraires ci-dessus réunis en un volume.................. 4 fr.

Chemins de fer de Rouen, du Havre et de Dieppe.

De Paris au Havre, par *Eugène Chapus*, illustré de 40 vignettes, et accompagné de cartes et de plans. 2 fr.

De Paris à Dieppe, par le même auteur, illustré de 40 vignettes, et accompagné de cartes et de plans...... 2 fr.

Petit itinéraire du chemin de fer de Paris au Havre. 1 vol. in-32, illustré de 55 vignettes et accompagné d'une carte....................... 50 c.

Petit itinéraire de Paris à Rouen. 1 volume in-32, illustré de 33 vignettes et accompagné d'une carte....... 50 c.

Chemins de fer de l'Est.

De Paris à Strasbourg, par *Moléri*, illustré de 80 vignettes dessinées par Chapuy, Renard, Lancelot, etc., et accompagné d'une carte... 2 fr.

De Strasbourg à Bâle, par *Frédéric Bernard*, illustré de 50 vignettes, et accompagné d'une carte....... 1 fr.

Chemin de fer d'Orléans et ses prolongements.

De Paris à Bordeaux, par *Moléri*, *A. Achard* et de *Peyssonnel*, illustré de 120 vignettes dessinées par Champin, Lancelot et Varin, et accompagné de 3 cartes............. 2 fr.

De Paris à Nantes, par *Moléri*, *A. Achard* et *Frédéric Bernard*, illustré de 100 vignettes, dessinées par Champin, Thérond et Lancelot, et accompagné de 3 cartes.... 2 fr.

De Paris au centre de la France, contenant : 1° *De Paris à Corbeil et à Orléans* ; 2° *D'Orléans à Nevers, à Châteauroux et à Varennes*, par *Moléri* et *A. Achard*, illustré de 90 vignettes, dessinées par Champin et Lancelot, et accompagné d'une carte.................... 2 fr.

De Paris à Orléans, par *Moléri*, illustré de 45 vignettes dessinées par Champin et Thérond, et accompagné d'une carte.................... 1 fr.

De Paris à Corbeil, illustré de 40 vignettes dessinées par Champin, et d'une carte................ 50 c.

D'Orléans à Tours, par *A. Achard*, illustré de 15 vignettes dessinées par Daubigny, et accompagné d'une carte.................... 1 fr.

D'Orléans à Nevers, à Châteauroux et à Varennes, par *A. Achard*, illustré de 45 vignettes et d'une carte ... 1 fr.

Petit itinéraire de Paris à Nantes, illustré de 16 vignettes et accompagné d'une carte................ 50 c.

Chemin de fer de l'Ouest.

De Paris au Mans, par *A. Moutié*, illustré de 50 vignettes dessinées d'après nature par Thérond et d'une carte. Prix.................... 2 fr.

Guides-cicerone.

La France.

Paris, son histoire, ses monuments, ses musées, son administration, son commerce et ses plaisirs, nouveau Guide des Voyageurs, accompagné de 18 plans où l'on trouve les renseignements pour s'installer et vivre à Paris, de toutes manières et à tous prix; publié par une société de littérateurs, d'archéologues et d'artistes........ 6 fr.

Petit guide de Paris, contenant la description des Monuments, des Musées, des Plaisirs et des Établissements divers de cette ville, avec un plan. 1 fr.

Le Château, le Parc et les grandes eaux de Versailles, par *Frédéric Bernard*, illustré de 30 vignettes et accompagné de 3 plans..... . 1 fr.

Le Parc et les grandes eaux de Versailles. 1 vol. in-32, illustré de 20 vignettes................ .... 50 c.

Enghien et la Vallée de Montmorency, par *E. Guinot*. 1 vol. in-32, illustré de 18 vignettes................ 50 c.

Fontainebleau et ses environs, par *Frédéric Bernard*, illustré de 20 vignettes dessinées par Lancelot........ 1 fr.

Promenade au château de Compiègne, et aux ruines de Pierrefonds et de Coucy, par *Eugène Guinot*, illustré de 11 vignettes............. 50 c.

Nantes et ses environs, par *A. Moutié*, 1 volume in-8, avec une belle lithographie................ 1 fr.

Dieppe et ses environs, par *E. Chapus*, illustré de 12 vignettes et accompagné d'un plan.................... 1 fr.

Vichy et ses environs, par *Louis Piesse*, illustré de 23 vignettes et accompagné d'un plan.................... 1 fr.

Les Ports militaires de la France (Cherbourg, Brest, Lorient, Rochefort et Toulon), par *E. Neuville*, illustré de 14 vignettes et accompagné de 5 plans .... 1 fr.

A l'Étranger.

Belgique, par *Félix Mornand*, avec une belle carte de la Belgique, indiquant toutes les voies de communication. Prix .... 2 fr.

Guide du Voyageur à Londres, précédé d'un itinéraire historique et descriptif des chemins de fer de Paris à Londres, illustré de 100 vignettes dessinées par Daubigny et Freeman, et accompagné de cartes et de plans. 2ᵉ édition.................... 2 fr.

Les Bords du Rhin, par *Frédéric Bernard*, ouvrage illustré de 80 vignettes dessinées d'après nature par Daubigny, Lancelot, etc., et accompagné de cartes et de plans .... 2 fr.

Guides-interprètes.

L'interprète anglais-français pour un voyage à Londres, ou, conversations dans les deux langues sur les points les plus essentiels et les plus curieux du voyage, par *C. Fleming*....... 2 fr.

L'interprète français - anglais pour un voyage à Paris, ou conversations dans les deux langues sur les points les plus essentiels et les plus curieux du voyage, par *C. Fleming*. Prix.................... 2 fr.

L'interprète français-allemand pour un voyage à Paris, ou conversations dans les deux langues sur les points les plus essentiels et les plus curieux du voyage, par MM. *de Suckau*. 3 fr.

Tous ces Guides sont élégamment cartonnés; ils se vendent aussi reliés. La reliure élégante et solide se paye 1 franc par volume en sus des prix ci-dessus indiqués.

2° HISTOIRE ET VOYAGES.

(Couvertures vertes.)

Histoire.

Biographies, Monographies et Épisodes.

La Vie et la Mort de Socrate, racontées par *Xenophon* et *Platon* (470-400 avant J. C.)................ 50 c.

Le Cid Campéador, chronique extraite des anciens poèmes espagnols, des historiens arabes et des biographies modernes, par *C. de Monseignat* (1040-1090).................... 1 fr.

Héloïse et Abélard, par *A. de Lamartine* (1079-1142) .... 50 c.

Saint Dominique et les Dominicains, par *E. Caro*................... 1 fr.

Saint François d'Assise et les Franciscains, par *Frédéric Morin*. 1 fr.

Jeanne d'Arc, par *J. Michelet* (1412-1432)...................... 1 fr.

Gutenberg, inventeur de l'imprimerie, par *A. de Lamartine* (1400-1469). 50 c.

Christophe Colomb, par *A. de Lamartine* (1436-1506)............. 1 fr.

Louis XI et Charles le Téméraire, par *J. Michelet* (1461-1477)........ 1 fr.

Le Cardinal de Richelieu, par *H. Corne*, ancien représentant (1623-1642). 1 fr.

Le Cardinal Mazarin, par *H. Corne*, ancien représentant (1642-1661). 1 fr.

Histoire d'Henriette d'Angleterre, duchesse d'Orléans, par Mme *de La Fayette* (1661-1670).......... 1 fr.

Fénelon, par *A. de Lamartine* (1651-1715)..................... 1 fr.

Madame de Maintenon, par *G. Héquet* (1635-1719)................... 2 fr.

Law, son Système et son Époque, par *A. Cochut* (1716-1729)......... 2 fr.

Aventures du baron de Trenck, d'après ses Mémoires, par *P. Boileau* (1726-1794)............. 1 fr.

Nelson, par *A. de Lamartine* (1758-1805)....................... 1 fr.

Pie IX, par *E. de Saint-Hermel* (1792-1853)..................... 1 fr.

Charlemagne et sa Cour, portraits, jugements et anecdotes, par *B. Haureau* (742-814)................ 1 fr.

François Ier et sa Cour, portraits, jugements et anecdotes (1515-1547). 2 fr.

Louis XIV et sa Cour, portraits, jugements et anecdotes, extraits littéralement des Mémoires authentiques du *duc de Saint-Simon* (1694-1715). Deuxième édition .... 2 fr.

Le Régent et la Cour de France sous la minorité de Louis XV, portraits, jugements et anecdotes, extraits littéralement des Mémoires authentiques du *duc de Saint-Simon* (1715-1723). Deuxième édition...... 2 fr.

La Légende du bienheureux Charles le Bon, comte de Flandre, récit du XIIe siècle, par *Galbert de Bruges*... 50 c.

La Jacquerie, précédée des Insurrections des Bagaudes et des Pastoureaux: d'après *Mathieu Paris, Froissart*, etc. (1270-1380)........ 50 c.

Histoire du siège d'Orléans et des honneurs rendus à la Pucelle, par *J. Quicheral*...................... 50 c.

La Saint-Barthélemy, récit extrait de *L'Estoile, Brantôme, Marguerite de*

Navarre, de Thou, Montluc, etc.
(24 août 1572)............... 50 c.

Assassinat du maréchal d'Ancre, relation anonyme attribuée au garde des sceaux *Marillac,* avec un Appendice extrait des Mémoires de *Richelieu* (24 avril 1617)............... 50 c.

La Conjuration de Cinq-Mars, récit extrait de *Monglat, Fontrailles, Tallemant des Réaux, M*ᵐᵉ *de Motteville,* etc. (1642)............. 50 c.

Conspiration de Walstein, épisode de la guerre de Trente ans, par *Sarrasin,* avec un Appendice extrait des Mémoires de *Richelieu* (1634).... 50 c.

Deux années à la Bastille, récit extrait des Mémoires de Mᵐᵉ *de Staal* (Mˡˡᵉ de Launay) (1717-1720)......... 1 fr.

Un chapitre de la Révolution française, ou Histoire des journaux en France de 1789 à 1799, précédée d'une introduction historique sur les journaux chez les Romains et dans les temps modernes, par *Ch. de Monseignat*..... 2 fr.

Campagne d'Italie, par *P. Giguet,* avec une carte de l'Italie gravée sur acier (1796)..................... 1 fr.

Souvenirs de l'Empereur Napoléon Iᵉʳ, extraits du *Mémorial de Sainte-Hélène* de M. le comte de *Las Cases* (1769-1821).................. 2 fr.

———

Alfred le Grand, ou l'Angleterre sous les Saxons................... 2 fr.

Guillaume le Conquérant, ou l'Angleterre sous les Normands (1027-1087). Prix...................... 1 fr.

La grande Charte ou l'Établissement du gouvernement constitutionnel en Angleterre, par *Camille Rousset.* Prix...................... 2 fr.

Édouard III et les Bourgeois de Calais, ou les Anglais en France (1346-1558). Prix...................... 1 fr.

Origine et fondation des États-Unis d'Amérique, par *P. Lorain,* ancien recteur (1497-1620)............. 2 fr.

Les cinq ouvrages qui précèdent ont été rédigés sous la direction de *M. Guizot,* et font partie d'un ensemble de volumes sur les hommes et les événements les plus considérables des histoires d'Angleterre et d'Amérique.

———

Voyages, mœurs et coutumes.

Voyage du comte de Forbin à Siam, suivi de quelques détails extraits des Mémoires de l'abbé *de Choisy* (1685-1688)..................... 1 fr.

La Mine d'ivoire, voyage dans les glaces de la mer du Nord, traduit de l'anglais..................... 50 c.

Abrégé du voyage de Levaillant dans l'intérieur de l'Afrique........ 1 fr.

Les Émigrés français dans la Louisiane (1800-1804)............. 1 fr.

Scènes de la vie maritime, par le capitaine *Basil Hall,* traduites par *Amédée Pichot*............. 2 fr.

Les Convicts en Australie, voyage dans la Nouvelle-Hollande, par *P. Merruau*................. 1 fr.

Aventures de Robert Fortune en Chine, dans ses voyages à la recherche du thé et des fleurs............. 2 fr.

Voyage en Californie en 1852 et 1853, par *Ed. Auger*............... 1 fr.

Voyages dans les glaces du pôle arctique, à la recherche du passage nord-ouest, extraits des relations de sir John Ross, Edward Parry, John Franklin, Beechey, Back, Mac Clure et autres navigateurs célèbres, par MM. *A. Herré* et *F. de Lanoye*........ 2 fr.

Voyage d'une femme au Spitzberg, par Mme *L. d'Aunet*............. 3 fr.

Mœurs et Coutumes de l'Algérie. — (Tell, Kabylie, Sahara), par le général *Daumas,* conseiller d'État, directeur des affaires de l'Algérie. 2ᵉ édit. 2 f.

La Grèce contemporaine, par *Edmond About* .... 3 fr.

La Russie contemporaine, par *Léouzon Le Duc* (2ᵉ édition)........... 3 fr.

La Turquie actuelle, par *Ubicini.* 3 fr.

Pitcairn, nouvelle île fortunée dans l'océan Pacifique............. 50 c.

La Nouvelle-Calédonie, voyages, — missions, — colonisation, — par *Charles Brainne*.................. 2 fr.

Les Iles d'Aland, avec une carte et deux gravures, par *Léouzon Le Duc*.. 1 fr.

3° LITTÉRATURE FRANÇAISE.
(Couvertures cuir.)

Romans.

About (Edmond).
Tolla.................... 2 fr.
Balzac (H. de).
Eugénie Grandet.......... 2 fr.
Pierrette................ 1 fr.
Ursule Mirouët .... 2 fr.
La Bourse.............. 50 c.
Scènes de la vie politique... 50 c.
Bernardin de Saint-Pierre.
Paul et Virginie.......... 1 fr.
Camus (J. P.), évêque de Belley.
Palombe ou la Femme honorable,
précédée d'une étude littéraire
sur Camus et le roman au XVII° siè-
cle, par H. Rigault....... 1 fr.
Champfleury.
Les Oies de Noël.......... 1 fr.
Chateaubriand (vicomte de).
Atala, René, les Natchez... 3 fr.
Les Martyrs et le dernier des Aben-
cerages................. 3 fr.
Gautier (Théophile).
Militona................ 1 fr.
Lamartine (A. de).
Geneviève, histoire d'une ser-
vante.................. 1 fr.
Graziella................ 1 fr.
Newil (Charles).
Contes excentriques........ 1 fr.

Prévost (l'abbé).
La Colonie rocheloise, nouvelle ex-
traite de l'Histoire de Cléveland. 1 f.
Riccoboni, de Charrière, de Duras (M™°).
Ernestine—Caliste—Ourika. 1 fr.
Soulié (Frédéric).
Le Lion amoureux, suivi de l'Orage
et des deux Aveugles..... 1 fr.
Voltaire.
Zadig ou la Destinée....... 50 c.

Théâtre.

Beaumarchais.
Théâtre choisi, contenant le Bar-
bier de Séville et le Mariage de Fi-
garo, avec préfaces et notices. 2 f.
Brueys et Palaprat.
L'Avocat Patelin.......... 50 c.
Florian.
Les Arlequinades............ 1 fr.
Lesage.
Théâtre choisi, contenant Crispin
rival de son maître et Turca-
ret..................... 1 fr.
Piron.
La Métromanie........... 50 c.
Regnard.
Le Joueur................ 50 c.
Sedaine.
Le Philosophe sans le savoir. 50 c.

4° LITTÉRATURE ÉTRANGÈRE.
(Couvertures jaunes.)

Anonymes.
Aladdin ou la Lampe merveilleuse,
conte tiré des Mille et une Nuits. 1 f.
Histoire de Djouder le Pêcheur,
conte traduit de l'arabe, par
Cherbonneau et Thierry. 1 fr.
Le Mariage de mon Grand-Père,
suivi du Testament du juif, tra-
duit de l'anglais.......... 1 fr.
Apulée.
Contes merveilleux, traduits du la-
tin..................... 1 fr.
Auerbach.
Contes, traduits de l'allemand, par
M. Boutteville............ 1 fr.

Cervantès.
Costanza, ou l'illustre servante,
traduit de l'espagnol, par L. Viar-
dot.................... 50 c.
La Bohémienne de Madrid, traduit
par le même auteur....... 50 c.
Dickens (Charles).
La Bataille de la Vie, traduite de
l'anglais, par A. de Goy.. 1 fr.
Le Grillon du Foyer, traduit de l'an-
glais, par F. Colincamp... 1 fr.
Gogol (Nicolas).
Nouvelles choisies, contenant : 1° les
Mémoires d'un fou; 2° un Ménage
d'autrefois; 3° le Roi des gnomes

traduites du russe par *L. Viardot*.
Prix.................... 1 fr.
Tarass Boulba. traduit du russe par
le même auteur.......... 1 fr.
Marmier (Xavier).
Nouvelles, traduites du danois. 2 f.
Montague (lady).
Lettres choisies, traduites de l'anglais................... 1 fr.
Poë (Edgard).
Nouvelles choisies, contenant :
1° le Scarabée d'or, 2° l'Aéronaute
hollandais ; traduites de l'anglais.................... 1 fr.
Pouschkine (Alexandre).
La Fille du Capitaine, traduite du
russe, par *L. Viardot*..... 1 fr.
Sollohoub (comte).
Nouvelles choisies, contenant :
1° une Aventure en chemin de
fer; 2° les deux Étudiants; 3° la

Nouvelle inachevée; 4° l'Ours ;
5° Serge, traduites du russe par
E. de Lonlay............ 1 fr.
Sterne.
*Voyage en France à la recherche de
la Santé*, traduit de l'anglais, par
A. Tassel................ 50 c.
Tourghenief (Ivan).
Mémoires d'un seigneur russe, ou
tableau de la situation actuelle des
nobles et des paysans dans les
provinces russes, traduits du
russe, par *E. Charrière*.. 3 fr.
Walter Scott.
La Fille du Chirurgien, traduit de
l'anglais par *M. Michelant*. 2 fr.
La Mère du Déserteur, traduit de l'anglais, par *F. Colincamp*.. 1 fr.
Zschokke (Henri).
Jonathan Frock, traduit de l'allemand par *E. de Suckau*... 50 c.

5° AGRICULTURE ET INDUSTRIE.
(Couvertures bleues.)

Agriculture.

Le Jardinage, ou l'art de créer et
d'entretenir un Jardin, par *A. Ysabeau*..................... 1 fr.
Le Matériel agricole, ou description et
examen des instruments, des machines, des appareils et des outils au
moyen desquels on peut : 1° Sonder,
défricher, défoncer, drainer; 2° Labourer, remuer et aérer, alléger, fouiller, plomber, nettoyer, ensemencer,
façonner le sol ; 3° Récolter, transporter, abriter et emmagasiner les produits ; 4° Tirer parti de chacun d'eux,
soit pour les consommer, soit pour les
vendre, etc., par *Auguste Jourdier*,
ancien fermier à Villeroy et au Vert-
Galant, membre du Conseil d'administration de la Société d'encouragement
pour l'industrie nationale, etc., avec
120 gravures............... 2 fr.

Les Abeilles et l'Apiculture, avec 20
vignettes, par *A. de Frorière*.. 2 fr.
**Maladies de la Pomme de terre, de la
Betterave, du Blé et de la Vigne** de
1845 à 1853, avec l'indication des meilleurs moyens à employer pour les
combattre, par *A. Payen*, avec 4 planches dont 3 coloriées......... 2 fr.

Industrie.

Des Substances alimentaires et des
moyens de les améliorer, de les conserver et d'en reconnaître les altérations, par *A. Payen*, de l'Institut,
secrétaire perpétuel de la Société impériale d'Agriculture (2° édit.). 3 fr.
La Télégraphie électrique, par *Victor Bois*, ingénieur civil......... 1 fr.
Les Chemins de fer français, par *V. Bois*.................... 1 fr.

6° LIVRES ILLUSTRÉS POUR LES ENFANTS.

(Couvertures roses.)

Choix de petits drames et de contes tirés de *Berquin*, illustrés de 3 vignettes.................... 2 fr.

Contes de Fées tirés de *Perrault*, de Mme *d'Aulnoy* et de Mme *Leprince de Beaumont*, illustrés de 14 vignettes. Prix....... .... 2 fr.

Contes de l'Enfance choisis de miss *Edgeworth*, et traduits par *A. Le François*, avec 26 vignettes.. 2 fr.

Contes de l'Adolescence choisis de miss *Edgeworth*, et traduits par *A. Le François*, illustrés de 22 vignettes. Prix.................... 2 fr.

Contes choisis des frères *Grim*, traduits de l'allemand, par *Frédéric Baudry* et illustrés de 40 vignettes, par Bertall. 2 f.

Contes moraux de Mme *de Genlis*, illustrés de 3 vignettes........ 2 fr.

Enfances célèbres, par Mme *L. Colet*, illustrées de 16 vignettes...... 1 fr.

La Caravane, contes orientaux traduits de l'allemand de Hauff, par *A. Talon*, et illustrés de 46 vignettes par *Bertall*. Prix.................... 2 fr.

La Petite Jeanne ou le Devoir, par Mme *Z. Carraud*, illustrée de 20 vignettes..................... 2 fr.

Histoire de l'admirable Don Quichotte de la Manche, par *Cervantès*, édition à l'usage des enfants, illustrée de 17 vignettes................... 2 fr.

Fables de Fénelon, archevêque de Cambrai, illustrées de 8 vignettes. Prix.................... 1 fr.

Voyages de Gulliver à Lilliput et à Brobdingnag, par *Swift*, édition abrégée à l'usage des enfants, illustrés de 10 vignettes................ 1 fr.

7° OUVRAGES DIVERS.

(Couvertures saumon.)

Anecdotes historiques et littéraires, racontées par *L'Estoile*, *Brantôme*, *Tallemant des Réaux*, *Saint-Simon*, *Grimm*, etc................. 1 fr.

Anecdotes du règne de Louis XVI. 1 fr.

Anecdotes du temps de la Terreur. 1 fr.

Anecdotes du temps de Napoléon Ier, recueillies par *E. Marco de Saint-Hilaire*...................... 1 fr.

Aventures de Cagliostro, par *J. de Saint-Félix*.................... 1 fr.

Études biographiques et littéraires sur quelques célébrités étrangères, par *J. Le Fèvre Deumier*. — I. Le Cavalier Marino; II. Anne Radcliffe; III. Paracelse; IV. Jérôme Vida........ 2 fr.

Œhlenschlager, le poëte national du Danemark, par le même auteur... 2 fr.

La Chasse à tir en France, par *Joseph La Vallée*, ouvrage illustré de 30 vignettes sur bois dessinées par *F. Grenier*. (Deuxième édition)...... 3 fr.

La Sorcellerie, par *Ch. Louandre*. 1 fr.

Les Cartes à jouer et la Cartomancie, par *Paul Boiteau*. Ouvrage illustré de 40 bois..................... 3 fr.

Les Chasses princières en France de 1589 à 1839, par *E. Chapus*.... 2 fr.

Le Sport à Paris, ouvrage contenant : Le Turf, — la Chasse, — le Tir au pistolet et à la carabine, — les Salles d'armes, — la Boxe, — le Bâton et la Canne, — la Lutte, — le Jeu de Paume, — le Billard, — le Jeu de Boule, — l'Équitation, — la Natation, — le Canotage, — la Pêche, — le Patin, — la Danse, — la Gymnastique, — les Echecs, — le Whist, etc., par *Eugène Chapus*..................... 2 fr.

Le Turf ou les Courses de chevaux en France et en Angleterre, par le même auteur. (Deuxième édition) ... 3 fr.

Mesmer et le Magnétisme animal, par *E. Bersot*. (Deuxième édition augmentée d'un chapitre sur les tables tournantes).................. 1 fr.

Souvenirs de chasse (sixième édition), par *L. Viardot*.......... 2 fr.

8° ÉDITIONS COMPACTES ET ÉCONOMIQUES.
(Couvertures chamois.)

Beecher Stowe (Mrs *Harriet*).
La Case de l'oncle Tom, ou vie des Nègres en Amérique, traduit de l'anglais par *L. Enault*.... 2 fr.

Cumming (Miss).
L'Allumeur de Réverbères, traduit de l'anglais, par *MM. Belin de Launay et Ed. Scheffter.* 2 fr.

Currer-Bell.
Jane Eyre, imité de l'anglais par

Old-Nick .... 1 fr.

Stephens (Mrs *Ann S.*).
Opulence et Misère, traduit de l'anglais par Mme L............ 2 fr.

Thackeray.
La Jeunesse de Pendennis.—Le Diamant de famille, traduit de l'anglais, par *Amédée Pichot.* 1 fr.

Wailly (Léon de).
Stella et Vanessa .... 1 fr.